"La prosa de Fabiola Santiago resplandece cuando detalla la cotidianidad de Miami y le otorga a la ciudad un aroma literario propio. Están presentes el ambiente chismoso de las peluquerías locales, los íntimos clubes nocturnos donde los exiliados cubanos se reúnen y actúan, y las calles obreras de La Pequeña Habana, 'un vecindario cercado de mar pacífico y con altares de la Virgen en los jardines'. Al igual que Miami, la prosa de Santiago es exuberante y crepita con sofisticada sensualidad, a la vez que envuelve a los lectores en un hechizo seductor que los transporta a cada una de las ciudades que Marisol hace temporalmente suyas".

—*The Boston Globe*

"Fabiola Santiago nos invita a reflexionar sobre el hecho de que la verdadera felicidad nunca se encuentra en el placer de los sentidos sino en el coraje orientado hacia una visión propia y excepcional de la vida. En Marisol ella ha creado un personaje a la vez apasionado, alegre y reflexivo—una joven capaz, después de mucha desilusión y pesadumbre, de darle nueva forma a su mundo y a su alma en pos de una realidad que ella pueda asumir. Y aprende además, como todos estamos llamados a hacerlo en algún momento de nuestras vidas, a darle al acto de asumir esa realidad un valor superior a todo lo demás".

—Cecilia Samartin, autora de *Vigil*

SIEMPRE
PARÍS

Novela

FABIOLA SANTIAGO

ATRIA ESPAÑOL

Nueva York Londres Toronto Sidney

ATRIA ESPAÑOL

Una división de Simon & Schuster, Inc.
1230 Avenida de las Américas
Nueva York, NY 10020

Traducido por Carlos Verdecia

Primera edición en rustica de Atria Español, agosto 2009

ATRIA ESPAÑOL y su colofón son sellos editoriales de Simon & Schuster, Inc.

Para obtener información respecto a descuentos especiales en ventas al por mayor, diríjase a Simon & Schuster Special Sales al 1-866-506-1949 o a la siguiente dirección electrónica: business@simonandschuster.com.

La Oficina de Oradores (Speakers Bureau) de Simon & Schuster puede presentar autores en cualquiera de sus eventos en vivo. Para más información o para hacer una reservación para un evento, llame al Speakers Bureau de Simon & Schuster, 1-866-248-3049 o visite nuestra página web en www.simonspeakers.com.

Diseño por Jaime Putorti

Impreso en los Estados Unidos de América

10 9 8 7 6 5 4 3 2 1

ISBN 978-1-4391-3868-7
ISBN 978-1-4391-6589-8 (ebook)

A mis amores eternos,
Tanya, Marissa y Erica

Ah, horizonte azul.
¡Resplandor en la brisa!
¡Recuerdos de la infancia
evocan mi nativa costa!
Verde eran mis montañas,
fragantes en florida belleza.
Tierra de mis padres,
nunca más volveré a verte.
¡Nunca. No, no, jamás!

—DE LA ÓPERA AÍDA, DE VERDI,
LIBRETO DE ANTONIO GHISLANZONI

Y pasó el tiempo, y pasó
un águila por el mar.

—JOSÉ MARTÍ, *LOS ZAPATICOS DE ROSA*

PRÓLOGO

Los hombres son como los perfumes. En un instante, sin más juicio que mi ágil olfato, o me enamoro de ellos o los echo a un lado. Cuando me enamoro, el aroma me sumerge en un trance de lujuria y por un tiempo no pienso en nada más. Se me antoja que nuestra unión durará para siempre, y me convenzo de que he descubierto al hombre (perfume) más maravilloso del mundo. Los disfruto con placer (al hombre y al perfume).

Pero me pasa con los hombres lo mismo que con los perfumes. Después de un tiempo, se va esfumando el aroma y tengo que buscar un sustituto. Entonces mi olfato descubre nuevos olores y a veces, mientras aún guardo luto por la muerte de una fragancia muy querida, estoy sin duda empezando a añorar la próxima.

Me crié en la isla de Cuba perfumada con Violetas Rusas, el perfume característico de bebitos consentidos en la ciudad costera de Matanzas. Es un olor fuerte. Hay que acostumbrarse al exceso de primavera que tiene la fórmula, una esencia que te queda flotando en el alma hasta mucho después de la infancia. Es un olor útil. Si uno quiere ver a un hombre huir, lo único que hay que hacer es rociar la habitación con Violetas Rusas. Corre hacia la puerta fingiendo haber olvidado algo o simplemente se entrega súbitamente a una causa. Yo uso mi pomo de Violetas Rusas con moderación, y salpico unas gotas del tónico púrpura en la bañera cuando el amor se empieza a marchitar y nadie quiere tomarse el tedioso trabajo de decir adiós. Funciona invariablemente.

Me gustan los hombres como me gustan mis perfumes, con mucha poesía. Perdí mi virginidad bajo Wind Song, completé mi carrera con White Linen y logré salvarme con Miracle. Prefiero los olores complicados, los difíciles de encontrar, como Habanita. Aunque mi pomo de Habanita me resulte oneroso, siempre será mi perfume preferido. Recuerdo cuánto lo aprovechaba, hasta la última gota, y al final quería hasta romper el pomo para que el aroma durara más y se quedara flotando en mi habitación.

Pero yo sigo viaje. Siempre sigo adelante. Me he convertido en una experta del descubrimiento y he desarrollado un talento especial para escoger nuevos olores, nuevos hombres. Ahora el perfume que uso es Pleasures, y ése también tiene su encanto.

PLEASURES

1

Hotel Riverfront de Miami
Fin de año, 2004

Miami es una ciudad de pasiones imprevisibles y fantasmas trasplanta-
dos. Sólo tengo que asomarme por las ventanas panorámicas de la habitación 1701 del Hotel Riverfront para divisar dentro de ese marco
inmóvil mi lugar entre los ritmos de la ciudad. Los mares se abren para
entrar en la boca del Río Miami, una codiciada extensión de agua y
tierra que le era sagrada a los indios tequestas de la Florida hasta que
una cadena de usurpadores —conquistadores y misioneros españoles,
aventureros náufragos, indios invasores de la tribu cri procedentes del
norte y leales a los ingleses— expulsaron a los pocos cientos que sobrevivieron epidemias y guerras hacia un exilio mortal en Cuba. Me he
adueñado de esta ciudad y he convertido al Hotel Riverfront en un lugar de veneración, el altar donde José Antonio y yo venimos a amarnos los viernes por la tarde. Somos tal para cual esta ciudad y yo, una
de sus habitantes, una mujer que lleva el nombre del mar y del sol.

—Marisol —oigo a José Antonio llamarme cuando se despierta,
asombrado de encontrar un vacío donde antes disfrutaba la bendición
de un abrazo.

—Aquí, en la ventana —respondo, y él se vuelve rápidamente—. Es una belleza como se pone el sol en este atardecer. Sus rayos anaranjados tiñen de púrpura el río.

—Vuelve a la cama, poeta mía, y cuéntamelo todo aquí.

Obedezco y su beso tiene el sabor ácido del vino albariño que está en la mesa de noche, donde tres velas con aroma de coco parpadean como lo hicieron la tarde que José Antonio las trajo a nuestro primer encuentro en sus bases de cristal ámbar. En tres meses nunca hemos hecho el amor en nuestro escondite sin la luz y el aroma de estas velas y la respetable botella de vino para brindar por nuestra unión. Durante tres meses hemos hecho el amor seguido de nuestros fascinantes relatos de conquistas y fracasos amorosos, los suyos y los míos. Durante tres meses, con excepción de nuestro memorable fin de semana en la Riviera Mexicana entre ruinas mayas y playas desiertas, no hemos fallado un solo viernes en el Riverfront. A José Antonio le resulta cómoda nuestra rutina, mientras que a mí todavía me resultan ajenos nuestros torpes rituales. Prefiero el improvisado texto de la aventura, la ilusión del descubrimiento. Pero por ahora mi espíritu libre se ha entregado a la hábil coreografía de José Antonio.

Poco después de las tres de la tarde los viernes, José Antonio me llama después de visitar a sus moribundos pacientes del Hospital de Nuestras Hermanas de la Caridad. Puedo oírlo por el celular desde el estacionamiento del hospital tratando de quitarse la bata de médico mientras habla conmigo.

—Mariposa, te veo en quince minutos —dice jugando con mi nombre mientras abre la puerta de su Mercedes plateado—. O en veinte, si hay tráfico. Coño, odio el tráfico en esta ciudad cuando se atraviesa entre nosotros.

Me río.

—Ahí viene la muela del cubanazo.

—Déjate querer, mujer.

Me río otra vez.

—Eso es exactamente lo que estoy haciendo. Apúrate.

Cuelgo y corro hacia el baño para retocarme el único maquillaje que uso, pintura alrededor de los ojos para destacar su forma almendrada y su acentuado color negro, y me perfumo en lugares estratégicos con una dosis sutil de Pleasures. Con la delicadeza de un diplomático, abandono mi trabajo de coleccionar historia del exilio cubano para el Museo de Historia en Miami, una vez más con una excusa poco propicia, y salgo manejando, cambiando de una senda a otra, atravesando las transitadas calles del centro de la ciudad hacia el Riverfront y adelantándomele al yate o barco de carga que le toque este día cruzar bajo el puente, en un tráfico peor que el que tendrá que enfrentar José Antonio en su viaje de unas pocas millas rumbo norte a lo largo de los rascacielos del distrito financiero de Brickell. Paso junto a un barbudo desamparado con un cartel en mano que dice: "¿Para qué mentir? Lo que necesito es una cerveza", y bajo la ventana para echarle en el vaso de cartón las monedas de mi cenicero. Me da las gracias y me bendice. Por nada. Se las ganó con su honestidad.

José Antonio escogió el Riverfront por estar bien situado y resultarnos accesibles desde nuestros trabajos, y por la privacidad que nos brindan su arquitectura y sus jardines. El edificio rectangular color marfil con estacionamiento techado, su espeso follaje alrededor de la entrada, el río y las aguas de la bahía Biscayne al fondo, sirven de camuflaje al pecado de nuestros encuentros. Me encanta el ambiente por su historia y el hotel por sus impecables sábanas blancas y sus afiches de Art Deco en las paredes. Cuando el Riverfront se convirtió en nuestro refugio, me entretenía durante días enteros investigando cómo soportaban los indios tequestas el medioambiente húmedo subtropical, cómo pescaban manatíes con sus lanzas rudimentarias y luchaban por sobrevivir a los intrusos en la misma ribera del río donde yo ahora trataba de sepultar todo lo que me quedaba en el corazón hacia Gabriel, ese farsante habanero que una vez amé.

Cuando llego al Riverfront, me dirijo hacia el garaje para parquear el humilde Echo rojo que compré en un lote de carros recuperados y llamo al celular de José Antonio. Me da un número de habitación. Lo escribo en mi calendario, como si este tipo de récord tuviera la menor importancia: 1215, 1440, 1136, 1536, 1406, 1439, 1634, 1415, 1032. El de hoy es el 1701. Entro a toda prisa por la puerta trasera, tal como José Antonio me indicó que hiciera la tarde en que planeó nuestro primer *rendezvous*. Sospecho que este subterfugio no es más que un artificio, pues las cámaras de vigilancia deben estar filmando cada uno de mis movimientos. De sólo pensar en esto me lleno de temores. José Antonio es un respetado cardiólogo, una figura conocida en los círculos sociales —tanto los de los bohemios como los de la gente rica—, un patrocinador de las artes y de los recién llegados, de los cuales él formó parte una vez. Yo soy una mujer libre, pero él no es un hombre libre. Estoy segura de que José Antonio llegó ya al Riverfront unos minutos antes que yo, solicitó el cuarto en la recepción del hotel, pagó en efectivo y recibió el descuento que se da a los clientes frecuentes con el guiño cómplice del encargado de la recepción. *¿Por qué hago esto?*, me pregunto todo el tiempo en medio del frenesí de mis carreras para encontrarme con él cada vez que tiene la ocasión, durante las noches llenas de deseo en mi propia cama, en los días como hoy en que me rondan las dudas sobre la historia y confundo los olores de las pérdidas con la fragancia de un nuevo deseo.

Subo a nuestra suite en un elevador lleno de pilotos y aeromozas que se hospedan aquí entre un viaje y otro. Durante esos breves momentos en que somos rehenes de los brillantes acentos de bronce de nuestro encierro, siento como si todos supieran en lo que ando.

¿Por qué hago esto? Me asfixia el sentido de culpa y, por un momento, cuando el elevador se detiene en el tercer piso, considero la posibilidad de salirme, bajar las escaleras a toda prisa y desaparecer de la vida de José Antonio. Pero no puedo. No quiero. Es muy tarde para escapar. Aspiro el residuo de Pleasures en mi muñeca y el perfume se convierte en un amuleto que transforma el temor en apetito.

Las puertas del elevador se cierran de nuevo y recuerdo la noche en que José Antonio y yo nos conocimos. Si sólo hubiera ignorado sus halagos como lo he hecho con tantos otros, no estaría yo en el elevador de un hotel rumbo a una suite alquilada para verme con un hombre casado. Espantar a indeseados alrededor mío es parte de la vida en esta ciudad y el precio que pago por dejar que mi alma vuele por lo alto del club nocturno Dos Gardenias, lo que más se asemeja en Miami a los legendarios bares de la capital cubana, cuando esa triste dama gris llamada La Habana tuvo su apogeo y la celebraban como el París del Caribe.

Al caer la noche en Dos Gardenias, antes de que el último cubano en desertar de la isla salga al escenario a cambio de una jugosa cuota de entrada en la puerta, yo recito mi poesía a dúo con Alejo, que canta boleros desde el dolor desgarrado de quien ha amado y ha salido perdiendo. Nos sentamos en banquetas situadas una junto a la otra y, rodeados de un suave círculo de luz blanca, mi poesía sirve de presentación a sus canciones.

> *Él canta boleros. Me atraviesa el corazón.*
> *Nadie escapa del amor, se lamenta el trovador.*
> *Pero todo no es más que una canción.*
> *Yo me voy a salvar.*

Oh, sí.
Yo sí. Yo sí.

Acompañado de un pianista, Alejo canta una versión sensuali-
zada de "Lágrimas negras", y se detiene a media canción para charlar
suavemente con el público y persuadirlo de que todos en algún momento hemos derramado esas oscuras lágrimas que describe la letra de
esa canción. Mientras hace esto, Alejo me toma la mano, me besa los
nudillos con gusto y regresa a su canción. Al final de "Lágrimas", me
sumerjo en otro poema como una prolongación de la melodía.

Una vez,
sólo una vez más
quiero ver La Isla.
Y entonces
regresaré a casa.
Porque el mar es el mar es el mar.

Mientras se apaga mi último verso, Alejo comienza a entretener a
la audiencia con "Volver", el tango argentino que se ha convertido en
el himno nacional de la nostalgia de todo el que sueña con regresar a su
terruño. Y así transcurren los cuarenta y cinco minutos de la tanda de
poesía y canción, canción y poesía, para al final no dejar un solo rostro
sin lágrimas. Todos recuerdan amores fracasados, patrias perdidas, almas errantes y la oscura tiniebla del club estalla con una cacofonía de
silbidos, gritos de "¡Bravo!" y por lo menos un clamor de "¡Viva Cuba
Libre!"

Si no fuera yo una de las que llevan esas cicatrices, si esta ciudad
mía no estuviera perennemente destilando un sentimentalismo que
nos mantiene a todos en la inútil búsqueda de una isla confiscada hace

tanto tiempo, un sitio mítico que existe sólo en nuestra añoranza, entonces yo tal vez habría podido ignorar la galantería del Dr. José Antonio Castellón aquella primera noche que me vio recitar. Pero José Antonio es un cardiólogo con modales de caballero de la etapa dorada de las letras españolas, y con una historia de héroe derrotado, un sanador incapaz de curar sus propias heridas mortales pero que instantáneamente alivió las mías.

La noche de noviembre que nos conocimos se había pronosticado un eclipse de Luna. Esa noche, después que Alejo y yo nos regodeamos en aplausos y le dimos gracias al público, corrimos hacia el oscuro estacionamiento detrás del club para ver si podíamos alcanzar a ver a la Luna deslizarse por la sombra más oscura de la Tierra.

En el instante en que salimos y yo miro hacia el cielo, alcanzo a ver un filo de la Luna rojiza y, sin pensarlo dos veces, le ruego: "Mándame un amor verdadero".

—Mándame dinero —pide Alejo.

El espectáculo celestial no dura más que un instante. Apenas logramos ver los últimos segundos del tránsito de la Luna. Alejo prende un Marlboro y en el momento en que voy a reprobarlo por fumar, José Antonio camina hacia nosotros vestido con una inmaculada guayabera de hilo blanca, el uniforme de la noche cubana de Miami. Le tiende la mano primero a Alejo y luego a mí.

—Quiero darles las gracias a ambos por hacernos revivir los años más maravillosos de nuestra juventud —dice después de presentarse, sin ninguna referencia médica, como José Antonio Castellón—. La actuación de ustedes ha sido como una visión de lo que una vez fuimos, y no podemos dejar de sentir tristeza por lo que perdimos en nuestra querida isla, aquellas interminables noches habaneras.

Entonces José Antonio se vuelve hacia mí con una mirada cálida que yo no esperaba.

—Bendita sea tu pluma, sensible y melancólica —me dice.

Se queda con mi mano en la suya.

—Tú misma eres un poema.

La extrema elegancia de su halago me toma de sorpresa y no atino a expresar más que las amabilidades de rigor.

—Voy a volver pronto —promete.

—Sí, por favor, vuelva —le digo—. No tenemos a La Habana, pero tenemos a Miami... y la noche.

Sonríe y desaparece hacia dentro del club.

—¡Qué satería la tuya! —me dice Alejo con un codazo en cuanto nos quedamos solos—. ¿Tú sabes quién es ése?

—Qué importa —le digo—. Un cubano melancólico más.

El dueño del club sale con un par de cervezas y la conversación gira en torno al misterioso poder de los eclipses de Luna. Él también prende un cigarrillo y cuando el humo de los dos se torna insoportable, me voy de vuelta al club. José Antonio y sus invitados se han ido. No lo vuelvo a ver en meses, hasta un día que estoy en el museo trabajando en una exposición de impresos antiguos de la flora y fauna de Cuba, y mi pantalla se ilumina con un correo electrónico.

Querida Marisol,

Espero que me recuerdes de Dos Gardenias. Tu admirador número uno. Amigos en común me dieron tu dirección. Quisiera contratarte a ti y a Alejo para actuar en un evento en mi casa. Me sentiría honrado si me enviaras tu número de teléfono para discutir los detalles.

Saludos,

José Antonio.

Le mando mi número y me llama esa misma tarde para invitarme a almorzar y discutir lo que él llama "un asunto delicado". Quiere que participemos en una tertulia en su casa con músicos cubanos de la isla que están de visita aquí, el tipo de reunión clandestina en que tragos y ritmos fluyen, y en la que antes de que la noche termine, aparecen las verdades sobre los dos extremos de la separación política. Tengo que consultar con Alejo, le digo, pero José Antonio insiste en que él prefiere un encuentro sólo conmigo primero para discutir los puntos preliminares y luego incorporar a Alejo. Acepto la invitación debido a que lo que él está proponiendo requiere cierto grado de diplomacia y Alejo puede ser, como a él le encanta recordarme, "más *gusano* que nadie". El intercambio musical nunca llega a ocurrir, pero lo que sí llega a mi vida es un nuevo hombre, un hombre complicado ahogándose en su propia historia, un hombre que no me pertenece.

¿Por qué hago esto? Los segundos en el elevador me parecen interminables. Mis pensamientos me apabullan. Voy a arruinar la tarde. Me distraigo leyendo los nombres en las etiquetas de identificación de la tripulación aérea que sube conmigo: Desiree, Giovani, Donna, Marc. *¿Por qué hago esto?*

Gabriel.

Maldito Gabriel. Por eso.

Quiero borrar su nombre de mi vida, sus caricias narcisistas de mi rostro. Quiero olvidar las cosas que me hizo añorar, la furia que sembró en mi corazón con su traición, la puerta que abrió hacia el pasado como un deslumbrante torrente de luz. Nunca debí enamorarme de un habanero. Los hombres de La Habana son intrigantes y conspiradores arrogantes, no ingenuos como la mayoría de los que venimos de otras partes de Cuba donde la naturaleza suaviza el alma. Nos llaman guajiros. Como si fuera una mancha haber nacido en el vientre de un país.

Tal vez somos campesinos, pero tenemos corazones. Corazones humildes y vulnerables.

Gabriel.

Maldito Gabriel.

Estoy casi llorando cuando las puertas del elevador se abren. Piso diecisiete. He llegado sin problemas. Sólo unos pasos más hasta la habitación 1701 y todo estará bien.

Toco a la puerta y no tengo que esperar mucho para que José Antonio me reciba en su ropa interior Gucci color negro y sus ojos color dulce de leche. Me abraza haciendo caso omiso del estado desastroso en que me encuentro en ese momento, y me pierdo en el aroma familiar de su Bulgari y mis sollozos. Me besa las lágrimas. "Te quiero, te quiero", me susurra. "Ya estamos juntos, mi mariposa".

—Te deseo —le digo y me dejo conducir hasta la cama.

2

En la cama con José Antonio siempre me siento liberada. Después de que hacemos el amor con la sincronización de parejas de mucho tiempo y el apetito carnal de amantes frescos, José Antonio me pide que le recite uno de mis poemas y, aunque no me siento con ánimo de recitar esta tarde, trato de complacerlo. Sentada en la cama sin nada más que una sábana blanca envolviéndome el regazo, cierro los ojos e invoco a los dioses de la inspiración. Visualizo la danza seductora de José Antonio —una vibrante mezcla de refinadas técnicas de Casanova con una encantadora ejecución pícara y anticuada— y las imágenes de nuestro romance fluyen como una radiante estrella fugaz en la oscuridad de la noche.

Nuestro primer almuerzo fue en un bistro de moda a la sombra del arco de robles de Coral Way, ambos vestidos con sabia elegancia sartorial, como un par de profesionales del cercano distrito bancario comiendo salmón silvestre y discutiendo nuestras ambiciosas agendas financieras. Hablamos de poesía y de mi actual proyecto en el museo de reunir biografías de exiliados cubanos que son clave en la historia de la ciudad. Me hace preguntas como un periodista y sólo cuando reclamo igualdad de tiempo para mis propias preguntas, me habla de su carrera de medicina. Me cuenta que está hastiado de toda la rutina médica y me pide movernos hacia temas más interesantes, como por ejemplo, "¿Qué hace una mujer bella como tú para divertirse además de componer poesía?" Sonrío y me dice que le encanta mi sonrisa. "Tienes una sonrisa honesta", me dice. Le digo que no sabía que existiera otro tipo. Es tan encantador que olvido ante todo por qué estamos almorzando juntos. Sólo cuando al salir le paga al parqueador de valet por ambos automóviles y el joven corre a buscar su Mercedes y mi Echo, José Antonio trae a la conversación el tema de la visita de los músicos cubanos. Me dice que el viaje de ellos está en peligro. No han podido obtener permisos para viajar, pero me mantendrá informada.

La próxima vez, José Antonio me invita a unos tragos en el elegante hotel Four Seasons, donde la escultura *Mujer Sentada* de Botero —ubicada en el vestíbulo del séptimo piso— se convierte en un punto de encuentro y donde, después de muchas copas de Pinot Noir, de buenas a primeras me da el primer beso. Estamos deleitándonos en la sensualidad y voluptuosidad de le escultura —"¿No es cierto que parece que está pensando, '¡Qué buena estoy!'?", se me ocurre decirle— cuando José Antonio se inclina hacia mí, me besa levemente el cuello y me susurra al oído, "Lo que sería capaz de dar por sumergirme ahí dentro".

Finjo que sus labios no me han electrificado, que sus palabras no se han instalado en mi imaginación. Pero mis ojos, y el hecho innegable de que estoy siempre ansiosa de sus llamadas cada vez más frecuentes, hablan por sí solos. Me deleita con su repertorio de temas y estoy siempre lista a entrar en conversación. Una provocadora exposición de un artista conceptual cubano nuevo en el exilio, una obra de García Lorca en un teatro local, un panel sobre la moribunda industria azucarera en la isla y, cuando lo empujo un poco, la historia de otra lumbrera del exilio a quien él le ha reparado una válvula defectuosa en el corazón y cuya vida se ha salvado por su acertado diagnóstico. "El estetoscopio te lo dice todo", dice José Antonio. "Hay que tener un buen oído, como un músico, y conocer los ritmos del corazón".

Él parece pronosticar el mío fácilmente. En algún punto del camino a la amistad y la familiaridad, me pone el apodo "mariposa", y me explica que es por la fiereza con que me aferro a mi libertad.

—Buenos días, mariposa —me saluda con una llamada por teléfono por la mañana cuando va para su consulta. O, "¿Cómo está mi mariposa hoy?".

Al final del día, su entusiasmo conlleva agotamiento.

—Envidio tus alas, mariposa —me dice José Antonio una noche al despedirse, y la tristeza de su voz me inspira a escribir el poema "Vuelo", que incorporo a la presentación en Dos Gardenias. José Antonio nunca me ve recitarlo. Para entonces, ya le he pedido que no venga más al club con su esposa y su acostumbrado grupo de viejos amigos. Para entonces, ya José Antonio ha confesado sus intenciones. Esto ocurre en una suave noche en la terraza de la azotea del Four Seasons bajo la luz de una medialuna. Mientras habla, puedo oír el sonido de palmeras en la brisa, como si sirvieran de acompañamiento a su canto de cisne.

Confiesa que, en verdad, nunca hubo músicos cubanos de la isla que vendrían a su casa. Su esposa, cuya tendencia política es incondicionalmente de línea dura y conservadora, nunca habría permitido relaciones amistosas con gente que no hubiera roto públicamente con el régimen. Pero me dice que él necesitaba un pretexto para conocerme, y él sabía que tenía que inventar un tema que mantuviera la puerta abierta. Con la mirada penitente de un galán de telenovela, me pide perdón. Sin esperar por mi respuesta, comienza a pintar un dibujo en la servilleta.

—Si a alguien se le ocurriera hacer una pintura de mi vida, mariposa, sería una red gigantesca, como ésta, saliéndole del culo a un hombre y a la vez atrapándolo en ella —me dice—. Estoy preso en mi propia red.

—Una red de oro —le agrego yo a su fantasía.

—Así es. Esa es la historia de mi vida.

—Tal vez es una red endeble, como una telaraña —indago— y lo único que tienes que hacer es sacudírtela para que se disuelva y te sientas libre.

—Eso quisiera yo —es todo lo que José Antonio responde.

Entonces me mira a los ojos y pronuncia, con una envidiable dosis de confianza, las palabras que cambiarán para siempre nuestra amistad.

—Me estoy enamorando de ti, mariposa. Eres la mujer más fascinante que he conocido, y he estado con muchas.

El corazón me da un salto, pero mantengo una calma aparente, con las manos debajo de la mesa aferradas a la silla. Le recuerdo que no es un hombre disponible. Le recuerdo la imagen de enredo que él mismo ha descrito con tanta elocuencia y su pedestal en el Salón de la Fama cubano de Miami junto a otros impresionantes benefactores y pilares de triunfo. Hago énfasis en el valor de la amistad por encima de los peligros de las relaciones románticas que comienzan con una traición y están condenadas desde el principio. Pero al parecer todo esto no hace más que alentarlo.

—Lo único que quiero es un pequeño espacio en tu vida —dice—. Lo único que quiero es que me dejes quererte.

No expreso mi consentimiento verbal ni me lanzo hacia sus brazos esa noche. Pero no le niego la oportunidad de verme, y mientras más lo hago, más me percato de lo grande que son los espacios en mi vida y lo vacío que están. José Antonio llena los vacíos con su risa, sus halagos, sus generosas palabras y regalos, y, aunque no se lo proponga, con esperanzas ingenuas. "Has tenido mi corazón en una sartén desde el día que te conocí", dice una tarde y me paso días riéndome cada vez que me acuerdo de lo disparatado que es ese halago. Me monto en su montaña rusa y me remonto hasta la Luna, dejando todas las penas de Gabriel allá debajo, en el planeta Tierra. No tengo que expresar una sola palabra de confirmación. José Antonio las dice todas por mí.

—Nunca vas a derramar una lágrima por mí. Soy tuyo —me promete en otra de nuestras citas, sellando sus palabras con un beso largo y sensual. Estamos arrimados muy juntos en Bond St., un lujoso salón de sushi que acaba de abrir en South Beach, una sucursal del restaurante de Manhattan, encarnado aquí en un amago de impecable laca blanca y negra estilo Deco en el sótano del renovado Hotel Town-House. Al prolongarse el beso, siento que todos los ojos están sobre nosotros, pero cuando me zafo de la humedad para respirar y miro alrededor, es obvio que tenemos competencia. Un rapero famoso se está deleitando en un pequeño sofá color papaya en otro rincón del salón. Todos los ojos están sobre él, no sobre nosotros. Después de hacer la misma observación, José Antonio procede a servirme rollos picantes de atún con mayonesa de pimiento y frituras crujientes de langosta tostadas en mostaza de ajo, todo esto seguido de sake caliente, más besos deliciosos y pases debajo de la mesa.

Un día de semana por la tarde, en vez de escaparnos a nuestro escondite de turno, José Antonio llama para invitarme a un *happy hour* en el bar más antiguo de la ciudad, un regreso al año 1912 en que se abrió como una panadería que servía además como un frente para actividades clandestinas, y que hoy es un bar de mucha onda con ofertas especiales de dos tragos por el precio de uno y fama de reunir a periodistas de *The Miami Standard* con sus misteriosas fuentes tipo Deep Throat del gobierno del condado. Pienso que encontrarnos allí sería riesgoso, pero José Antonio dice que él no es tan conocido en el mundo anglo como yo imagino. "Para ellos soy transparente", dice. "A veces los americanos vienen a mi consulta porque no les queda más remedio. Sus médicos me los mandan, y en cuanto ven el nombre hispano y oyen el acento, enseguida se sienten más cerca de la muerte".

—¿Y qué haces para neutralizar el prejuicio? —le pregunto.

—No me importa un carajo lo que piensan —dice—. Si no les caigo bien, que se busquen otro médico.

—Creo que estás perdiendo una oportunidad —comienzo a decirle.

Me interrumpe.

—Mariposa, vamos a hacer un trato ahora mismo. Yo no te digo cómo hacer tu trabajo y tú no me dices cómo hacer el mío. Lo que quiero es divertirme, escaparme de la estupidez y monotonía de mis días, no oír un discurso sobre relaciones comunitarias o cómo mejorar mis modales de cabecera.

Nunca antes ha sido brusco conmigo. Su comentario me hiere, pero no estoy segura cómo quiero reaccionar.

—Bueno, pues vamos a Tobacco Road entonces. Te veo allí —le digo y cuelgo.

El tramo es corto en automóvil, bordeando restaurantes de mariscos frescos junto al río y rascacielos en construcción, pero lo suficientemente largo para yo poder rumiar nuestra conversación varias veces. Llego al salón con una vertiente deliciosamente vengativa en el alma. Ya él está allí, con una ancha sonrisa en el rostro. Pido una cerveza Corona y me la sirven con una tajadita de limón en el borde. Tomo el limón y lo chupo con toda intención de sacarlo de paso, y me quito el sabor amargo con un trago largo de cerveza, manejando la botella como lo hacen los hombres, con sed, con prisa. La táctica funciona. José Antonio no puede quitarme los ojos de encima. La banda toca "Against the Wind" de Bob Seger y por un momento regreso a mis despreocupados días juveniles de pantalón campana. Hago alarde de haber cantado esa canción a toda voz en un concierto bajo una nube de humo de marihuana en una de mis muchas aventuras universitarias en el medio oeste. Desde nuestra mesa, comienzo a cantar la canción junto con la banda, mareada bajo los efectos de tragar cerveza demasiado rápido para mis cinco pies y tres pulgadas de estatura, deleitándome secretamente en demasiados recuerdos de noches que nunca compartiría con nadie.

Cuando termina la canción y el cantante anuncia un receso, José Antonio parece estar en mejor ánimo, dirigiendo sus aplausos a la banda de tres músicos y a mí. Entonces se me arrima. "Quiero que me perdones las cosas insensibles y estúpidas que te dije por teléfono", dice. "Tus intenciones eran las mejores. Soy un tonto".

En la serena niebla de cerveza y *rock-and-roll*, sus palabras ya no me molestan tanto, pero no alcanzo a decirle nada. Él continúa, como siempre, imparable en su monólogo y yo como una terapista paciente, no hago más que escuchar. "Es que estoy tan cansado de todo, Marisol, pero voy a seguir tu consejo y portarme mejor con la gente de este gran país que, después de todo, nos recibieron con brazos abiertos a todos nosotros. Me siento agradecido. En serio".

Le acaricio las mejillas sonrojadas y le paso las manos por la barba, dejando que los dedos se mezclen son sus largos cabellos ligeramente encanecidos. Una sonrisa pícara le brilla en el rostro.

—Te tengo una sorpresa —dice acercándome hacia él, y me susurra su plan en el oído como un chisme. Quiere llevarme a la Riviera Mexicana en un par de semanas, una aventura de jueves a domingo a lo largo de la costa caribeña de México, un sitio bendecido con elegantes palmares y flamboyanes copiosamente florecidos, una especie de espejo de mi adorada Matanzas. Pero primero, me dice, debemos con-

sumar nuestro amor. Él ha encontrado el lugar ideal, el Hotel Riverfront, no muy lejos de aquí.

—Es hora de que lo hagamos —dice, y no es una pregunta.

El Riverfront se convertirá en nuestro oasis, me promete, y la Riviera Maya el escenario mágico para nuestra "luna de miel". Le pido
tiempo para pensarlo, pero en mi corazón yo sé que no puedo resistir la
posibilidad de un escape con un hombre con tantas cosas que revelar.
No cabe duda de que José Antonio ha llegado a calarme bien.

—Brindemos por América la bella —digo demasiado alto con la
esperanza de distraerlo del deseo abrumador que me ha sembrado en
el alma. Cuando lo que logro es captar la atención del camarero, le
apunto hacia mi botella para que me traiga otra cerveza. José Antonio
no quiere otra; su botella está todavía medio llena.

—Y brindemos por nosotros —añade él—, juntos hasta que la ci-
rrosis hepática nos separe.

Escribo un poema titulado "El Rescate" la noche antes de tener nuestro primer encuentro en el Riverfront, y bañada en la luminosidad pos-
terior al sexo, se lo leo sin haberlo memorizado todavía. Más que una
oda a nuestro encuentro fortuito la noche del eclipse, el poema es una
advertencia sobre mi corazón hechizado, y se lo digo.

—Soy una mujer quebrada —le digo—. No funciono bien en una
relación. Soy una buena cubana: mucha habladuría, mucha música,
mucho alarde. Pero cuando las cosas se ponen difíciles, soy una experta en huir.

José Antonio se queda callado. Besa la página, declara el poema
como el regalo más genuino que ha recibido jamás, me pregunta si
puede quedarse con él y se baja de la cama para meterlo en el bolsillo
interior de una chaqueta italiana de rayas que había doblado cuidado-

samente sobre una butaca. Lo observo, todavía atontada por el esfuerzo de recitar el poema y por el sexo. Le entra coriza. Apenas se nota, pero le produce un poco de secreción en la nariz. El celular comienza a sonar, se disculpa y se mete en el baño. Me alegro de quedarme sola unos minutos. Me estiro en la cama blanca henchida de placer. No puedo negar el placer que siento.

José Antonio regresa, coloca su celular de nuevo en la cómoda y vuelve a la cama conmigo.

—Te quiero en mi vida para siempre —me dice, besándome tan delicadamente el cuello, los labios, los pezones, que de veras quiero quedarme para siempre. Desde ese día, empieza a llamarme con el apodo "mi Gabriela Mistral," y agrega el nombre de la gran poetisa chilena a su curioso repertorio de motes para mí. Y cuando me llama por la mañana al salir de su propiedad junto al mar en Key Biscayne, quiere que le cuente todo acerca de mi producción literaria. Motivada por su estímulo, escribo y escribo y escribo, sin apenas percatarme de mi soledad y de mis espacios todavía vacíos.

3

El viernes, después de que José Antonio y yo hacemos el amor por primera vez, recito "El rescate" en Dos Gardenias cuando Alejo termina de cantar el bolero "Veinte años", acerca de la amante que quiere que la adoren con el mismo fervor que veinte años atrás, canción compuesta por la gran dama de la trova cubana María Teresa Vera. Alguien nos dice que hay un gran contingente de mexicanos en el público y, entre canciones, Alejo los deleita con anécdotas sobre la historia de la relación entre México y Cuba, hermanas gemelas de la época de oro del bolero en los años cuarenta. Mantenemos nuestro acto más ágil que de costumbre, un giro no tan fácil de lograr debido a mi lamentable poesía, pero "El rescate" me ayuda a elevar el tenor sexual de nuestra presentación y a dejar a un lado la nostalgia. A petición de los mexicanos, Alejo canta "Bésame mucho", la famosa composición de la gran dama de la balada mexicana, la bella Consuelo Velásquez.

Nuestra improvisación funciona con la misma fluidez que si lo hubiéramos ensayado, y Alejo y yo logramos instalarnos en nuestra mejor química. Después del espectáculo, mientras compartimos un mojito mentolado en el bar, le confieso a Alejo lo que había hecho por la tarde con José Antonio.

No se siente alarmado.

—Síngatelo sin misericordia —me aconseja Alejo con un movimiento de cabeza típico de las divas—. Disfruta, corazón.

Las travesuras de Alejo, acentuadas por el argot de sobreviviente de las calles cubanas al que estuvo expuesto hasta entrado en los cuarenta años, tienen siempre la virtud de divertirme. Y si su vocabulario pintoresco no lo lograra, su persistente lealtad me conmueve como pocas cosas logran hacerlo. Su apoyo es perenne. Si amo a un tipo, él también lo ama. Si odio a alguien, también él lo odia. En su mente, soy infalible. Desde nuestra niñez compartida en nuestro paraíso de La Playa en el barrio costero de Matanzas, cuando él era el único amigo varón que se me permitía tener, hasta nuestro emocionante reencuentro tres décadas después en La Pequeña Habana en Miami, Alejo ha sido mi ángel de la guarda, mi confidente, mi cómplice. Es la única persona en este mundo a la que puedo tratar como a mi propia familia.

Fue el destino, esa trayectoria ilusa de la que es imposible escapar, lo que condujo nuestra amistad hacia un modesto escenario rodeado de paredes llenas de fotos en blanco y negro de un legendario pasado musical. Allí están todos, colmándonos de generosas dosis de aché yoruba cuando actuamos: Beny Moré, el indiscutible rey del ritmo; Celia Cruz, la sandunguera reina de la salsa; la diva de la voz áspera, Olga Guillot, que en la canción que la popularizó hace el famoso ruego: "Miénteme más, que me hace tu maldad, feliz", el himno de las traicionadas esposas cubanas que se hacen las que no ven. Nunca habría podido imaginar que yo compartiría este escenario, mucho menos que este pequeño pedazo del Miami nostálgico se convertiría en el estrado de mi gran vuelo. Pero Alejo lo tenía todo planeado como sólo pueden hacerlo aquéllos que han logrado escapar del infierno sin más que sus propias vidas.

Una noche estábamos ambos en mi casa sufriendo de mal de amores cuando Alejo empezó a cantar las baladas características de la generación de nuestros padres. Él me recordaba cómo le gustaba cantar a mi madre. Ella era una belleza tropical como las que aparecen en los afiches de viaje americanos de los años cincuenta, y cuyo momento de gloria le llegó cuando pudo cantar "Nosotros" en un concurso de talentos en el famoso Teatro Sauto de Matanzas. Recuerdo que mi abuela me contaba esta historia, pero hacía tiempo había olvidado el rostro de mi madre. Alejo lo recordaba todo, pero más que todo, su voz sensual. La diferencia era que él tenía un año más que yo. Yo sospechaba que lo que él no recordaba lo inventaba con la facilidad que la situación requería, unas veces para alimentar mi nostalgia, otras para aliviarme el dolor. Y esa noche en particular hubo que darle un giro a la realidad. Yo estaba sufriendo el final de mi larga relación con Gabriel, y Alejo estaba penando por un neoyorquino que había conocido en South Beach que lo único que quería era disfrutar el momento con el legendario amante cubano y no llevárselo a su casa y presentárselo a su mamá. Alejo quería que yo cantara con él.

—Trata, arriésgate un poco —me dice—. Tienes que llevarlo dentro, está en tus genes.

Pero no tengo una voz que vale la pena ni ritmo para entonar la música. De modo que comienzo a recitar poesía escrita por mí misma bajo los efectos del desamor.

Si las plumas de este mundo pudieran llorar,
las mías desbordarían el Yumurí.

Al transitar de versos cortos a piezas más largas, el clima redentor de la noche nos movió a añadirle drama a la letra de las canciones. Más que recitar, comencé a actuar el papel de la dama fatal. Así nació nuestro espectáculo.

Nos pusimos el nombre de *Nosotros*, como la canción favorita de mi madre sobre los amantes obligados a separarse, y Alejo y yo nos dejamos llevar por la fantasía de lo que sería poder presentarnos en público. Lo que yo no sabía entonces era que Alejo había tenido un romance intermitente con el dueño de Dos Gardenias, quien estaba a su vez en medio de una ruptura amorosa, y no demoramos mucho en recibir una oportunidad para hacer una actuación de prueba ante Gustavo sin yo saber lo que estaba pasando. Alejo tuvo el tino de no decirme sus secretas intenciones. Él conocía mis inseguridades. Yo nunca habría estado de acuerdo en presentarme en público. Odiaba ser el centro de atención, por lo que había optado por encaminarme hacia una oscura carrera en el gobierno, y había encontrado en la investigación histórica una silenciosa pasión.

Pero Alejo, que había estado obligado a hacer una carrera en el área de nutrición en un país perennemente sometido a una aguda escasez de alimentos, había terminado ganándose dólares cantando en hoteles y clubes exclusivos para turistas extranjeros en Varadero. Como asistente de un médico en una clínica de Westchester durante su exilio de Miami, ardía en deseos de hallar la oportunidad de regresar a su vida nocturna. Alejo invitó a Gustavo a cenar en mi casa, y después que Alejo logró astutamente que yo sola me tomara casi una botella entera de Pinot Grigio, empezó a cantar "Nosotros" y a abrazarme incitándome para que lo acompañara. Yo estaba lo suficientemente borracha para complacerlo. A Gustavo le gustó nuestra química de amantes y ofreció ayudarnos a afinar las ligeras imperfecciones de la actuación para estructurar el concepto de un dúo. Incorporó a un pianista, se convirtió en nuestro productor y, antes de yo tener la oportunidad de pensar bien lo que estaba haciendo, nos contrató como una especie de acto de apertura para entretener a los primeros clientes que llegaban frescos de haber cenado en un restaurante elegante en Coral Gables. Dos Gardenias se convirtió en mi segundo hogar. Estaba yo sintiéndome cada vez más cómoda con mi función teatral, y estábamos ya recibiendo invitaciones para actuar en fiestas privadas, cuando aquella noche del eclipse apareció José Antonio con su mujer y unos amigos para lo que después supe era la celebración de sus sesenta años.

Ahora, cuando le confieso a Alejo un poco arrepentida que José Antonio y yo somos amantes, él no le da mucha importancia a la revelación.

—Yo he tenido muchos romances —dice Alejo descartando mi preocupación—. Pero, ¿sabes una cosa, querida? En Cuba era mucho más fácil. Todo el mundo en la isla se está singando a alguien a quien no se supone que se singue, literalmente y en sentido figurado. A nadie le importa. No cogen lucha. Todos estábamos embarcados juntos en ese hueco del mundo y lo único que podíamos hacer para entretenernos era templar.

Las palabras de Alejo ni me consuelan ni me hacen gracia. Empiezo a sentirme arrepentida y avergonzada de mí misma por trasponer el territorio de otra mujer, un pecado capital en mi manual de feminismo americano. Lamento habérselo confesado. Entre otras cosas porque quisiera que José Antonio sea mi secreto. No sólo está casado, sino que es quince años mayor que yo. Alejo sí piensa que José Antonio es demasiado viejo y complicado para mí, y tiene razón. Pero me atrae la dimensión que la historia le da a su personalidad. En su presencia, me siento conectada a algo intangible. Se ha convertido en un extraño refugio, peligroso y seguro a la vez.

Trato de explicarle a Alejo mi ambivalencia, como si la duda sobre lo que he hecho me convirtiera en una mejor persona.

—¿Y qué hago con el sentimiento de culpa? —le pregunto—. Él es buena gente y no quiero lastimarlo ni meterlo en líos. Imagínate el escándalo si la gente se entera.

Alejo sigue inmutable.

—¿Escándalo? ¿En este pueblo? Por favor, corazón, ¿en qué planeta tú vives? Romances como éste son más comunes que un catarro aquí. Además, ¿no te sabes las reglas? No está pasando nada. Finges que no está ocurriendo y todo el mundo vive feliz hasta la eternidad. Lo que hay es que negarlo, negarlo, negarlo.

—Qué curioso —lo interrumpo—. Eso mismo dijo José Antonio el otro día. Me dijo que su credo es negarlo, negarlo, negarlo. Usó esas mismas palabras y todo. Dice que su mujer siempre ha sabido de sus romances, pero cuando ella le pregunta, él lo niega todo. Ustedes los hombres son todos iguales; sean gay o no, son unos canallas todos.

Alejo toma un sorbo de su mojito y escupe una ramita de yerba buena que se le metió en la pajita. Nos quedamos callados y por el gesto de su cara sé muy bien que está perdido en sus propios recuerdos de los hombres que ha amado y que ahora odia.

—Te voy a decir cuál es el problema —dice Alejo—. No vas a poder contar con él cuando más lo necesites. No te hagas ideas pensando que él va a cambiar su vida por ti. Esa gente está tan acostumbrada a vivir en la mentira que no sabrían qué hacer con la verdad.

—¿Estamos hablando de mí o de ti? —lo impugno.

—Mira, mi amiga, tú haces lo que te dicte el corazón. Disfruta esto por un tiempo. Yo ya no quiero ser más el Eleguá de la gente —dice suspirando en una referencia a la deidad de la santería que dicen que despeja los caminos de la vida—. No voy a seguir abriéndoles el clóset a otros. Que va. Se acabó. Uno le muestra la salida, y cuando se ven libres, te dan una patada por el culo. Pero tú, tú tienes mucho que aprender todavía, mi querida Marisol. Un romancito con el Dr. Castellón te puede venir muy bien. Yo conozco a los médicos; tuve uno una vez. Se conocen bien la anatomía y eso es lo que tú necesitas ahora para curarte el corazón. Lo único que te digo es que no lo tomes muy en serio. Archívalo en esa cabecita tuya bajo el título: "La educación de Marisol".

—Él dice que me quiere —digo, y enseguida me siento como una boba—. Pero yo sólo lo estoy utilizando para aliviarme el dolor. ¿Hago bien o no?

—Te conozco muy bien, mi niña querida, y ese corazón tuyo ya ha creado un lugar con el nombre de ese hombre escrito en él. Tú eres la que tiene que tener cuidado. Tú lo estás utilizando para llenarte ese espacio vacío con el nombre de ese cubano mal nacido que no se merece tus lágrimas, y él te está utilizando a ti para combatir su aburrimiento. Tal para cual. Pero limita tus fantasías a la cama. En este país todo se reduce a los millones que están en juego, y ese hombre no va a renunciar a su gloria por nadie. Coño, hay días que odio el capitalismo. Templar para huir de la opresión es mucho más poético.

Y tras esa declaración, Alejo recuesta la cabeza en mi hombro.

—Mmm, hueles a sexo —me dice.

—Estás borracho —le digo y le beso la cabeza.

4

Mi corazón. Alejo tiene razón en lo que dice sobre mi corazón. Una vez que me pongo a excavar como un arqueólogo en el terreno del alma de José Antonio, lo único que quiero hacer es protegerlo, como si él fuera un niño travieso sin hogar, y como si pudiera encontrar su salvación en el refugio de mi abrazo.

Mi corazón. José Antonio se gana el acceso a mi corazón en México cuando, hurgando en cada rincón mío, me besa las cicatrices y encuentra las regiones de placer en el azul turquí del mar, en la suavidad de la arena blanca, debajo del mosquitero de nuestra cama en el lujoso balneario rústico que tiene bien puesto el nombre de Poesía del Mar en lengua maya. Desde el momento en que llegamos al Aeropuerto Internacional de Miami el día de nuestro viaje, no me cabe duda de que este hombre me ama. En la manera en que es capaz de amar, en la manera en que sabe amar, me ama.

Cuando llego a la puerta de embarque del vuelo Miami-Cancún, ya José Antonio me está esperando. Me besa en la mejilla y enseguida se ocupa de ayudarme con mi equipaje de mano.

—¿Y eso qué es? —pregunta apuntando a un bulto de plástico amarillo que se sale de un bolsillo lateral de mi mochila Kipling negra y beige.

—Oh, es que no tuve tiempo de leer el periódico esta mañana con el lío de empacar y el turno con la manicurista, cosas de mujeres —le digo—. Pensé que lo podíamos leer en el avión.

José Antonio mete la mano en la mochila, saca el bulto amarillo, se dirige hacia un latón de basura y me bota el *Miami Standard*.

—En mi tiempo no vas a leer, mariposa —me dice—. Este fin de semana eres toda mía.

Y así comienzan los tres días más intensos de mi vida.

Después de disfrutar de buen sexo, José Antonio se convierte en un entusiasmado cuentista. Le encanta hablar de sus mentiras y conquistas: las mentiras a su mujer y las conquistas de otras mujeres. Tiene un amplio repertorio de cuentos que abarcan el hemisferio, una revolución, una contrarrevolución y sus cuarenta años de matrimonio. Cuando empieza a recordar y a asomarse a "las pequeñas espinas de la vida", como llama él a sus romances fracasados y a sus fallidas amistades, le dedico toda mi atención. Estoy enviciada con la narración de su vida y lo escucho con tanta avidez como amor.

Lo que más me fascina de José Antonio es lo que más odio: la dualidad de su historia. Es un sobreviviente admirable, el típico exiliado herido cuya ética de trabajo y sobredosis de esperanza le dieron a Miami su prominencia internacional. Es además un mujeriego crónico que se destaca por el éxtasis de sus aventuras eróticas y que ejecuta sus traiciones más descabelladas contra sus seres más queridos para luego alardear de ellas con sus mejores amigos. Mientras nos comemos un generoso ceviche de camarones en una choza en Playa del Carmen con

los pies descalzos metidos en la arena, y caminamos luego de manos
por el extenso y apartado litoral, José Antonio me cuenta la historia
de su vida.

Se casó en 1963 a los diecinueve años en el segundo aniversario de la fracasada invasión de Bahía de Cochinos, en la que había
participado entrenado por el gobierno americano, y donde había sido
miembro de un grupo de desembarco que nunca se acercó a la isla lo
suficiente para entrar en acción. Su novia Magdalena era igual de joven, una adolescente a la que sus padres habían enviado sola al exilio
por temor al adoctrinamiento comunista y a la amenaza de perder la
patria potestad. Magdalena, una belleza de pelo negro hasta la cintura
y encantadores ojos felinos, estaba hospedada en la casa de unos amigos de los padres de José Antonio en Miami. Sus padres se habían quedado en la isla tratando de decidir si dejarlo todo atrás y reunirse con su
hija en el exilio, o esperar la milagrosa caída del nuevo régimen. Desde
el mismo día en que se conocieron, José Antonio consideró su deber
patriótico el proteger a su pequeña novia de pechos espléndidos.

—Hijo, no te cases —le había rogado el padre de José Antonio—.
No te cases cuando estás en una mala racha.

El comienzo de los sesenta fueron años de fracasos consecutivos,
como si la desastrosa invasión hubiese colocado a José Antonio y sus
compatriotas bajo una perenne maldición. A los dieciséis años había
sido un estudiante precoz en el Colegio Belén de los jesuitas en La Habana, y había pasado los exámenes necesarios para matricularse en la
Escuela de Medicina de la Universidad de la Habana antes de salir de
Cuba con sus padres en 1960 con una visa de turista. Pero después en
la Florida, José Antonio suspendió el examen de idiomas requerido
para ingresar en el sistema universitario. Se matriculó entonces en el
Centro de Inglés en el corazón de la ciudad de Miami y, una vez que
aprendió bien los elementos básicos, se metió en el ejército. Descubrió

en seguida que era un pésimo soldado y su calificación lo situó entre los últimos diez de su clase en todos los elementos de preparación física excepto natación. Se casó con Magdalena durante un pase de fin de semana y cuando regresó a la base militar en las Carolinas se sintió un tanto realizado. Era un hombre casado con ideas tradicionales acerca de las cualidades de una buena esposa (confianza ciega en su marido) y de las cosas que ella no debía hacer (trabajar fuera de la casa). Moldeaba la pirámide de su vida basada en los valores jesuitas de sacrificio y devoción, y la piadosa y virginal Magdalena sería uno de sus pilares.

Esos votos, sin embargo, no sobrevivieron ni su primer aniversario. Debido a una lesión en la rodilla, José Antonio fue a dar a la enfermería en los brazos de una enfermera nocturna y su vida retomó el camino hacia una carrera en medicina cuando el ortopédico, impresionado por el precoz diagnóstico que él mismo se había hecho, quiso convertirse en su mentor. Por el resto de su vida, la dualidad moral de su manera de ser se convertiría en la fórmula ganadora para José Antonio. Su esposa administraba y supervisaba su consulta con excepcional eficiencia, mientras una cadena de amantes convenientemente cercanas a los hospitales en que él hacía sus guardias le alimentaban sus anhelos eróticos. En medio de todo, concentraba su intelecto intensamente en ser el mejor en su campo. En esta vertiginosa ecuación, sólo cabía una tragedia —la tristeza y amargura de ser un exiliado, de tener que reedificar una vida truncada de todo lo que le era familiar— y ello fue lo que consolidó la unión de José Antonio y Magdalena para siempre.

—Ella se sacrificó mucho por mí —me dice José Antonio cuando estamos tirados en una hamaca después de una larga caminata y la brisa de la tarde nos refresca los cuerpos soleados. Él no especifica en qué ha consistido ese sacrificio ni yo trato de averiguarlo, pero sí emite lo que yo interpreto como una advertencia sutil que por un momento me hace sentir incómoda—. Yo nunca la voy a dejar. No puedo dejarla. No quiero dejarla. Ella es familia, y uno nunca abandona a la familia.

Lo que sí abandonó José Antonio fue "la lucha", esa batalla que durante décadas muchos de sus contemporáneos libraron para derrocar a uno de los dictadores que más tiempo han permanecido en el poder en el mundo.

—La invasión de Bahía de Cochinos —dice José Antonio— ha sido mi único sacrificio en nombre del patriotismo.

Yo discrepo de esa afirmación, pues sé muy bien que la larga duración de su matrimonio de apariencias también forma parte de la ecuación patriótica, pero opto por quedarme callada. La brisa es demasiado tranquilizante para cuestionar las cosas, y si hay algo que no puede debatirse con los exiliados de la generación de José Antonio es la profundidad de su devoción a "la causa", no importa cuán sutil sean los matices, ni cuán desinformada resulte su historia, ni cuán desorientados estén sus misiles.

Después que me dice todo esto, lo único que siento es remordimiento y pena por Magdalena y por todo lo que ella habría podido llegar a ser si no se hubiera amarrado a un hombre que no la ama. Sospecho que, más que amor, lo que inspiró sus opciones fue el miedo. Magdalena nunca volvió a ver a su padre. El último recuerdo que conservaba de él era el gesto de terror que tenía cuando ella se estaba montando en el avión de hélice Pan Am que aparentaba llevarla a estudiar a Nueva York. Se sentía incómoda vestida con un traje de lana una mañana de mayo, y se volvió para decir adiós con la mano una vez más. Esa sería la última imagen de su padre, y durante mucho tiempo también de su madre, con una mano agarrada firmemente del brazo de su padre mientras con la otra sostenía una sombrilla roja con bolitas blancas que la protegía del sol caribeño. En "el norte", Magdalena fue a vivir con una tía que muchos años antes del triunfo de la Revolución se había establecido en Union City cuando se casó con un trompetista cubano que frecuentaba los clubes latinos de Manhattan. A Magdalena le habían advertido que los inviernos iban a ser duros para una niña acostumbrada al trópico, pero eso no sería lo peor del exilio. Un año después que Magdalena salió de la isla, su padre sufrió un infarto masivo y murió sin nunca más poder hablar con su única hija. Magdalena supo de su muerte por un telegrama amarillo de Western Union. "Tu padre ha muerto", era todo lo que decía, y estaba firmado por "tu madre que te extraña mucho".

Magdalena odiaba el invierno. Le convertía el duelo en depresión y cuando le ofrecieron la oportunidad de vivir y trabajar con amigos de sus padres en el supermercado que habían abierto en Miami, no vaciló en mudarse hacia el sur. Siguió separada de su madre viuda durante una década. Su madre se volvió a casar, lo cual complicó el papeleo de su salida de Cuba. Cuando por fin llegó en uno de los últimos Vuelos de la Libertad de 1971 con su nuevo marido y se incorporó brevemente al hogar de los Castellón, ya Magdalena estaba criando a dos hijos pequeños que se llevaban un año y arreglándoselas casi sola debido a que su esposo estaba muy ocupado durante el día y por la noche dedicaba tiempo a su carrera y su vida amorosa. La residencia médica de José Antonio en el hospital público de Miami había sido estelar, pero tan pronto como pudo, estableció su propia consulta. Quería tener independencia y control. Ganaba más dinero que nadie en su luchadora familia de inmigrantes, incluso en Cuba, pues su padre se había jugado al azar todas las propiedades de la familia, hasta la casa en Miramar.

Su riqueza relativa convirtió instantáneamente a José Antonio en un benefactor, así como en el cardiólogo favorito de los recién llegados. Atendía a los refugiados sin cobrarles y los ayudaba a retomar sus vidas, consiguiéndoles trabajo a través de su amplia cadena de contac-

tos. Contrataba a algunos en su consulta y a otros en su casa, la cual
vendió sacándole una ganancia que luego fue hacia la compra de una
más grande. Hizo esto varias veces hasta que pudo comprar la propiedad de sus sueños junto a la bahía. Su consulta prosperó astronómica-
mente con un éxito parecido al de sus pacientes, quienes se hicieron
tan ricos como él —dueños de crecientes imperios de mueblerías, compañías cerveceras, complejos para empacar productos alimenticios latinos, cadenas de restaurantes— y le premiaron con su lealtad como
pacientes y amigos por el resto de sus vidas.

Desde el principio, José Antonio manejaba muy bien su doble vida.
Tuvo un romance que le duró más de quince años. Instaló a esa mujer
en un apartamento con vista a la ciudad, que él consideraba su segunda
casa. José Antonio habla muy poco de ella, como si no existiera, y sólo
se anima ligeramente cuando agrega un detalle de esa etapa de su vida:
la mayoría de esos años, también le era infiel a la amante. Su relación
llegó a parecerse tanto a un matrimonio que la mujer lo molestaba
tanto y lo motivaba tan poco como su bonita y anticuada esposa, que
con el tiempo se había vuelto agria y severa. Cuando finalmente dejó a
la amante, dice José Antonio que decidió ser honesto. "Quiero explorar nuevas emociones", le dijo. Ésta trató de arrollarlo con su automóvil, añade él divertido por el recuerdo. La mujer le contó a Magdalena
lo del romance, pero ella prefirió creer la versión de José Antonio de
que la pobre mujer había sufrido un caso de "atracción fatal no corres-
pondida".

—Soy un prisionero de la carne, un esclavo de la lujuria
—confiesa él.

Durante un tiempo, cuando todavía él seguía los valores jesuitas,
trataba de dominar su lujuria flagelándose el cuerpo con un látigo hasta
que el dolor le amorataba la piel. Pero ya ni siquiera reza. En las últimas décadas ha rezado una sola vez, cuando lo iban a operar para ex-

traerle piedras del riñón. Y aun entonces, su única oración fue: "Dios, si alguna vez te he ofendido, perdóname".

—Con ese acto de sumisión —explica José Antonio— pensé que podía colarme en el cielo.

Sólo el relato de otro de mis amantes, Blas, puede superar los cuentos que José Antonio me hace en la intimidad de nuestra vacación mexicana. Pero Blas es un artista que se crió en los vapores de Centro Habana en los años setenta, cuando escuchar a los Beatles era ilegal. Cuando se cansó de toda la opresión, se orinó literalmente en la Revolución en una actuación pública y lo metieron preso por ello. Nadie más tiene historias que puedan compararse con estas escenas de exposiciones de arte vanguardista y estrenos de aburridas películas soviéticas que terminaban en orgías bajo la luna en una azotea de un edificio en ruinas.

José Antonio nada más piensa en el placer. Es bueno que el tequila que nos tomamos por las noches me adormezca y que esté tan exhausta de bailar hasta la madrugada en los clubes de salsa de Playa del Carmen y tan felizmente satisfecha haciendo el amor como si fuéramos adolescentes en una isla desierta, así puedo quedarme rendida de sueño sin sentir el peso suyo sobre mi cuerpo o sobre el alma. Cuando despierto y lo siento sobre mí, tengo que hacer un esfuerzo por respirar. Me entrelaza con sus brazos y piernas como si lo que quisiera es que nuestra conexión le salvara el alma, le ayudara a encontrar esa difícil salida hacia el cielo que sus tardíos rezos pudieran negarle.

Siento el peso de su cuerpo y de su historia; sin embargo, cuando José Antonio me cuenta sus cosas, me desarma de cualquier intento mío por juzgarlo cuando me señala que él está acostumbrado a mentir, pero que conmigo se siente obligado a decirme la verdad. "Tú eres mi mejor amiga", me dice. "Nunca le he contado a nadie las cosas que te he contado a ti".

No le creo al principio, pero le sigo el juego para ver hasta dónde es capaz de llevar sus cuentos. Los lleva lejos. Y yo disfruto el paseo.

Me cuenta una vieja historia sobre su iniciación sexual en el barrio de las putas de La Habana Vieja, seguida del relato de otra aventura desastrosa cuatro décadas después en un elegante club de caballeros de Buenos Aires, que se había convertido en un lugar muy barato después de la crisis económica en ese país. Al principio no entiendo por qué me está contando consecutivamente estas dos historias tan distantes una de otra, pero enseguida resulta obvio el común denominador: su incapacidad de funcionar sexualmente.

—Las únicas dos veces en mi vida —dice.

Le irrita un poco cuando me río.

—Eso nunca ha sido un problema conmigo —digo cambiando el tono.

José Antonio tenía quince años cuando yo nací, y ya para entonces se había iniciado en la excitación y decepción del acto sexual en un asfixiante cuarto de un solar destartalado, no muy lejos de donde había nacido de una madre que era maestra de primaria y su marido chulampín y jugador. Estaba José Antonio tan contento y ansioso sobre lo que sería su primer polvo que, a diferencia de otros iniciados de su misma edad —tenía trece años entonces— quería tomarse su tiempo y hacer el amor como lo hacían los galanes de sus películas favoritas.

Aspiraba a ser un gran amante como Jorge Negrete, el guapo actor mexicano que siempre se las arreglaba para quedarse con la chica principal. José Antonio no era trigueño como Negrete, sino tenía el pelo crespo y castaño con los ojos claros, rasgos que lo hacían popular tanto con las refinadas chicas de la alta sociedad como con las bellezas del barrio, y lo ayudaron después a envejecer mejor que sus amigos porque apenas se le notaba el pelo blanco en la barba. También era más alto que Negrete. José Antonio se recordaba a sí mismo estas característi- cas mientras subía las escaleras del burdel. Su amable madre solía no- tar frecuentemente su creciente estatura, y le aseguraba que todavía le quedaban años para crecer más. Sin duda él sería el hombre más alto de la familia. Cuando a José Antonio le llegó el momento de tocar a la puerta del lúgubre cuarto que se le había asignado, ya había memo- rizado, como una receta de amor, la manera galante en que Jorge Ne- grete usaba las manos para acariciarle los hombros a su actriz principal María Félix, y la forma en que miraba profundamente a Gloria Marín a los ojos en *Una carta de amor*. Un galán siempre puede aspirar a tener muchas actrices principales.

Fue así que, cuando José Antonio llegó al tercer piso, estaba listo para su estreno. Había venido al prostíbulo con su clan de Belén, y con mucho orgullo había pagado el precio máximo —cinco pesos— por la mejor hembra de la casa. Cuando José Antonio revisó a la mujer com- prada que había de ser su primera, le gustó el hecho de que fuera china. "Una muñeca de porcelana", se dijo a sí mismo.

Cuando estuvieron solos y la chica se le acercó, José Antonio le puso las manos en el pelo pensando que era más oscuro que la noche en el campo. La miró fijamente a los ojos rasgados en forma de media- luna y ella bajó la vista para desabrocharle los pantalones, antes de que él se percatara de que muy pronto estaría totalmente desnudo, y halán- doselos por los pies con tanta rapidez que le bajó también los calzonci- llos. Aunque no le gustó el gesto, no fue lo suficiente para atenuarle su fogosidad. Miró a la chica para ver su reacción a su henchida virilidad y su tamaño. Si se había decepcionado con lo que vio, no lo demostró. Ya José Antonio sabía que él no estaba tan bien dotado como sus ami- gos, y como era el chico más inteligente de la clase, había llegado a la conclusión de que compensaría sus deficiencias naturales con modales de caballero, una experta manera de lidiar con la anatomía femenina, y un montón de los encantos de un amante latino. Trató de hablarle a la chica, que no tendría más de veinte años, e hizo una nota mental de que la próxima vez le traería flores.

—¿Cómo te llamas? —le preguntó José Antonio. Pero en lugar de responderle, la chica lo empujó hacia la cama y se le montó encima en silencio.

José Antonio se rindió ante una intensa ola de placer y le buscó los ojos otra vez mientras le pasaba la mano por el pelo. La mujer se movía febrilmente encima de él, y mientras más sensaciones él sentía, más quería él conocerla mejor. La agarró por la cara y la obligó a que lo mirara.

Ella lo miró molesta y lo regañó: "Apúrate. ¿Qué estás esperando?".

Instantáneamente, José Antonio sintió que el deseo lo abandonaba con la misma velocidad con que le había llegado. Marchito y confundido, se la quitó de encima. Cuando se puso de pie, notó el terciopelo rojo de las cortinas de las ventanas y le pareció un chiste la manera que colgaban contra las paredes verdes desconchadas del burdel.

—No quiero nada más contigo —dijo José Antonio, vistiéndose más pronto que nunca en su vida. Todavía se estaba metiendo la camisa de rayas por dentro del pantalón del uniforme del colegio jesuita de Belén cuando salía del lugar hacia la noche piadosamente oscura.

Sus amigos lo esperaban riéndose y compartiendo el único cigarrillo que les quedaba.

José Antonio fingió una risa y los saludó chocando las manos en alto.

—¿Cómo fue? —le preguntó Pedrito.

—Cojonudo, chico. Le eché un buen palo.

Fueron a celebrar a un bar cercano con una cerveza Hatuey fría tras otra.

—Era china —me dice José Antonio a mí al terminar el cuento—. Muchos chinos emigraron a Cuba y había un barrio chino en La Habana. ¿Sabías eso?

—Sí, todo el mundo sabe eso —le digo—. Hay asiáticos en toda Latinoamérica. No me extraña tanto. ¿Por qué tú crees que Perú tiene la mejor comida china en las Américas? ¿Has comido alguna vez en un chifa peruano? Lo mejor que hay.

—¿Hay algo que yo te cuente que tú no lo sepas ya? —pregunta José Antonio un poco lastimado y molesto.

—Todo —digo, abrazándolo para apaciguarlo y consolarlo—. Puedes enseñarme de todo. Aprendo mucho de todo lo que me cuentas.

Mi demostración de afecto funciona.

—Nunca le he contado eso a nadie —dice, suavizando el tono, y yo se lo creo.

—José Antonio me dice que él casi nunca le dice a nadie la pura verdad.

—¿Y cómo sé yo que tú me estás diciendo la verdad? —pregunto.

—Confía en tus instintos —me aconseja él.

También les mintió a sus amigos sobre lo que ocurrió en otro tipo de prostíbulo al que él fue décadas después, cuando ya era el Dr. José Antonio Castellón, M.D., famoso cardiólogo de Miami.

—M.D., ¿sabes lo que significan esas iniciales? —pregunta y se contesta sin esperar mi respuesta—. Maníaco depresivo.

No me hace gracia el chiste. No soy psicóloga, pero me suena demasiado incisivo para mi gusto. No tiene importancia. José Antonio

está en su propio mundo cuando accede a tocar el tema de la verdad, y
ya ha hecho una transición mental hacia otro cuento, de viaje ahora a
la tierra lejana del tango en el sur del hemisferio.

Hace algunos años lo invitaron a dictar una conferencia sobre los
defectos congénitos del corazón en una convención médica en Buenos Aires. Su disertación resultó tan buena que sintió "la más intensa
luz de Dios por dentro" mientras le hablaba a sus colegas. Más tarde,
cuando estaba rodeado de médicos de toda Latinoamérica con interminables preguntas adicionales, uno de los organizadores se disculpó
por interrumpir y lo sacó del grupo para hablarle en privado. El joven
le dijo que se había organizado una excursión hacia un club de caballeros para algunos de los visitantes. Extraoficial, desde luego. ¿Le in-
teresaría a él estar listo esa tarde a las seis? José Antonio estaba tan
entusiasmado con lo bien que había resultado su conferencia que estuvo de acuerdo enseguida sin detenerse a pensar mucho en la proposición o en la presencia de su esposa. Inventó un cuento que tenía que
acompañar al principal cirujano cardíaco de la ciudad en sus visitas a
los pacientes del hospital y dejó a Magdalena en la habitación del hotel con una exagerada cantidad de dinero para que fuera de compras y
le prometió que volvería a tiempo para llevarla al mejor espectáculo de
tango en la ciudad.

El club de caballeros situado en una mansión restaurada del siglo
dieciocho en el distrito de La Recoleta resultó ser todo lo que el joven
le había prometido que sería. Localizado en una estrecha calle llena de
pequeñas tiendas de antigüedades, galerías de arte y una dulcería que
se podía oler desde una cuadra de distancia aun a las últimas horas de
la tarde, el edificio y la calle proyectaban un aire gótico francés. A la
entrada del club, cuyo nombre era El Imperial, había cajas repletas de
geranios color púrpura a lo largo de toda la escalinata de piedra. Adentro, la decoración de las habitaciones estaba acentuada con molduras

de rica caoba y arañas de lágrimas de cristal que colgaban de los techos. Los hombres eran conducidos a un gran salón lleno de muebles antiguos con asientos tapizados de telas estampadas en azul oscuro y dorado. En cuanto los invitaron a sentarse para relajarse con una copa de coñac, les ofrecieron habanos cubanos. Por ser tan romántico, José Antonio escogió un aromático Romeo y Julieta, aunque tal vez habría disfrutado más un pulposo Cohíba. Para un exiliado cubano, fumarse un tabaco cubano es un placer culpable y el aroma cáustico hizo sentir a José Antonio invencible. Pero no tendría que esperar mucho para que las elegantes mujeres que pululaban en el salón captaran su atención y lo distrajeran del excepcional puro. Las mujeres fluían por el local, de un hombre a otro, presentándose: Inés, de Chile; Yeleny, de Cuba; Katrina, de Rusia; Sherry, la americana. Eran una suerte de Naciones Unidas del placer, y José Antonio inmediatamente concentró su deseo en Consuelo, una mulata de Santo Domingo con un pelo abundante que le caía en cascadas y unas caderas con la promesa sensual de la brisa caribeña. Pensó que sería la primera vez que se acostaba con una negra y la idea lo llenó de anticipación y vigor.

Sin embargo, cuando el anfitrión le tomó la orden —por ser el conferencista más distinguido de la convención recibió el privilegio de ser el primero en escoger una mujer— José Antonio escogió a Melania, la rubia argentina que lo había deleitado con sus ojos verdes.

—Cobardía —me dice José Antonio en ese punto del cuento.

La mujer lo condujo escaleras arriba hacia una lujosa suite con un diseño verde oscuro y dorado y temas de cacerías inglesas. Sirvió una copa de champán para él y otra para ella. Llevaba puesto un vestido escotado azul celeste, largo y ceñido y, aunque tenía senos pequeños, José Antonio podía adivinar a través de la fina tela que eran redondos y perfectamente erectos.

Brindaron por los buenos momentos. Después de beber un sorbo,

Melania se acercó a José Antonio, le quitó la chaqueta, la colgó lánguidamente en un clóset y regresó para desatarle la corbata. José Antonio se recostó en la cama y la dejó que comenzara a desabotonarle la camisa blanca. Era muy bella, juzgó, observándole las manos con uñas arregladas moverse de un botón a otro.

Terminó de beber su champán de un solo trago.

—¿Quieres otra copa? —preguntó él, quitándole suavemente las manos de su pecho.

—Si quieres —dijo Melania.

Detectó una ligera molestia, pero tal vez era su imaginación. Ella sirvió dos copas más. Él se tomó la suya demasiado rápido, tosió y cuando Melania se le colocó encima, José Antonio le dijo: "Conversemos un poco. Quiero conocerte mejor".

—Yo prefiero hacerte el amor —dijo Melania.

—Es que no tengo ganas en este momento —dijo José Antonio.

—¿Entonces a qué vinimos aquí?

—Quiero conversar contigo —dijo él.

—A mí no me pagan por hablar —dijo ella.

José Antonio sacó un rollo de dólares americanos.

—¿Cuánto? —le preguntó.

—Doscientos la hora —dijo ella.

—Toma —dijo él, dándole trescientos—. ¿Podemos hablar ahora?

Melania tomó el dinero, lo metió en su pequeña cartera de noche plateada y comenzó a despotricar rabiosamente, protestando que jamás un hombre la había rechazado. Mientras más se enfurecía, más hacía reír a José Antonio, tan fuertemente que le dieron ganas de llorar cuando ella finalmente desapareció de su presencia en forma casi gloriosa.

—Tienes que ser maricón —fue lo último que le oyó decir.

—Es probable que yo tenga un poco de maricón —me dice José Antonio a mí—. Cuando era niño, obligué a un amiguito mío a mamarme la pinga. Pero lo cierto era que con toda la belleza de Melania, yo no hacía más que pensar en la mulata que no escogí, y sabía que no iba a poder tener una erección con esa mujer no importaba lo que me hiciera.

—Parece que no tienes mucha suerte con las prostitutas —le digo con el tono más de una terapista que de una amante.

Parece desconcertado, como si no se le hubiera ocurrido semejante idea hasta este momento.

Yo lleno el silencio.

—La cobardía —digo— le quita calidad a los orgasmos.

Esa noche, después de hacer el amor, José Antonio todavía me rodea con su cuerpo cuando me pide que abra la boca.

—Ahora aspira cuando yo respire dentro de ti.

Torpemente lo hago.

—Ahora que respiramos el mismo aire —dice— somos uno.

Después de las confesiones carnales y el intercambio de respiración, es más lo que le creo a José Antonio que lo que pongo en duda, pero en mis solitarios fines de semana posteriores al viaje a México, me pongo a rumiar sobre lo absurdo que resulta llegar a valorar a este hombre simplemente porque me dice la verdad acerca de sus mentiras. Ya no se trata de que lo cuestione a él, sino a mí misma.

Sin embargo, José Antonio me trajina el corazón cada vez más, y el tiempo que estamos juntos se hace más valioso y nos acerca más. Nos juntamos cada mañana para tomarnos un cafecito antes del trabajo. Al final de la tarde, paseamos de manos por los parques de la ciudad. El viernes después de nuestro viaje trae al Riverfront una carpeta llena de fotografías sepias y blanco y negras de su infancia y adolescencia en La Habana de los años cincuenta. Me pide que me lleve las fotos a la casa para estudiarlas y así poder conocerlo mejor. "Guárdamelas", me ruega. No puedo creer que esté confiando tan preciados recuerdos, algo que yo no haría con nadie.

Entonces, después de hacer el amor, José Antonio abre otro capítulo de nuestra historia.

—Ahora te toca a ti contarme sobre tu primera vez —me dice después del sexo, surcándome los dedos por el pelo acabado de arreglar en la peluquería.

Nunca le he contado esta historia a nadie. Ni siquiera a Gabriel, que se había metido dentro de cada pulgada de mi vida y me había drenado todos los espacios. Algo me había impedido compartir mis secretos con Gabriel, y mis otros amantes nunca se interesaron lo suficiente como para preguntarme.

Esta onda de José Antonio de decir la verdad es contagiosa.

—Es una historia muy larga, y se remonta por lo menos dos generaciones hacia el pasado —digo yo—. Es más, mi historia tiene más años que la tuya. Ocurrió antes de que tú nacieras.

Sus dulces ojos incrédulos me aseguran de que tengo toda su atención.

—Vine a este mundo con mucho lastre emocional —le digo—. No me estoy quejando. A mí me gusta mi lastre.

5

La gente piensa en Miami como el afiche del sol y la alegría, una ciudad diurna. O la recuerdan como la capital del vicio y autos veloces, una ciudad nocturna. Pero el Miami mío alcanza su máxima gloria cuando la tarde se diluye en la noche en una deslumbrante coreografía de luz. El sol alcanza proporciones místicas y dibuja el cielo con sombras de lavanda y rosa antes de esfumarse muy, pero muy lentamente, como si se estuviera hundiendo en el Everglades, detrás de interminables hileras de techos de tejas mediterráneas en los suburbios occidentales. Tremendo espectáculo.

No alcanzo a ver las puestas del sol en todo su esplendor desde el Riverfront, pues las habitaciones dan hacia el norte o el sur. Sólo atino a sospechar esos crepúsculos asomándome a un intersticio de cielo hacia el oeste, o mejor aun, observando la manera en que el río refleja el cielo, girando los colores como un calidoscopio. Cuando esto ocurre, estoy consciente de que hemos sido bendecidos con otra puesta de sol y es exactamente eso lo que pasa en este último viernes del año.

Asomada a la ventana mientras José Antonio duerme una siesta, quisiera que estuviésemos allá afuera, como cualquier otra pareja planeando su celebración de fin de año, y no aislados dentro de estas paredes color beige. Pero cuando él se despierta y me llama, dejo de pensar en estos deseos inalcanzables. Bastan la vista del río desde la habitación 1701 y la sonrisa soñolienta en su rostro para llenarme de gratitud por este hombre extraordinariamente imperfecto que me acaricia el corazón con tanta ternura. Besándole suavemente los rosados párpados para sacarlo de su sueño, le digo a José Antonio cuánto amo los ríos y los mares al anochecer. Me he puesto la meta de fotografiar los crepúsculos en todas las ciudades que visito. Una de mis fotos favoritas es la de la primera vez que vi la Torre Eiffel. Venía yo de la estación del metro de la Place de la Concorde para dar mi primer paseo por la avenida Champs-Elyseés cuando vislumbré el famoso ícono a la distancia, y justamente encima de la torre, el sol que se ponía, una pequeña bola de un amarillo opaco rodeada de un halo entrando y saliendo de las nubes. No era un crepúsculo excepcional, pero sí es una hermosa fotografía. París es una ciudad tan grandiosa que puede hasta superar una puesta de sol.

José Antonio repite su promesa de amarme eternamente. No veo la conexión entre mi comentario y su reacción. Acaso no lo conmueve tanto la naturaleza y piensa que soy una tonta. O tal vez esté lamentando, como lo hago yo también secretamente en mi interior, que nunca tendremos a París. No le devuelvo la promesa. Entonces me pide que recite "El rescate", y yo le confieso que días como el de hoy, cuando el mundo está enfrascado en transiciones y celebraciones, son fatales para la inspiración. Cada fin de año, la historia tiene esa extraña manera de someterme a un desasosiego nocivo, y caigo en un duelo de amores y pérdidas, de la isla y de los hombres, mientras una angustia de la que no puedo escapar comienza a envolverme totalmente.

—Eso nos pasa a todos los cubanos —dice José Antonio—. La vida a la que estábamos acostumbrados cambió para siempre un día como hoy. Yo también detesto los fines de año. Todos nos ponemos una careta positiva, pero la ansiedad siempre está ahí, como una maldición.

—Pero yo ni siquiera había nacido cuando eso —le recuerdo—. Yo nací unos meses después.

—Pero lo heredaste todo —dice él—. Es tu legado, tu historia.

Le digo que estoy de acuerdo, pero no dejo de recordarle también que existen tragedias más urgentes en el mundo que una fracasada revolución: los ataques a las Torres Gemelas, la guerra de Irak y ahora los tsunamis. La naturaleza, con toda su sabiduría y belleza, también es capaz de desatar su furia devastadora. Hace sólo cinco días los tsunamis generados por un terremoto en medio del Océano Índico barrieron pueblos enteros en doce países y se tragaron cientos de miles de personas. Para mucha gente, éste será uno de los fines de año más trágicos en la historia de la humanidad. José Antonio no necesita que se lo recuerden; me dice que ya ha enviado una donación a las campañas de ayuda.

—Esa generosidad tuya es una de las razones por las que te amo tanto —le digo y le doy un suave beso en los labios.

Quiero decirle más cosas, pero no lo hago. Más que nunca siento la necesidad de refugiarme en sus brazos y no me atrevo a pedírselo. Ni necesito hacerlo. Me abraza fuertemente y una vez más quiero perderme en la fragancia terrenal de su colonia y su poderosa mezcla con el sexo. Más que nunca detesto el vuelo fugaz de nuestro tiempo juntos, el timbre de su celular en la cómoda interrumpiendo nuestra intimidad y recordándome que no estará conmigo a la medianoche para celebrar el simbólico paso del tiempo, sino con las personas realmente importantes en su vida. No es un buen día para la poesía. En vez de recitar versos, preferiría el escape de los relatos quijotescos de José Antonio, esas historias que tienen el poder de ahogar mis penas y exacerbar mi imaginación. Pero con voz muy tierna, José Antonio insiste en que le recite su poema favorito como un regalo de fin de año y no puedo negárselo. Nuestro tiempo juntos se convierte en una cantera de inspiración y dejo que mi gratitud prevalezca una vez más. Después de un falso comienzo que atribuyo a una ronquera en la voz, finalmente recito y, como siempre, me llena de halagos. Aplaude —"¡Bravo!"—, me besa en los labios, toma nuestras copas vacías en la mesa de noche, las llena con el aromático albariño que se mantiene frío en la cubeta de hielo y, entregándome una copa, propone un brindis por el Año Nuevo.

—Que vivamos muchas tardes más como ésta —dice, acercando su copa a la mía.

Antes de que nuestras copas choquen, José Antonio de momento retira la suya y su expresión se torna sombría.

Inmediatamente mi instinto me dice que todo está a punto de cambiar entre nosotros. Su brindis me lastima el alma de un modo inesperado y no puedo borrar la decepción marcada en mi rostro, ese dolor que me arrasa como una tormenta tropical implacable que borra todo lo que no es capaz de resistir la inundación.

—No puedo seguir fingiendo —dice José Antonio colocando la copa en la mesa de noche—. He notado que algo te está molestando desde que llegaste. ¿Qué te pasa?

Trato de retirar mi parte de todo lo que se está desatando.

—Nada —miento y me le acerco, tratando desesperadamente de sonreír.

Me rechaza.

—Te conozco demasiado bien —insiste.

La angustia me ahoga, y mientras más pienso en por qué me estoy desarmando, más profundo se me hace el dolor. Trato de regresar a otro libreto, cualquier libreto: la situación mundial, la revolución traicionada que nos arrebató la patria o las puestas de sol. Pero mis labios rehúsan pronunciar palabras vacías.

—El brindis, mi amor, ven, toma tu copa —digo forzando palabras falsas—. Sí, brindemos por muchas más...

No puedo terminar. Me quita la copa de la mano, la coloca junto a la suya y toma mi rostro en sus dos manos. Estoy bañada en lágrimas y mis sollozos son tan grandes que no los reconozco. José Antonio me aprieta contra su pecho y me susurra: "Mariposa, mariposa, todo va a estar bien", pero ahora soy yo la que lo rechaza. Las palabras se me deslizan de los labios sin poder detenerlas. No tengo control sobre ellas. Provienen de otra versión de mí misma.

—No puedo seguir haciendo esto —me oigo decir—. No quiero que mi vida siga empezando y terminando los viernes por la tarde.

El rostro de José Antonio se enrojece y sus ojos color dulce de leche estallan en una ira que nunca le había conocido. No se mueve de donde está en el borde de la cama. Lo único que hace es mirarme. Entonces empieza a sudar.

No dice nada y yo tampoco hablo, pero la cara le suda copiosamente y puedo oír el ruido del aire acondicionado al máximo. Mientras más callado se queda José Antonio, más suda y más siento yo la necesidad de interrumpir el silencio.

—Habría querido estar contigo toda una vida —le digo—. Nadie jamás me ha llenado tantos espacios en tan poco tiempo, pero no tengo lo que hace falta para hacer esto.

—Nunca te he mentido. Te he explicado mi vida —dice tan bajito que apenas puedo oírlo—. Estoy atrapado en una red...

—No estás atrapado en una red —digo yo—. Estás aferrado a ella.

No alcanzo a mirarlo a la cara para leer alguna señal de emoción. Se baja de la cama, camina hacia el baño y cuando regresa se me para delante secándose la cara con una toalla de manos. Cuando termina de secarse el sudor que le baja por la frente y las axilas, comienza a sudar otra vez. Nunca he visto a nadie sudar así, ni siquiera cuando nos estábamos tostando bajo el embrujo del sol maya. Me mira con ojos afilados y ausentes de deseo, llenos solamente de la ira más triste que he visto jamás.

Tengo miedo pero no siento piedad. No puedo detener el vertiginoso tren verbal que me brota de los labios.

—Llámame cuando seas un hombre libre —le digo.

Cuando acabo de decir estas palabras, me doy cuenta de mi desnudez. Estoy todavía sentada en la cama apenas envuelta con la sábana, y permanezco inmóvil como una estatua. Él vuelve hacia el baño y se detiene a bajar aun más la temperatura del aire acondicionado. Regresa con una toalla más grande y comienza a secarse todo el cuerpo.

Me estoy congelando y quiero taparme, pero no lo hago. Encuentro una especie de apoyo en mi desnudez, en mis pezones erectos, en el renovado deseo de este hombre en mi cuerpo, en la decisión que acabo de tomar, muy a pesar mío, de jugarme el todo por el todo, a sabiendas del riesgo de perder.

Se dirige hacia la butaca y comienza a recoger su ropa.

—Debes de haber nacido un miércoles —me dice.

Le pregunto por qué dice cosas tan raras en un momento como éste, pero hace una pausa para vestirse. "Porque eres una atravesada", espeta finalmente. Porque tengo tendencia a interrumpir, a deshacerlo todo, porque soy un dolor de cabeza propio de entresemana. Lentamente, José Antonio se pone sus calzoncillos negros transparentes marca Gucci, pero se los vuelve a quitar incómodo y me los tira. "Toma, quédate con ellos", dice, "un souvenir". Sin quitarme los ojos de encima, se pone los pantalones marrón y la camisa marrón de seda que había doblado, como siempre, cuidadosamente sobre la butaca. Cuando termina de abrocharse el último botón, se vuelve hacia la pared que tiene un afiche Art Deco de un edificio de Miami Beach.

Se inclina y besa la pared.

—Aquí pasé las horas más felices de mi vida —le oigo murmurarle a la pared con la voz quebrada—. Nunca volverá a ser igual.

Entonces se va sin despedirse, con sus seis pies de estatura, tirando la puerta tan fuerte que la habitación tiembla. Hundo la cabeza en la almohada y me largo a llorar. Las sábanas de algodón huelen a lavanda fresca y a placer sexual, lo cual me hace llorar aun más.

L RESCATE

Cuando le pedí a la luna
escondida tras su velo
que te enviara hacia mí,
yo no sabía
que ya estabas aquí,
observándome,
saboreándome,
como quiero que me observes,
que me saborees,
que me penetres el alma
y me la desnudes
ante tus traviesas intenciones.

Cuando le recé a la luna oculta
que me retara
a sentir,
ya tú habías soñado,
pronosticado,
tramado
la danza de nuestra indiscreta pasión
y la eficacia de tus besos
en mi corazón.

Y ahora, conquistada, besada, rendida,
le pido a la luna nueva otro encuentro.
Ven, amante y amigo,
rescátame de mis demonios.
Hazlos tuyos.

WIND SONG

6

Matanzas, Cuba

Abuela nos advirtió que los hombres cubanos no son de fiar. Despotricaba sobre la malignidad de su forma de ser, sus malas intenciones, su obsesión por mujeres bellas y jóvenes, vírgenes, como seríamos mi prima de quince años María Isabel y yo hasta nuestra noche de bodas. "Cuídense de los hombres que hablan bonito", decía mi abuela. "Las amarán hasta que las abandonen. Son todos unos mueleros. Mentirosos. Infieles". En esa época, los sermones de Abuela no estaban dirigidos a mí, sino a María Isabel, quien era siete años mayor que yo y había cruzado ya el umbral de niña a mujer para convertirse en quinceañera. Yo era demasiado joven para estar expuesta a estas conversaciones de adultos, pero mis oídos ávidos captaban cada detalle por pequeño que fuera de las advertencias de mi querida abuela, que eran una especie de rezos sin esperanza. Ya el corazón de María Isabel se había trazado el camino, y su cuerpo no tendría más opción que seguir el mismo rumbo.

Como si el avance del calendario fuera la varita mágica de un hada, el día de los quince de María Isabel, Eduardo, un chico de die-

ciséis años que vivía en el centro de la ciudad cerca del Parque de la
Libertad, donde había una estatua de José Martí que parecía que todavía estaba dirigiendo la Guerra de Independencia, vino a su casa
a pedir permiso para ser su pretendiente. Era muy difícil negarle algo
a una quinceañera en su día especial. Los padres de María Isabel le
dieron permiso a la pareja para que pudieran conocerse mejor, pero
sólo bajo las más estrictas reglas de vigilancia: no podían estar solos
nunca. Como ambos padres de María Isabel estaban demasiado ocupados con sus empleos administrativos en el gobierno y su trabajo voluntario como milicianos uniformados para asegurar el triunfo de la
Revolución, le asignaron a la abuela Rosario la tarea de chaperona
oficial.

Mis padres estaban demasiado ocupados también, enfrascados en
su propia guerrita —discutiendo, espiándose, encerrándose en su habitación durante varios días— por lo que a mí me dejaban bajo el cuidado de Abuela cuando no estaba en la escuela. Cuando mis padres se
casaron, se mudaron a una casa a media cuadra de la casa de Abuela, y
dos de mis tías, una de ellas la madre de María Isabel, vivían también
en la misma cuadra. Yo me convertí en la sombra de Abuela, su nieta
favorita, la única a la que ella permitía que la ayudara en la cocina
aplastando el ajo para sus famosos frijoles negros cocinados a la perfección, cuajaditos. A mí me dejaba limpiarle el chinero de madera fina,
donde se guardaban las piezas de porcelana que coronaban los pasteles
de boda de todos sus hijos. Pero más que todo, yo era la nieta que podía
salir con ella temprano en la mañana a su traspatio, el patio detrás del
patio, para echarle maíz y migajas de sobras a sus alborotosas gallinas
y al chivo que mantenía amarrado en el tronco de la frondosa mata de
guanábana. Al chivo le puse el nombre de Laika cuando en la escuela
me enseñaron que así se llamaba la perra rusa que voló al espacio por
primera vez. Igual que su tocaya, mi Laika desapareció también un día

y me quedé desolada y sin poder hablar de mi pérdida. A pesar de ser tan buena, no recibí de Abuela ni una palabra de consuelo, ni una explicación. Así siempre serían las cosas entre nosotras, silencios y pérdidas, uno tras otro.

Cuando el status de María Isabel avanzó para convertirse en la nueva "novia de Eduardo", abuela Rosario me asignó a mí, su nieta favorita, la importante tarea de ayudarla a chaperonear a María Isabel y al salamero de Eduardo cuando Abuela tenía que separarse de la pareja para hacer alguno de sus quehaceres domésticos.

Al principio odiaba esta tarea. Me obligaban a sentarme en la sala, a veces durante horas enteras, en el viejo sillón de Abuela, que tenía una rotura en la pajilla en la parte donde yo recostaba la cabeza. María Isabel y su novio se sentaban en el sofá frente a mí. Y yo no podía mirar a ningún otro lado más que hacia ellos, a quienes tenía enfrente. O los miraba a ellos o miraba por la ventana hacia afuera, y no había nada que ver afuera excepto la estrecha calle vacía adonde daba la ventana cerrada de Cuquita, que había estado así desde el día que los milicianos vinieron a registrarle la casa y se llevaron al marido y un cajón de papeles. Sin saber por qué, yo tenía tan poco interés en mirar hacia la casa de Cuquita como en mirar a María Isabel y Eduardo, aunque la mayor parte del tiempo ellos se comportaban como si yo no estuviera allí sentada, hasta que yo misma me convencí de que yo era transparente, como un fantasma. Fue en ese sofá que María Isabel y Eduardo pasaron la mayor parte de su noviazgo, noche tras noche, a suficiente distancia el uno del otro para satisfacer las malas lenguas del vecindario y las tradiciones arcaicas de Abuela.

Algunas noches, la escena del sofá me daba dolor de estómago. En cuanto Abuela se perdía de vista, Eduardo se arrimaba más y más a María Isabel y le deslizaba una mano por el brazo mientras con la otra le acariciaba la cara.

—Dame un besito —le susurraba él en el oído lo suficientemente alto para yo poder oírlo también.

—No, besos no —decía María Isabel empujándolo—. Abuela nos va a oír y va a venir.

—Vamos, chica, no seas boba —la presionaba él—. Si no me das por lo menos un beso, me voy a ir y no voy a volver nunca más.

—Marisol —me decía María Isabel a mí, finalmente reconociendo mi presencia—. Mira a otro lado un minuto.

—Pero Abuela dijo...

—Si miras a otro lado, te vamos a comprar helado en el Bar de Yiya —prometía Eduardo.

Yo miraba a otro lado renuentemente, y cuando Abuela regresaba de sus quehaceres, Eduardo generosamente ofrecía llevarnos a todos a comer helado. Si a alguien le gustaba el helado más que a mí, era a Abuela, y Eduardo sabía bien que su romance tenía que ver con más de una mujer en nuestra familia.

Del noviazgo de María Isabel con sus furtivos besos robados, y del tiempo que tuve que ser su principal testigo como chaperona, aprendí muy poco sobre el amor. Pero lo que más moldeó mi alma rebelde para siempre fue la historia de amor de Abuela, su propia tragedia, un triste relato que se convirtió en leyenda en la altura de nuestro pedazo de Matanzas, una ciudad de ríos cruzados y poetas de campo. Todos conocían la historia de Abuela; sin embargo, nadie se atrevía a hablar del tema para no arriesgar ser objeto de la ira de Rosario del Carmen Sánchez, conocida alguna vez como Rosario del Carmen Sánchez de San Martín. "De Martín", una coletilla que le anunciaba al mundo que ella le pertenecía al gallardo José Manuel San Martín, a quien sus amigos llamaban "Machito", con su connotación de pequeño macho. Era una coletilla que Abuela llevó con su nombre hasta un día de funestas revelaciones y traiciones.

Abuela era una bella mujer de piel canela. Su orgullo radicaba en el pelo lacio que le llegaba a la cintura y que yo solía llamar pelo indio, imaginándomela como una exótica descendiente de los primitivos indios taínos de la isla, cuya historia yo había aprendido en la escuela. En su juventud, Abuela tenía el pelo negro como el azabache, esa pequeña piedra de ébano que las madres cubanas prenden en la ropa de los hijos para evitar el mal de ojo. En su vejez, Abuela portaba sus hilachas de canas como una corona, recogidas en un moño blanco, y me dejaba deshacerle el moño para peinarle su cabello largo hasta que se quedaba dormida en su viejo sillón de pajilla.

Cuando era una adolescente, Abuela se casó con un hombre a quien amaba apasionadamente, un aventurero polizón que había llegado al puerto de Matanzas de las Islas Canarias buscando hacerse rico, como habían hecho los conquistadores españoles. En doce años de matrimonio, le dio seis hijos a abuelo José Manuel, cuatro hembras y dos varones, uno de ellos mi padre.

Me tomó toda la vida llegar a conocer en su totalidad la historia de Abuela, extrayendo pedazos aquí y allá de las mujeres de nuestra familia, escuchando conversaciones que no se suponía que oyera, primero de niña, fingiendo estar distraída y concentrada jugando yaquis tirada en el piso de loza gris del portal de Abuela, y luego en el exilio, cuando éramos nada más que ella y yo y le resultaba más difícil guardar sus secretos.

Y así me llegó su historia:

Un día cerca del final de la zafra azucarera, la chismosa del barrio, una mujer que no podía controlar su urgencia por escupir a todos los vientos los detalles de asuntos que le eran ajenos, vino a contarle a Abuela que Abuelo se estaba citando con una mujer que vivía en la loma. "Por supuesto, yo nada más haría esto por ti, Rosario", le dijo a Abuela, que recibió la noticia estoicamente sin pronunciar palabra. "No estaba segura si debía decírtelo, pero quería hacer lo correcto".

Abuela le dio las gracias y continuó con sus tareas.

Metió en el agua lentamente las sudadas camisas blancas de algodón que Abuelo se ponía para trabajar, una por una las restregó bien sobre la tabla de madera corrugada y las colgó a secar en el patio formando una hilera larga y recta con las camisas más blancas que había. Después sacudió meticulosamente el polvo del chinero que contenía las primeras piezas de porcelana de bodas, que después aumentarían para convertirse en la colección que me tocó a mí limpiar un cuarto de siglo más tarde. Tenía mucho apego ella a esta pareja de porcelana vestida de bodas. Nadie habría sospechado que esta tonta insistencia en que sólo nosotras dos, y nadie más que nosotras dos, limpiáramos el chinero, sería una especie de mal augurio de lo que vendría después: nuestro viaje solas hacia la perpetua incertidumbre del exilio.

Ese día los vientos formarían otro tipo de revolución.

Abuelo regresó a la casa cuando se puso el sol detrás de las lomas, las fastuosas montañas verdes que yo pensaba estaban embrujadas por fantasmas montados a caballo y envueltos en sábanas blancas, porque una vez los vi a la distancia con mis propios ojos cuando caminaba de la escuela hacia la casa. Abuela oyó a Abuelo abrir la puerta de la cocina que da al patio, y cuando él se le acercó, ella lo besó dulcemente.

—Hola, cariño —le dijo, como siempre.

Ella notó que él estaba en su acostumbrado buen ánimo. Notó que tenía las manos limpias y también las orejas. Solamente la ropa tenía el olor a cosecha y tierra fresca.

—¿Y los muchachos? —preguntó él.

—Fueron al Río San Juan a pescar con Alberto.

—¿Las niñas también fueron?

—Sí. Yo no quería dejarlas ir, pero tu hermana Rosa iba también y ella prometió cuidarlas.

Antes de que ella terminara de hablar, él siguió caminando. Hacía esto a menudo y a ella le mortificaba. Pero nunca le dio mucha importancia, hasta ahora. Era como si sus palabras no importaran, como si él estuviera tan acostumbrado a la melodía de su voz que ya no contenía magia, ni sorpresa, ni promesa. Pensaba en esto mientras ella le preparaba el baño, hirviéndole el agua hasta que formara vapor, como a él le gustaba. Se dirigió a la cocina a prepararle la comida mientras él terminaba de bañarse, pero cuando ella lo oyó salir de la bañera salpicando agua, fue hacia él con una gruesa toalla blanca y limpia. Comenzó a secarlo suavemente, estudiando cada pulgada de su piel mojada con sus pequeñas manos y sus ojos de ébano. Memorizó cada una de las oscuras pecas que tenía en sus anchos hombros tostados por el sol. Él no era alto y tenía la estatura perfecta para una cubana pequeña, pero estaba bien dotado en el área que a ella le causaba placer.

Él reaccionó al roce descuidado de ella, su caricia perdida. Al principio, ella no lo notó, tan perdida estaba en su examen, rodeándole las piernas con las manos y la toalla para proceder a secarle cada uno de los dedos de los pies. Pero cuando él la agarró bruscamente y ella se levantó, todo en él creció, se le hizo más grueso, más grande, y en ese momento más deseable que nunca para ella, un delirio que no había experimentado nunca antes. Cuando vio su erección, se llenó de ira y de un amor doloroso que la asfixiaba, pero lo que más la motivaba era un deseo sexual tan intenso que apenas recordaba, el deseo de lo nuevo.

Él la tiró en el piso y se le montó encima, pero ella no lo dejó quedarse ahí, como hacía siempre hasta terminar, dominándola con su torpeza. Una fiebre extrañamente deliciosa la hizo querer moverse de otra manera y le dio fuerzas para escabullirse de debajo de él. Antes de que él pudiera protestar, ella lo estaba guiando para que tomara su lugar debajo de ella. Esa noche Abuela le hizo el amor a Abuelo con el tipo de pasión que sólo él había creado durante tantos años en la cama que compartían. Le sorprendió saber que ella era mejor que él en eso. Tal vez era la práctica de observar ella sus propios momentos sexuales desde la distancia, a veces como si hubiera estado suspendida en el techo, otras veces fijando la vista en el frenético acto sexual que se desarrollaba en el borroso espejo en la pared.

Esta vez todo era tan diferente. Abuelo, ebrio de la inesperada visión de su mujer, se entregó completamente a su embrujo. Ella le enseñó cómo usar las manos por primera vez en su largo matrimonio. Ella se movía a su gusto, guiada por los más dulces impulsos, en una salvaje búsqueda de algo que desconocía. Y mientras la punta de sus largos cabellos rozaban sus nalgas y los muslos de él, y él le apretaba los gruesos pezones, a ella le entraban y le salían ráfagas de vida, y a él se le salió todo en una súbita avalancha. Se desplomaron cansados y en silencio.

Fue la primera y última vez que Abuela hizo el amor.

Al día siguiente, cuando los niños más pequeños se fueron a la escuela y los mayores a su trabajo en la bodega que los Sánchez y los San Martín habían abierto juntos, Abuela subió la loma. Allí se sentó y se pasó casi todo el día bajo la sombra de una sagrada ceiba, observando la casa que le había llegado por la vía de una lengua suelta y maligna.

Al caer la tarde, vio a Abuelo acercarse a la puerta de la casa de la mujer.

Antes de que Abuelo llegara a la casa esa noche, ya Abuela le había planchado las camisas blancas, remendado todas las medias, le había doblado cuidadosamente todos los pantalones y había metido toda esa ropa en dos sacos de papas con las puntas amarradas con soga. Colocó los bultos junto a la puerta, se sentó en su viejo sillón en la sala vestida con el túnico negro que había usado para ir a todos los velorios de la familia y de los vecinos y el pelo hacia atrás recogido en lo que se convertiría en su típico moño (jamás se le volvió a ver con el pelo suelto). Así esperó a Abuelo sin prisa en el corazón.

Cuando Abuelo entró, era casi la hora de la comida y la casa estaba vacía, excepto por la oscura figura que no lo dejó avanzar más allá del sillón. Cuando Abuela se puso de pie, él hizo por besarla, pero ella apartó la cara bruscamente, y fue en ese momento que él le vio la mirada helada. Cuando él estaba a punto de preguntarle quién se había muerto, ella apuntó hacia los bultos junto a la puerta y, sin mostrar emoción alguna, pronunció una sola palabra: "Vete".

Él se sintió confundido, repentinamente temeroso, como si algo oculto en la sombra lo hubiera asustado. Miró alrededor y, sin encontrar respuesta en lo que veía, lo único que atinó a hacer fue mirar a su mujer y la oscura nube que la consumía. Ella le devolvió la mirada, diciéndose a sí misma que él no era más que una pared en blanco y no su esposo querido.

—Vete de esta casa y de este pueblo —dijo Abuela—. No quiero verte nunca más.

—Rosario, no entiendo —refunfuñó Abuelo.

—Te vi esta tarde. Y ahora quiero que desaparezcas no sólo de mi casa sino de mi ciudad. Vete.

—¿Qué viste?

Ella no respondió. Sacó del bolsillo un rollo de billetes, le agarró el brazo y le metió el dinero en la mano a la fuerza.

—Vete de aquí. Ahí tienes suficiente para el boleto del tren. Toda tu ropa está en esos bultos. Vete.

Él no miró hacia los bultos. No necesitaba hacerlo. A pesar de lo aturdido que estaba, comprendió al fin lo que ella sabía.

—Rosario, puedo explicarlo todo.

—No tenemos nada más que hablar. Mientras yo esté viva, no vuelvas jamás a esta ciudad.

Abuelo hizo lo que hacen los cobardes. No luchó por la mujer que amaba. Se metió el dinero en el bolsillo, agarró ambos bultos con una mano y salió por la puerta trasera. Cuando giró para agarrar el pomo de la puerta, Abuela se permitió mirar al hombre que amaba por última vez. Le miró los brazos, los músculos forjados de trabajar la tierra que había heredado del padre, las manos callosas pero elegantes, y sintió que el dolor la ahogaba. Entonces notó que él traía la camisa blanca mal abotonada, con los bordes disparejos y se aferró a esa visión para poder pasar la noche. Abuelo pasó la suya en la estación de ferrocarril, y por la mañana tomó el primer tren hacia La Habana. La mujer que había visitado esa tarde, y muchas otras tardes antes de ese fatídico día, era la mejor amiga de Abuela.

La traición de mi abuelo y el severo castigo de mi abuela ocurrieron antes de que yo naciera. Nunca había conocido a Abuelo, pero me lo presentaron el día antes de que Abuela y yo saliéramos de Cuba en un Vuelo de la Libertad en 1969. Yo había estado viviendo en casa de Abuela durante años. Papi había muerto dos años atrás bajo circunstancias que nunca se me explicaron, Mami había enloquecido y la habían internado en Mazorra, el hospital psiquiátrico en La Habana, y Abuela y yo estábamos tomando un avión hacia los Estados Unidos. Yo tenía diez años y no estaba totalmente consciente de todo lo que estaba pasando con familiares entrando y saliendo de la casa día y noche para despedirse. Al mediodía mi prima María Isabel, la única persona que me habló con franqueza, me dijo que íbamos a ir al Bar de Yiya para decirle adiós a un hombre especial.

—Esta vez no vamos allí a comprar helado, Marisol. Vamos a conocer a nuestro abuelo.

Pensé que era otra artimaña organizada por María Isabel para verse con Eduardo, pero en el camino ella iba muy seria y no habló ni una sola palabra sobre Eduardo. Al contrario, María Isabel me contó la historia de Abuela y me dijo que Abuela se había hecho famosa en Matanzas después que hizo desaparecer a nuestro abuelo de la ciudad. Abuela había criado a sus hijos pequeños ella sola, y era la envidia de todas las mujeres que les aguantan infidelidades a los maridos, aunque durante un tiempo, según decían, se había creado un ambiente de fidelidad absoluta en Matanzas y en los pueblitos más allá del gran Valle Yumurí.

—No le digas a Abuela que yo te lo conté —me advirtió María Isabel.

Yo no dije nada. Había oído fragmentos de la historia de Abuela siempre en el contexto del "carácter de Rosario" y su personalidad intransigente, pero los detalles que me dio María Isabel era lo que necesitaba para hacerla mía, para ver la vida de Abuela en todo su color, como en una película. De Abuelo recuerdo muy poco. Tuvimos que encontrarnos con él en el Bar de Yiya, frente al malecón que envolvía nuestra Bahía de Matanzas como en un abrazo. Esto fue lo más cerca de la casa que Abuela había aceptado permitirle estar. Nuestro encuentro lo había concertado un intermediario, el hijo mayor de ellos que era comerciante, Ramiro, que se había casado y se había mudado a La Habana para expandir su negocio de distribución de alimentos.

Abuelo me pareció un viejo triste, como si todavía estuviera cargando aquellos dos bultos. Estaba calvo, con apenas unos pequeños cabellos blancos en forma de medialuna en la parte de atrás de la cabeza, y tenía los dedos redondos y nudosos. No recuerdo que hubiese habido sentimientos especiales en nuestro encuentro. Lo único que recuerdo es que me regaló cinco pesos, le di las gracias y le pregunté a María Isabel si podíamos comprar helado de vainilla con el dinero. Abuelo dijo que me quedara con el dinero para el viaje y nos compró helado con el dinero que tenía en el bolsillo. Nadie supo si se llenó de valor suficiente para ver a Abuela ese día, para despedirse una vez más, y en nuestros largos años de exilio, nunca tuve el valor de preguntarle.

El exilio de Abuelo de Matanzas fue el primero en nuestra familia. El de Abuela y mío de la isla fue el segundo y el mío de Miami fue el tercero. Soy parte de la tercera generación de almas errantes, y me he convertido en una verdadera experta en el arte de marcharme.

7

Miami

Abuela puede habernos alertado acerca de los hombres cubanos, pero yo no le hice caso a sus argumentos. En lugar de alejarme de los hombres, sus advertencias me atrajeron a ellos. Me propuse conquistar a los hombres y ganarles en su propio juego. Para jugar bien, debía tener un comienzo sólido. No iba a permitirles que sedujeran y abandonaran a esta virgen. Esta virgen los seduciría *a ellos* para después abandonarlos. De modo que salí en busca del hombre que se metiera en mi mundo para eliminar todo aquello que fuera un obstáculo a mi libertad. Escogí a un policía, el llamado a extraer la sangre de la inocencia. La inocencia vestida de rojo, no del color del amor. Rojo, el color de la celebración de triunfos, de tareas bien hechas. El rojo escarlata que llevan las cintas en la feria municipal para premiar un segundo lugar que demuestre mucha promesa.

Todo ocurrió así:

No recuerdo la fecha exacta, pero ya la primavera estaba entrando en el verano. Los flamboyanes estaban ya repletos de flores anaranjadas y las zarzas soltaban sus prosaicas hojuelas rosáceas convirtiendo el suelo en una alfombra púrpura y rosada. Yo trabajaba después de la escuela en El Palacio de las Delicias de la calle Flagler, vendiendo comida, sirviendo jugos naturales en el bar, llevando platos de rabo encendido y raciones de cerdo al ajillo a las mesas de picnic en la terraza, y un día Clarita, la dueña, llamó a la policía. Un extraño despeinado y balbuceando frases ininteligibles había estado sentado en un banco durante horas asustando a los clientes. El hombre rehusaba hablar con ninguno de nosotros y lo dejamos tranquilo por un rato, confiando en que se iría por su propia cuenta. Pero cuando empezó a abrir y cerrar la puerta trasera y se volvió a sentar, Clarita perdió la paciencia.

Arturo entró vistiendo un uniforme azul oscuro bien planchado, tan oscuro que parecía negro, y yo enseguida me fijé en su revólver calibre treinta y ocho que llevaba ajustado al cuerpo. Tenía grandes ojos castaños y, aunque parecía tener veintipico de años, ya se le estaba cayendo un poco el pelo lacio y fino. Más que el uniforme, su incipiente calvicie le daba un aire de autoridad que a mí me gustó cuando se me acercó.

Yo estaba detrás del mostrador de los pastelitos.

—Hola —abrió la conversación mirándome fijamente, a diferencia de la mayoría de los clientes que se sumergían en las filas de pasteles de guayaba, de carne y de queso, delicias que siempre me recuerdan quién soy y de dónde vengo.

—Hola —respondí automáticamente con una sonrisa.

—¿Cuál es el problema?

Señalé hacia el hombre con la mirada extraviada en el piso de cemento.

—Ha estado sentado ahí horas y no habla con nadie. No sabemos quién es ni qué hace aquí.

—Hoy debe de ser mi día de suerte —dijo el policía sin quitarme los ojos de encima.

No entendí.

—¿Lo estaban buscando? ¿Es acaso un fugitivo que tienen en una lista?

—Tienes ojos de cama —dijo Arturo.

Para sorpresa mía, le devolví la satería.

—¿Y entonces? ¿Qué se hace en estos casos?

—Bella y presumida —dijo—. Me gusta eso.

Así era, aunque mis instintos me decían que no debía regalarme tan fácil. Éste era el momento de cambiar la conversación.

—¿No viniste aquí para algo? —le pregunté.

—Primero, la belleza —dijo, sonriendo y destacando sus labios llenos y gruesos. No pude evitar mirarlos, imaginándome lo que me provocarían si me los posara en el cuello. Pero mientras pensaba en esto Arturo se volvió y se acercó al hombre que actuaba como si este mundo no fuera su lugar.

Lo observé dirigirse y hablarle al hombre suavemente. Transcurrieron minutos que se convirtieron en una hora, ambos sentados allí como dos almas perdidas, hasta que Arturo le pasó el brazo por encima. El hombre se puso de pie, caminó con Arturo hasta el carro patrullero y se acomodó en el asiento trasero. Así, sin más, asunto concluido. Y fue en ese momento que se me ocurrió que él era el escogido. Arturo, el hombre capaz de penetrar la oscuridad de un espíritu errante, se ganaría el premio de mi virginidad.

Pero primero, dejé que Arturo me enamorara. Dejé que ocurriera lentamente, sin entregarme plenamente a sus lances. Lo ideal para una mujer es estar en la cerca. Aprendí esto temprano en la vida, como si hubiera nacido con esta certeza, como si fuera una herencia, una especie de cucharilla de plata incluida en la canastilla de lino fino que mi madre había bordado para mis primeros años en este mundo.

Después de ese día, cuando Arturo se convirtió en el héroe de Clarita y en el objeto de mi lujuria, comenzó a venir al mercado casi todas las tardes, y yo empecé a usar el perfume Wind Song que Clarita me había regalado cuando cumplí dieciocho años.

—Una mujer nunca debe estar sin una fragancia memorable que la identifique —había declarado Clarita ceremoniosamente cuando me entregó el regalo, que a mí me encantó desde el momento en que vi el elegante estuche envuelto en papel rosado y amarrado con una cinta. Clarita era una mujer de un gusto excepcional, y a mí no se me escapó que la caja proclamaba que el perfume había sido creado por un príncipe. A pesar de que administraba un refugio culinario con el grueso olor a ajo que despedían los hirvientes platos cubanos, Clarita se vestía y olía como si trabajara en el departamento de cosméticos de Jordan Marsh.

Desde el momento en que me salpiqué la primera gota de Wind Song debajo de la oreja, sentí un cosquilleo por dentro. La fragancia floral me hizo sentir sensual y refinada, y me venía bien por haber yo nacido el primer día de la primavera. Arturo sintió el aroma del perfume el primer día que lo usé. Había pedido un batido de mango cuando yo lo atendía detrás del mostrador.

—Mmm, hueles deliciosa —dijo, acercándose—. Apuesto a que sabes aún mejor.

Entonces me invitó a salir por primera vez.

Saboreando lentamente su batido, Arturo esperó hasta que pudimos escaparnos del lugar en mi hora de cenar. Lo único que comí fueron sus besos. Su primer beso tenía la dulzura de un cremoso flan de queso. Después se volvieron más profundos, más húmedos y sedosos, como un helado de coco. Una noche que estábamos en su Monte Carlo beige y sus labios me rozaron subiendo y bajando por el cuello con la suavidad de un pétalo de rosa, le desabroché los pantalones. Era muy tarde y se suponía que fuéramos a bailar a una discoteca cerca del aeropuerto. Era nuestra primera cita fuera de mi horario de comida, y yo sabía que iba a ser la noche para hacer lo que había que hacer. Estaba oscurísimo y nos metimos en la carretera del perímetro del aeropuerto para ver aterrizar los aviones bajo la Luna. Esa noche apenas se veía un filito de la Luna y ni una sola estrella alumbraba el universo. Una oscura cúpula nos cubría y dejé que los besos de Arturo avanzaran como si él, y no yo, estuviera dirigiendo la seducción. Dejé que sus manos se movieran libremente. Y dejé también que mis manos se movieran libremente, acariciando toda la potencia de lo que encontré.

—¿Estás segura? —me susurró al oído.

—No —dije yo, acariciando todas sus partes y tragándome sus labios.

Me subió el vestido corto que yo llevaba y me bajó la pantaleta de un tirón.

—No estoy segura de cómo hacer esto —confesé yo.

—Haz lo que te dicte el instinto —dijo él.

Y eso fue lo que hice. Le metí las manos en los pantalones y le acaricié todo.

—Ay, Marisol —gimió él suavemente—. Tú sí sabes.

Sí. Yo sabía. Nací sabiendo.

Entonces le envolví las caderas con las rodillas y lo guié gentilmente hacia dentro de mí. El dolor fue agudo, intenso. Me interrumpió la respiración y tuve que echarme hacia atrás.

—Eres de verdad virgen —dijo.

No quise contestarle.

—Perdona —dijo—. Vamos a tomarlo suave. Sin lastimarte.

Y así lo hizo. Me besó en la boca, en el cuello, en los pechos y, mientras hacía estas cosas, me acostó en el asiento y me penetró moviéndose muy gentilmente hasta que la sangre corría por todas partes.

No pude aguantar el dolor y lo empujé para separarlo. Me besó en la boca.

—Gracias —le dije—, pero no creo que pueda seguir. Me duele mucho. Perdóname.

—Está bien —dijo Arturo y me abrazó contra su pecho, acariciándome el pelo. Su olor, sudoroso y lleno de deseo, alimentó mi propio deseo. Yo había escogido bien. Lo besé otra vez. Entonces, separándome, señaló lo que le quedaba y me dijo "¿Y qué hacemos ahora con esto?".

Y qué otra cosa puede hacer una mujer sino besar con dulzura ese objeto tan impresionante a la vista, ese formidable instrumento que la acaba de liberar de todas sus ataduras. Con Arturo esa noche aprendí muchas cosas sobre cómo darle placer a un hombre.

Jamás derramé una lágrima por Arturo. Nunca le hice preguntas sobre su vida y nunca me dijo nada que importara demasiado. Fue la relación más simple que he tenido. Fue un maestro gentil y yo una alumna agradecida. En su momento, Arturo y yo nos despedimos sin ningún melodrama. Yo me iba a estudiar a la universidad, fugándome a las llanuras centrales de Estados Unidos y sus cambios de temporada. Él me dijo que se alegraba de que yo fuera a forjarme un futuro aunque yo misma no sabía aún qué forma tendría ese futuro. En nuestra última noche juntos, me llevó a comer al Denny's que está en LeJeune junto al aeropuerto y me comí un sándwich de pavo con papas fritas y un Tab. No me acuerdo lo que él pidió. Lo que sí recuerdo es que llevaba su uniforme azul de policía, una cara de perrito amaestrado y una mueca en los labios, con los que me besó continuamente en el estacionamiento del restaurante antes de dejarme a una cuadra de mi casa para yo poder llegar sola y que Abuela no me hiciera más preguntas que las de costumbre.

Lo último que supe de Arturo me llegó en forma de una tarjeta postal que recibí dos semanas después de llegar a la Universidad de Iowa. La postal era una foto de un calvo al que le están dando un masaje en la barriga. "Esto no es lo que yo necesito...", decía la tarjeta, e inmediatamente venía la frase clave: "De sólo pensar en ti me entran temblores".

En la misma letra pequeña que yo había visto en sus informes policíacos, Arturo escribió en tinta negra:

Mari,
Aunque parezca increíble, te extraño, aunque imagino que siempre puedo tomar un avión y visitarte. No dejes de escribirme. Siempre serás bienvenida en mi buzón.

Con amor,
Art

P.D. *No dejes que esos tipos Hawkeyes se apoderen de tus sensuales (y esto lo subrayó dos veces) labios, tu cara, tus ojos, tu nariz, tus piernas, etc., etc., etc., etc.*

Nunca le contesté. Estaba demasiado ocupada construyéndome una nueva vida en un sitio extraño y fascinante. Y Arturo nunca me visitó, pero su tarjeta me dio la dosis de confianza que yo necesitaría los siguientes cuatro años, que fueron los más transformadores de mi vida. Cuando me sentía sola o decepcionada por algo, volvía a leer las palabras de Arturo, aunque en Iowa me sentí más feliz que desesperanzada o desalentada. Fue allí que aprendí a apreciar los nuevos comienzos. Cuando mi vuelo de la aerolínea Delta despegó del Aeropuerto Internacional de Miami y me elevó a la libertad, mi corazón se convirtió en un corazón errante, encantado con las posibilidades de una nueva vida. Tenía dieciocho años y estaba entusiasmada con la emancipación que me había ganado al graduarme con notas de honor después de volcar mis penas, mi marginación y mi energía en mis posibilidades de beca. Me aferré a ese impulso eufórico como si fuera una fórmula secreta para la vida, lo cual siempre me ayudó a superar los escollos más escabrosos.

8

Iowa

Me dio tristeza irme y dejar a Abuela, pero no demasiada tristeza. Ella se quedaba bien acompañada, o al menos eso fue lo que me dije a mí misma para atenuar el sentimiento de culpa que amenazaba mi alegría. A Abuela la acompañaban las cartas que recibía de Cuba, que nunca eran lo suficientemente frecuentes pero que siempre le recordaban que su decisión de irse y dejarlo todo había sido acertada para salvarme a mí. Esas cartas, escritas en un resbaladizo papel cebolla, venían llenas de malas noticias y pedidos de cosas que Abuela no tenía cómo enviar a la isla. Pero la llegada de una carta era como la visita de un familiar. Durante años, cuando el aislamiento entre los dos países era tan hermético como una cueva en el desierto, las cartas constituían el único vínculo con los seres queridos de la isla, y con el transcurso de los años, se convirtieron en un codiciado tesoro, a menudo el único recuerdo de nuestros muertos.

Aunque no tenía familia en Miami, Abuela contaba con sus vecinos, la mayoría cubanos exiliados como nosotros, y también tenía a sus amigas en la peluquería de Coral Way, donde como la empleada más vieja tanto en edad como en antigüedad y la mejor amiga de la dueña del salón, Abuela era la recepcionista, la administradora y la psiquiatra de turno. Las peluqueras y manicuristas eran a la vez hermanas, hijas y mejores amigas, y yo sabía que en mi ausencia ellas acompañarían a Abuela con esa franca camaradería que todo aquél que haya trabajado en una peluquería cubana o haya vivido en un barrio cubano puede llegar a apreciar —o, como en el caso mío, también odiar. Yo no lo sabía entonces, pero ya había comenzado el proceso demográfico mediante el cual la palabra para describir mi status étnico incluiría un guión. Había desarrollado una fuerte aversión hacia ciertos males cubanos, especialmente el derecho idiosincrásico de meterse en los asuntos ajenos, superado sólo por toda la habladuría acerca de "preservar el honor". Si había algo del estilo de vida americano a lo que yo me había suscrito casi inmediatamente era el saludable concepto del espacio personal. Pero en la peluquería de Abuela las líneas de separación se diluían como el queso suizo en una hamburguesa. Nada era territorio ajeno para nadie y todo tema era blanco aceptable para la crítica. Prevalecer sobre esta animada corte de bufones era un papel nuevo para mi abuela, que siempre me había aconsejado que no participara en las conspiraciones de las malas lenguas de este mundo, tan diestras en hilvanar conflictos y pesares. Pero el exilio les cambiaba la vida a todos y Abuela no era una excepción.

A pesar de todo, las lenguas y resabios de la peluquería habían obrado en mi favor más de una vez, inspirando mi mundo secreto de sueños y tramas adolescentes para escapar de los aburridos confines de mi vida. Fue insólitamente en la peluquería donde por primera vez oí hablar de la Universidad de Iowa.

Tenía dieciséis años y me había tocado bailar en una fiesta de quince de la hija de unas de las clientas de Abuela. Una de las ventajas de ser una de las catorce parejas que bailan con la princesa quinceañera y forman parte de su corte era la visita a la peluquería para un elegante peinado de bucles estilo María Antonieta y una manicura francesa. Conchita me estaba poniendo rolos en el pelo cuando la mujer sentada al lado mío, a la que Violeta le estaba desrizando el pelo y peinándoselo en forma de casco de fútbol, empezó a chismear acerca del "horror de lo que está pasando con nuestros hijos en este exilio".

La mujer hizo un cuento digno de una película sobre "una muchachita de una buena familia cubana" que se llamaba Ana Mendieta y que la habían enviado sola a los Estados Unidos con su hermana en 1961 porque la familia estaba involucrada en actividades políticas subversivas. Primero la habían enviado a un hogar católico para niños cubanos no acompañados en Kendall, luego la habían embarcado a un hogar infantil en Iowa, de ahí fue dando tumbos de una familia a otra hasta que se graduó de secundaria y pasó a la universidad. El padre de la muchacha, que era una persona importante en la política cubana, estaba preso en Cuba acusado de colaborar con la CIA, y la madre y el hermano no pudieron salir del país hasta muchos años después en un Vuelo de la Libertad. Cuando finalmente la familia se reunió en Cedar Rapids, la muchacha ya estaba en la universidad haciendo bellas esculturas y estudiando pintura. "Está en esta Universidad de Iowa y se ha vuelto loca, totalmente loca", decía la mujer. "Se desnuda delante de toda esta gente y se echa encima sangre de gallina, entonces toma fotografías y dice que eso es arte. Esto nunca hubiera pasado en Cuba, nunca".

Mi abuela se metió en la conversación para decir que conocía bien a la familia Mendieta. La madre de la chica venía de una familia prominente de Cárdenas, una ciudad situada a poca distancia de Matanzas, donde una de las hijas de Abuela se había instalado cuando se casó. Abuela añadió que el tío del abuelo de la muchacha, un general durante la guerra hispano-americana, había fundado el famoso museo de historia y cultura de Cárdenas en el año 1900. El tío de la chica por parte de padre, Carlos Mendieta, había sido presidente de Cuba.

—Los veíamos siempre en Varadero —dijo Abuela—. Tenían una casa fabulosa y la familia se reunía allí todos los veranos.

Y de ahí la conversación saltó a los recuerdos de cuando la carretera Vía Blanca de La Habana a Matanzas a Varadero en un elegante Buick de 1956 lleno de parejas recién casadas era el camino al paraíso, no importaba hacia dónde se iba, si hacia la ciudad o hacia la playa. Después de eso, me tocó a mí meter la cabeza en el secador de pelo y el ruido del aparato opacó toda la conversación. Era el sitio perfecto para sumergirme en mis pensamientos. Habría dado cualquier cosa por ser Ana Mendieta, lo suficientemente libre para desnudarme, aunque esa otra parte de la sangre de gallina me resultaba bastante desagradable. La palabra "artista" sonaba como algo grande, y la Universidad de Iowa, una especie de edén para todo ser ansioso de desprenderse de las ataduras familiares y toda la carga de su herencia. En cuanto llegué a mi cuarto fui derecho a mi escritorio para buscar a Iowa en el atlas que usaba para hacer mis tareas. Estaba situado en el corazón del país, y por estar en el medio oeste de los Estados Unidos, parecía un buen lugar para vivir. Todo lo que necesitaba para llegar allí era un boleto de avión y una beca escolar, y para lograr esas dos cosas lo único que tenía que hacer era trabajar duro y ahorrar dinero. Dos años después, cuando llegó el momento de seleccionar una universidad, mi Beca de Mérito Nacional se convirtió en el boleto, y hubo una sola universidad en la que yo solicité matricularme.

El día que recibí la carta de aceptación de la Universidad de Iowa, caminé hasta la peluquería para recoger a Abuela y acompañarla a la casa. No quise darle la noticia en la peluquería porque quería que Abuela estuviera en su mejor ánimo cuando se enterara de que iba a mudarme a mil quinientas millas de distancia. Cuando entré en la peluquería todo el mundo parecía estar en un estado de ánimo excepcionalmente positivo para ser un día lento como es el miércoles, riéndose y pasándose fotos Polaroid del primer nieto de la manicurista.

Cuando me llegaron las fotos no podía creer lo que estaba viendo: un bebé regordete de dieciocho meses en el momento en que le cambiaban el pañal, agarrándose el pene y, en cada una de las fotos, halándoselo alegremente.

—¿Verdad que lo tiene grande? —decía Yesenia, la orgullosa abuela radiante, desde su mesita mientras le lijaba las uñas a una clienta—. Es la marca de familia.

Del tema del nieto saltaron a discutir el tamaño del pene del ex marido de Yesenia y cómo ese hecho había sido para ella lo más difícil de la separación. Yesenia odiaba todo lo que tenía que ver con su marido, pero le gustaba el pene, que el hijo había heredado y ahora también el nieto. Yesenia, una rubia teñida, hablaba con tanto desenfado como si estuviera discutiendo cómo hacer el mejor arroz con pollo de Miami, ni muy ensopado ni muy seco. "Tengo que encontrar la manera de enviar estas fotos a Cuba para que su tío abuelo vea a este niño", decía Yesenia. "¿Alguna de ustedes está enviando un paquete en estos días? Podemos compartir el costo".

No hay duda de que Abuela iba a estar perfectamente bien en mi ausencia, además de entretenida, con esta tribu. Nuestros últimos días juntas fueron excepcionalmente buenos, como si Abuela quisiera que yo la recordara como la mujer progresista que no era. Incluso impugnó a la peluquera nueva que, cuando supo que yo me iba a estudiar fuera, le advirtió: "No la dejes ir. Va a volver con una barriga, ya verás".

—Yo he criado a mi nieta de manera que sepa comportarse —fue todo lo que Abuela le contestó.

Ella no me había criado con mucha información que digamos. Nunca habíamos hablado del sexo. Hablarme de la predicción que había hecho la peluquera fue la única educación sexual que Abuela pudo darme, pero fue suficiente para mí. Yo no había reaccionado ante el comentario por el hecho de que había asumido los silencios acostumbrados de Abuela. Pero no la iba a decepcionar. Iba a asegurarme de que la peluquera tuviera que tragarse sus palabras, como debe ocurrir con todas las malas lenguas.

Cuando finalmente le di la noticia de mi aceptación en la universidad, Abuela trató de hacer su mejor esfuerzo por demostrar que estaba orgullosa de mí. Ella no entendía muy bien por qué yo no podía ir a una universidad local, pero aceptó mi explicación de que no tenían la misma calidad y que la única que sí la tenía, era privada y demasiado costosa. Hice alardes de que Iowa me había otorgado una beca completa y eso se convirtió en mi mantra, y también el de Abuela cada vez que tenía que explicar mi ausencia. "Marisol es tan inteligente que le están pagando para asistir a la universidad en Iowa", le decía a todo el mundo. Pero tarde en la noche, la oía llorar sobre la almohada.

Una semana antes de mi viaje, Abuela me sorprendió y me llevó frenéticamente a comprar ropa de invierno en los almacenes de descuento del desastroso distrito de Wynwood en el centro de la ciudad. Comprando tejidos de lana barata logramos conciliar las limitaciones de mi adolescencia y Abuela me ayudó a empacar y prepararme para mi nueva vida como una madre ayuda a una hija a planear su boda. Durante los cuatro años que viví en Iowa, me escribió semanalmente, alentándome a triunfar en mis estudios, y me llamaba una vez al mes a una hora acordada porque ninguna de las dos podíamos costear llamadas de larga distancia. Nuestros diálogos en español eran mis únicos lazos con mi condición de cubana. El hermoso drama de los colores de otoño facilitaron mi transición del calor perpetuo de Matanzas y Miami, y cuando llegó la primera nevada, ya yo había adoptado de todo corazón a Iowa y a mi americanización.

En el otoño de 1977, Chablis era el vino de moda, la furgoneta era el vehículo más popular, al igual que los overoles de mezclilla. Aprendí a beber vino, hacer el amor en furgonetas y a usar overoles azules desteñidos y zapatos de gamuza color tierra para ir a clase. Bajo los árboles amarillentos del jardín del dormitorio, los residentes celebraban reuniones para conocerse mientras comían alteas tostadas al fuego. Los estudiantes de segundo año, Kevin y Jeannie, tocaban canciones de Dylan en la guitarra. Carol, mi compañera de cuarto, se sabía la letra de las canciones de memoria y las cantaba con su voz ronca. Yo era la única que me congelaba y usaba guantes para protegerme del frío. Con el otoño llegaba también la fiesta de Halloween al aire libre junto al río que la administración de la universidad amenazaba con prohibir indefinidamente debido a los olores de sustancias ilegales que emanaban durante toda la noche y las botellas vacías de Southern Comfort y vodka que aparecían regadas en el césped al amanecer. Carol se vestía con su piyama de rayas rojas y blancas para disfrazarse de caramelo rayado. Yo mezclaba distintas piezas de mi vestuario —collares largos y aretes de aro, mi única saya larga y una blusa mexicana de campesina que me había prestado una de las chicas que vivía a varias puertas de la mía y que conservaba como un souvenir— para convertirme en una gitana.

Me fui a Iowa City —a la que llamaban "La Atenas del Medio Oeste" igual que mi Matanzas era "La Atenas de Cuba"— y me sentí como si esa ciudad me hubiera estado esperando toda mi vida. Había algo mágico en el hecho de que dos de mis escritores favoritos, Flannery O'Connor y Tennessee Williams, habían estudiado y habían escrito parte de su obra allí. Pero durante meses después de llegar tuve un sueño recurrente acerca de una mujer sin rostro que corría por los campos de maíz vestida con una larga saya blanca. Huía o corría hacia alguien o algo, no estaba muy segura. Había urgencia y vigor en su fuga, pero cuando todo estaba a punto de parecerme maravilloso, notaba largas marcas sangrientas en su torso desnudo. Al atravesar los maizales, las hojas de maíz le rasgaban la piel. Siempre me despertaba antes de conocer el destino de esta mujer, y cuando me fui sintiendo más y más cómoda en Iowa, el sueño desapareció. Tal vez fue eso lo que me motivó a inscribirme como exploradora novel en respuesta a un boletín que vi durante el semestre de primavera anunciando el Club de la Tierra de la universidad. Me inscribí y salí a recorrer los senderos panorámicos, las praderas y los bosques de Iowa, rodeada de jóvenes que tenían este profundo vínculo con la tierra. En la camaradería que surgió de las largas millas de caminatas por aquellas sendas tranquilas, Cindy, Dale, Valerie y Mary Anne se hicieron mis buenos amigos y con ellos compartí mi amor por el gran Valle de Yumurí y por la belleza natural de mi montañosa ciudad portuaria de Matanzas, bañada por los ríos San Juan, Yumurí y Canímar. En el seno de estas amistades simples, logré conjurar la belleza del pasado sin revivir el punzante dolor de la pérdida. Para mis nuevos amigos, yo era una criatura exquisitamente exótica, o al menos esa fue mi percepción. Y quién es capaz de sentirse triste cuando después de terminar una de mis ensoñadoras descripciones, Mary Anne me preguntaba: "¿Cuba? ¿Dónde está eso?" Y cuando yo le contestaba, "En el Caribe", ella respondía completamente seria: "¿Cerca de África?" Y Dale, que soñaba con ser piloto pero que fingía complacer a sus padres en sus esperanzas de que completara sus estudios, añadía: "Te equivocaste de continente, Mary Anne. Muévete un poquito a la izquierda sobre el mar".

Fue en medio de un campamento en el Old Man's Creek con el Club de la Tierra que yo aprendí una de las lecciones más valiosas de mi vida universitaria. Nuestro guía, Bill, un hippy de pelo corto con la piel tersa y bronceada que llegaba a nuestras reuniones precedido del ruido atronador de su motocicleta Harley, nos había prometido una caminata nocturna que no olvidaríamos nunca. Salimos del campamento en un grupo de diez caminando con bastones de ramas y sin más iluminación en el camino que una luna nueva y el brillo de las estrellas. Estaba tan oscuro que no nos podíamos ver las manos. Después de caminar como una milla en silencio como se nos había ordenado que hiciéramos, Bill nos dijo que teníamos que separarnos y regresar solos al campamento, uno por uno.

—Si prestaron atención y se fijaron en los alrededores cuando veníamos, podrán encontrar la manera de regresar —dijo Bill—. Dejen que la luz de la luna, las estrellas y sus propios instintos los guíen.

Al principio, sentí un miedo indescriptible pero, uno tras otro, los hombres comenzaron a caminar hacia el campamento, seguidos por las más diestras de nosotras las mujeres, y era obvio que no tendría más remedio que regresar sola. Valerie, que se crió en una casa con piscina en el sur de California y, según los regalos que ella nos contaba que recibía en Navidad (un viaje a París, una motocicleta, un apartamento en la ciudad de Iowa para compartir con sus compañeras), que no tenía idea de cuánto más rica era ella que el resto de nosotros, protestó por tener que cumplir esta tarea. Yo también me opuse desganadamente, más por lealtad que por otra cosa. Si se nos hubiera dicho de antemano, le dije a Bill, habríamos estado mejor preparadas para el regreso. Habríamos estado más atentas. Le sugerí que tal vez Valerie y yo pudiéramos caminar juntas.

—Ustedes dos pueden regresar juntas, si quieren —dijo Bill con su más melosa voz de hippy—, pero se estarían perdiendo esta experiencia. Créanme cuando les digo que van a encontrar el camino de regreso y caminarlo solas tendrá mucha importancia.

Valerie seguía negándose a regresar sola, pero a mí me inspiraron las palabras de Bill. Los dejé a los dos discutiendo, y sus voces se fueron apagando según avanzaba yo por aquel camino oscuro.

La Luna es una magnífica compañera de viaje. No me alumbró el camino desde lo alto, como yo esperaba, sino que me seguía detrás, y aunque al principio miraba atrás con frecuencia cada vez que no veía claro el camino delante de mí, el palo que me servía de bastón me ayudaba, como una brújula, a mantener el rumbo. En cuanto me alejé de Bill y Valerie, acepté con agrado el silencio. Podía oír el susurro del arroyo y el revoloteo de las hojas a mi alrededor. Aprendí a apreciar la soledad. Pero también aprendí a tenerle respeto cuando era demasiado abrumadora. Cuando me estaba ya sintiendo más cómoda tropecé con una raíz y el corazón casi se me sale del pecho. Una vez más, mi bastón me ayudó a cambiar de rumbo. Es tan difícil encontrar nuestro camino en la oscuridad.

Después de ese momento, fue difícil desacelerar los latidos nerviosos de mi corazón. Me preguntaba si me iba a pasar la noche caminando para siempre cuando oí voces que me llegaban del campamento y vi un parpadeo de luces en la distancia. A la luz de la fogata me vi las manos y se aclaró el estrecho sendero. El resto de la caminata hacia el campamento se convirtió en mi definición de la alegría. Había aprendido algo demasiado valioso para explicarlo o nombrarlo. Dormí bien esa noche bajo la verde carpa colectiva, acurrucada con mi cuerpo cansado en mi bolsa de dormir color vino. Al día siguiente fuimos a nadar y se nos dio la opción de hacerlo desnudos. No me atreví a prescindir de mi bikini, aunque quería quitármelo. Valerie se bañó desnuda, demostrándole a Bill, desnudo él también, que bajo las circunstancias adecuadas ella podía resultar la más valiente de todos.

9

Una vez que se me fue pasando la novedad de sentirme libre del dominio de Abuela, empecé a soñar con el futuro, y parte de mi ecuación para lograr la felicidad conllevaba encontrar mi príncipe azul americano con armadura de gran caballero. Añoraba el amor con el mismo ardor con que ansiaba tener el pelo dorado lacio americano que tenía mi compañera de cuarto Carol. Estos dos sueños se convirtieron en realidad. Durante un tiempo tuve a Andy, un americano que se paraba debajo de la ventana del tercer piso de mi dormitorio a pedirme a gritos, con su acento sureño, que bajara para acompañarme a las clases. Y una mañana me desperté con pelo dorado y lacio. Carol y yo realizamos ese milagro de la noche a la mañana con un pomo de Nice-n-Easy en un tono rubio que resultó ser más sucio que rubio, y un tubo vacío de papel sanitario. Yo había visto a las peluqueras del salón de belleza usando unos rolos enormes para estirar el pelo, y Carol, que estaba estudiando ingeniería industrial, fue la cómplice perfecta para el proyecto de estirarme las ondas de mi pelo. Me ayudó a enrollar el pelo teñido y decolorado en el rolo de cartón, mientras que lo iba estirando lo más posible y fijándolo con dos hileras de ganchillos. Tuve que dormir toda la noche con todo esto en la cabeza, pero cuando me desperté, mis ondas naturales habían cedido y tenía mi propio tono de pelo rubio lacio. Estaba feliz, aunque el pelo americano me había producido tortícolis.

Conquistar a Andy, mi caballero de pantalones vaqueros apretados y camisa de franela, fue más fácil.

Lo conocí en una fiesta fuera de la universidad que dieron unos amigos de Carol que vivían en un apartamento al oeste del río y que, igual que Carol, eran de un pequeño pueblo llamado Muncie en Indiana. Cuando Carol me explicó que era una de esas cenas a la que cada invitado aporta un plato diferente, le ofrecí hacer un típico plato cubano, picadillo, y el recuerdo del olor a comida cubana me produjo un salto en el corazón. A Carol le encantó la idea. Como no tenía interés en cocinar, enseguida ofreció pagar por los ingredientes a cambio de mi trabajo de cocinarlo. Nos dimos un choque de manos para cerrar el trato. Lo único que teníamos en nuestra atiborrada habitación en el dormitorio era un refrigerador, con lo cual terminé cocinando en el medio de la fiesta mientras los demás bebían, fumaban y bailaban.

Me estaba entrando arrepentimiento por haberme ofrecido para cocinar cuando Andy llegó a la fiesta solo. Yo estaba revolviendo el picadillo a fuego lento para que la carne molida no se pegara al fondo del sartén y por la apertura encima del mostrador de la cocina lo vi adentrándose en el grupo un poco indeciso. Inmediatamente supe que ése era el gringo de mis sueños adolescentes con su pelo ralo cayéndole sobre los hombros y los ojos de un tono verde azul profundo, como las aguas caribeñas de mis mejores recuerdos. Me quedé mirándolo hasta que se perdió en el grupo y regresé a mi tarea de quitarle con una cuchara plástica la gruesa capa de grasa anaranjada que cubre la carne molida cuando hierve. Hacía un esfuerzo por recordar la receta de

Abuela: cebollas, ajo, vinagre, vino seco, pimientos verdes, salsa de tomate, un puñado de pasas. Los mercados de la ciudad de Iowa no vendían ni el vino seco español ni las aceitunas españolas rellenas de pimiento que la receta incluía. ¡Sal! Le eché más sal. Pero todavía le faltaba algo. Como diríamos en Miami, este picadillo no es ni la chancleta del que hace Abuela. No tenía comparación. Pensé en hacerle una llamada revertida a Abuela para preguntarle, pero no me atreví. Me hubiera empezado a preguntar dónde estaba y por qué estaba haciendo este gran caldero de picadillo en plena Gringolandia. Luego me echaría un discurso de que debería estar estudiando a estas horas de la noche y no de fiesta con extraños. La ironía de todo era que, después de regañarme, seguramente le hacía el cuento a su vecina favorita, Rosita, en un tono totalmente diferente, presentándome como la nieta perfecta. Podía imaginar a Abuela diciéndole a Rosita: "Qué buena Marisol, enseñándoles a los americanos en Aiyoba (que así pronunciaba Abuela el nombre de Iowa) a comer comida cubana. ¿Verdad que fue bueno que me llamara para pedirme la receta? La pobre debe de estar extrañando mi comida". Y al otro día Abuela repetiría el mismo cuento en la peluquería, salpicado con una dosis mayor de su orgullo de abuela. La había visto hacer esto antes con mis llegadas tarde por la noche durante mi último año de secundaria, alardeando con Rosita de lo duro que yo trabajaba en el Palacio de las Delicias, no fuera que ella pensara otra cosa cuando se asomaba por las persianas y me veía llegar después de la medianoche.

No, era mejor no llamar a casa. Hasta aquí, tan lejos, me perseguía el recuerdo de las amonestaciones de Abuela y se me pegaban a la mente como la hiedra. Tampoco podía sacudirme los fantasmas de Mami y Papi, y el sentimiento de culpa que me ahogaba cuando menos lo esperaba. Lo que más quería era sentirme libre de preocupaciones como mis amigos americanos, pero no era fácil. A veces se me dividía el corazón, una mitad añorando un hogar que estaba entre Iowa y Matanzas, y la otra mitad abrazando el espíritu del lema que aquí llevan las pegatinas en las defensas de los autos que dicen, "¡Qué bueno es ser un Hawkeye!"

Cocinar picadillo me había revuelto los fantasmas. Yo sabía que nadie en esta fiesta de cerveza, marihuana y rock-and-roll pensaba estas cosas estúpidas. Pero yo no podía evitarlas. Abuela y mis padres ausentes se habrían asombrado si hubieran visto a esta gente pasándose el pitillo de marihuana uno a otro y bebiendo cerveza de un gran barril plateado. ¿O no? Yo conocía bien a Abuela, pero nunca llegué a conocer bien a mis padres. Abuela se oponía a todo lo que a mí me gustaba, poniéndole el nombre de libertinaje a mi avidez por ejercer mis opciones, desde la moda hippy a salir con muchachos sin chaperona. La camiseta sin mangas azul que tenía puesta cortada al medio con pantalones vaqueros apretados por la cadera seguramente entrarían en esa categoría. El torso desnudo y mostrar el ombligo eran cosas absolutamente prohibidas en mi casa. "Sólo esas americanas casquivanas se visten así", decía Abuela cuando salimos a comprar ropa para la universidad y yo busqué la sección donde vendían las camisetas cortas sin mangas a $2 cada una. Ese día decidí no contradecirla, sabiendo que sus prohibiciones no podrían ya arruinar mis planes de modernizar mi ropero. Tan pronto aterricé en Iowa y llevé mis cosas al dormitorio, desempaqué mis dos maletas, le encontré un sitio en mi cómoda a mi pomo curvilíneo de Wind Song —sin duda el momento más feliz de mi vida— y me fui derechito a la tienda más cercana a gastar $50 de mis ahorros secretos en minifaldas, shorts bien corticos, un par de vaqueros a la cadera y un seductor bikini rosado con la parte superior sujeta con una tira. El único obstáculo vendría del invierno de Iowa.

No, con esos antecedentes yo no podía correr el riesgo de llamar a Abuela desde la fiesta. Me arruinaría la noche con sus preguntas, reproches y juicios sumarios, los cuales ella era capaz de dictar desde Miami con la misma autoridad que la Corte Suprema de la Maternidad Cubana, y yo la Renegada Hija Acusada de un Delito Mayor. Además, lo más probable era que estos americanos ni se iban a dar cuenta de que le faltaba algo al picadillo. ¿Cómo iban a saber? Nadie en esta fiesta había oído jamás la palabra picadillo.

—Oye, qué rico olor hay aquí —oí decir a una voz melosa a mis espaldas.

Asustada, me volví e instantáneamente perdí la mente cuando vi el azul infinito de los ojos de Andy buscando los míos. No atiné a pronunciar palabra. Era como si de repente no supiera hablar inglés.

—¡Me encanta ese olor! Me muero del hambre —dijo como si yo hubiera cocinado para él toda su vida—. ¿Qué es eso que huele tan bien?

—Se llama picadillo —dije yo dándole a probar una cucharada—. Pruébalo.

Masticó, tragó y dijo gagueando:

—Pei-ka-di-lo. ¡A mí me sabe a Sloppy Joe!

—¡Eso es un insulto! Este es un plato cubano y no sabe nada como esa bazofia llena de grasa que se sirve en un pan y le llaman Sloppy Joe —dije yo—. Ahora, vete. Estoy tratando de acordarme de la receta de mi abuela y por lo que veo no me vas a ayudar.

Él no se dejó engatusar con mi mentira, y yo necesitaba distraerme.

—A mí me sabe fenomenal —dijo—. Entonces, Srta. Julia Child, permítame presentarme. Soy Andy. Andy Nielsen.

—Créeme que no soy ninguna Julia —dije sonriendo y extendiéndole la mano—. Yo soy Marisol —le dije un poco apenada por mi nombre demasiado extranjero. Si no podía decir picadillo, ¿qué esperanza me quedaba de que pudiera pronunciar Marisol?

—¡Suena como una canción!

—Más bien como un poema —le aclaré.

—¿Qué significa?

—Combina el mar con el sol, mar y sol.

—Un nombre tan bonito como la dueña —dijo, y me gustó el tono en que lo dijo.

Creo que fue precisamente en ese momento, cuando sus ojos azules se pegaron a los míos y el picadillo hervía sin que yo le prestara atención, que me enamoré de Andy Nielsen, un muchacho de campo con un melodioso acento y hombros arrebatadores, todo un producto nacional de USA. Bajo su embrujo, podía haber prolongado mis clases de idioma una eternidad. O al menos eso fue lo que pensé en ese entonces.

Me alegré de que las luces estuvieran bajas porque me sentí sonrojarme.

—¿De dónde eres?

—De Miami, ¿y tú?

—De Asheville, Carolina del Norte, cuna del parque Blue Ridge, el lugar más bello que existe. Pero dime, bella Marisol, ¿de dónde eres *realmente*?

—De Miami, de ahí soy, de veras.

No era la primera vez que me hacían esa pregunta. Ya me lo habían preguntado dos veces en Iowa. Yo sabía a lo que él se refería, pero no quise dar mi brazo a torcer. Aunque al principio había disfrutado de ese elemento foráneo que alguna gente consideraba atractivo y exótico, para mí era como si por no estar en Miami, debía llevar un letrero en la frente que decía: "No pertenezco aquí, pregúnteme".

El diálogo me frunció el ceño, pero Andy seguía sonriendo.

—Eres más bella aun cuando te enfadas. Me gusta ese gesto que haces con la ceja derecha.

—No quieres tú verme enfadada de verdad —dije, volviendo mi

atención hacia el picadillo que se había empezado a pegar al fondo de la sartén mientras debatía mentalmente conmigo misma. *Okay, Marisol, cálmate. Puede que el tipo sea un idiota, y un idiota lento además. Le dijiste que el picadillo era un plato cubano y no se dio por enterado. A lo mejor quiere subrayar el hecho de que eres diferente, que no perteneces, como esos fanáticos en la radio y la televisión que nunca se cansan de recordarle a uno que está simplemente de visita en este país.*

Pero acercándose a mí y a la estufa, Andy me preguntó:

—¿Quieres bailar conmigo?

Se me plantó delante en toda su estatura. Demasiado alto, más de seis pies, pensé.

—¿Y el picadillo? —le corté el impulso. Necesitaba pensar—. ¿No me dijiste que te morías del hambre? ¿No quieres comer primero? Y antes de que sigas hablando, por cierto, nací en Cuba. Soy cubana, muy cubana, como el picadillo, y muy americana, como Iowa.

Saqué con la cuchara un poco de picadillo de la sartén, lo soplé levemente para enfriarlo y me lo acerqué a los labios. No tenía exactamente el sabor auténtico, pero a estas alturas no iba a mejorar mucho más. Apagué la candela y puse la sartén en un sitio frío.

—Pruébalo y dime que esto es lo mejor que has comido en tu vida antes de que me pongas los nervios de punta de verdad y empiece a hablar en español —le dije buscando un plato de cartón para servirle.

—Eres agresiva. Me gusta eso. Comeré un poco de ese pei-ka-lo-que-sea, si bailas conmigo —dijo—. Ya sé que sabes cocinar. Ahora sólo me falta saber si sabes bailar.

Esa sería una dulce venganza. Bailo mejor que lo que cocino, y definitivamente mejor que cualquier gringo de las montañas. Ahora le demostraría a este Andy Nielsen de dónde soy. Caminamos hasta la sala llena de estudiantes sudorosos bebiendo demasiada cerveza y fumando demasiada yerba y, antes de encontrar un espacio para bailar,

Andy me tomó de la mano. The Eagles cantaban a toda voz su sensual "Hotel California", y yo cerré los ojos para que la música se me metiera en el cuerpo. Siempre he sentido la música, cualquier música, del mismo modo, con una excitación íntima, no importa quién esté cantando, sea Joe Walsh o Beny Moré. Me moví lentamente para captar el ritmo con las caderas (siempre las caderas, ahí está el truco). Andy me soltó la mano. Cuando abrí los ojos, Andy estaba frente a mí, inmóvil, contemplándome con la infinitud de sus ojos, desde la gran estatura de su cuerpo desgarbado.

—¿No vas a bailar? —le dije sin dejar de moverme.

—Prefiero mirarte —dijo Andy. Se veía estupendamente bien en sus vaqueros color azul oscuro y una camisa de cuadros verdes y negros con las mangas enrolladas hasta los codos.

—Ven, chico, no quiero bailar sola —le dije tomándolo de la mano.

En ese momento la canción terminó. Hice un intento de abandonar el área de bailar, pero otro número de los Eagles comenzó enseguida, "I Can't Tell You Why". Andy no perdió tiempo. Me tomó entre sus brazos y me sentí como si un gigante me estuviera abrazando. El debe de haber estado pensando lo mismo porque enseguida se inclinó para igualar su estatura a la mía y me acercó los labios al oído.

—Eres la cubana más bella que he visto en mi vida —me susurró al oído.

—Probablemente sea la única cubana que hayas visto en tu vida —dije yo.

—Es cierto.

Andy resultó la más fácil de mis conquistas en mi persecución de chicos, la cual databa de mi época de primer grado en una escuela privada en Matanzas. Como todo lo demás, la escuela había sido confiscada por la Revolución y declarada propiedad del estado, con lo cual se había vuelto aun más dogmática. A los seis años, cuando la mayoría de las niñas piensan que los varones son estúpidos, ya yo me había enamorado locamente de Carlitos y estaba pagando bien caro ese pecado. La maestra me sorprendió escribiéndole una nota diciéndole cuánto me gustaba, que era "el amor de mi vida", palabras éstas que seguramente copié de las cavilaciones amorosas de mi prima María Isabel. La nota nunca le llegó a Carlitos. La señora Martínez se la dio a mi madre, quien me pegó allí mismo frente a la maestra y me prohibió verme con mis amigas durante un mes, una penitencia que yo pude soportar con bastante comodidad gracias a Abuela, quien vino a mi rescate diciéndole a Mami que ella necesitaba que yo la ayudara en los quehaceres de su casa. Después de una corta sesión limpiando su chinero, Abuela invitó a la nieta de la vecina a que viniera a su casa a jugar yaquis conmigo en el piso, y ése fue el fin de mi penitencia. Enseguida que se supo dónde me encontraba, el equipo completo de yaquis empezó a venir a casa de Abuela. Y muy pronto llegó el momento en que yo pasaba más tiempo en casa de Abuela que en la mía, lo cual no importaba mucho.

Aunque mi mensaje de amor nunca le llegó a Carlitos, su contenido amoroso se regó por toda la escuela porque mis amigas compartían "el secreto" de por qué , la que ocupaba el primer lugar en el cuadro de honor de la escuela, me habían castigado. Me convertí en la exquisita heroína del amor y Carlitos, quien según lo que se cuenta de los chicos de esa edad debió de haber estado profundamente disgustado, estaba fascinado por ser el centro de atención. Me mandó un recado con sus amigos de que mi amor era correspondido. Carlitos era el chico más inteligente de la clase —después de mí, desde luego— y prometió quererme para siempre si yo jugaba béisbol con él y sus amigos a la hora del recreo. Pero yo prefería jugar con mis amiguitas, y ése fue

el final de ese corto y atribulado romance. Continuamos siendo acérri-
mos enemigos en constante competencia el resto de nuestros días escolares, rivales en la lucha por el primer lugar en el cuadro de honor de
la escuela, hasta que me fui de Cuba. Al final me ganó cuando mis padres se opusieron a que yo me hiciera pionera, miembro de la organiza-
ción de Jóvenes Pioneros Comunistas. Carlitos sí se hizo pionero —lo
cual consistía en usar una pañoleta y boina roja y participar en las actividades de adoctrinamiento comunista— y los maestros le dieron puntos extras por su fervor revolucionario, lo cual le permitió superar mi
promedio casi perfecto de calificaciones escolares.

Después de la traición de Carlitos, me hice el propósito de que no
me gustaran más los chicos, pero en cuarto grado me enamoré locamente de Robertico, un niño de mi barrio. Era el mejor amigo de Alejo
y jugábamos juntos cuando mis padres estaban en el trabajo o sociali-
zando con los padres de Alejo. A diferencia de Carlitos, Robertico era
de naturaleza dulce, un joven Romeo cubano que entonaba boleros
con Alejo y quería ser cantante cuando fuera grande. Gracias a los po-
deres que tenía Alejo para juntar a enamorados, nos hicimos novios.
Una pareja secreta, desde luego. De lo contrario, Mami y Papi me hubieran puesto en penitencia para toda la vida. Nuestro romance duró
hasta que me fui al exilio con Abuela en el verano de 1969, poco después de que el americano Neil Armstrong se convirtiera en el primer
hombre en llegar a la Luna. En la víspera de mi salida, Robertico y yo
nos despedimos llorando a través de la ventana del cuarto de mi tía.
Prometimos encontrarnos otra vez en el Año Nuevo, nombrado por el
gobierno "El año de los diez millones" porque era el año en que los cubanos producirían una cosecha de diez millones de toneladas de azúcar,
la más grande en la historia de la isla. Para nosotros la retórica mili-
tante de cómo el esfuerzo masivo del pueblo lograría alcanzar esa gran
meta nos sonaba como que sería un año mágico. Robertico y yo deci-

dimos que sería un buen momento para casarnos, no importaba que yo tuviera apenas once años y él doce o que viviéramos en países diferentes para siempre. La noche antes de que nos llevaran a Abuela y a mí al aeropuerto de Varadero para montarnos en un avión que nos sacaría de nuestra amada isla, Robertico me pidió la mano en matrimonio por la ventana de mi tía. Cuando le extendí la mano a través de las rejas de hierro y cerré los ojos en una mezcla de placer romántico y un intenso temor, él me la besó suavemente y salió corriendo. Nuestro compromiso estaba sellado. Cuando el avión despegó hacia las nubes y todo lo que yo veía eran los colores verde y azul de mi isla, en lo único que pensaba era en Robertico y las lágrimas que derramaba eran por él. A él era a quien yo cantaba mi tristeza en español con las canciones melosas de Roberto Jordán, sólo para descubrir más adelante que en inglés eran las canciones de Ohio Express y 1910 Fruitgum Company.

Durante los primeros tres meses de exilio, juré amar a Robertico eternamente y cada día le pedía a la Virgencita del Cobre, la santa patrona de Cuba, que sus padres salieran de Cuba y lo trajeran a Miami para estar conmigo. Pero las posibilidades de que eso ocurriera eran remotas. La zafra azucarera resultó un desastre. Igual que lo que le ocurrió a nuestro apasionado amor nuevo, la economía cubana sufrió otro debacle estrepitoso. No se cumplió la meta azucarera, no se hicieron votos matrimoniales, ni siquiera una carta llegó de Cuba ese año. Los padres de Robertico nunca salieron de la isla. Eran furibundos activistas del partido y miembros del comité de defensa que vigilaba las actividades de la gente en el barrio. Mis padres habían mantenido cierta relación con su familia porque eran los comunistas más decentes que existían, pero como le oí decir una vez a mi difunto padre: "El único comunista bueno es un comunista muerto".

Después de que pasó 1970 sin tener noticias de Robertico, me empezaron a gustar los muchachos cubanos de mi nueva escuela. No lograba decidir cuál de los cuatro chicos refugiados de mi clase me gustaba más, acaso porque todavía podía sentir la dulzura del beso que Robertico me dio en la mano a pesar de mi instinto de sobreviviente que me movía a olvidarme de él y seguir mi vida. No importaba. Los muchachos cubanos no tenían interés en mí ni en ninguna otra muchacha. Lo único que a los chicos cubanos les interesaba eran las americanitas de pelo rubio y ojos azules, sin inhibiciones ni prohibiciones. A las chicas americanas en la escuela, y a una o dos que quedaban en nuestra cuadra donde parecía que cada día se mudaba una nueva familia cubana, las dejaban jugar béisbol con los varones en la calle, mientras que se esperaba que la mayoría de las niñas cubanas como yo se quedaran en la casa ayudando en los quehaceres domésticos o jugando a las muñecas. Las americanas jugaban a la pelota con intensidad, vistiendo shorts y camisetas y a veces bateando la pelota más duro que los varones. Yo envidiaba la libertad que tenían.

—Tu padre, que te está mirando desde el cielo, no quiere que tú salgas a jugar con los varones —me decía Abuela cada vez que yo le insistía en que me dejara salir—. No es apropiado para una jovencita decente. Nosotros no somos como ellos.

No somos como ellos. Este se convirtió en el clamor de Abuela a través de mis primeros años de exilio, y su manera de decir que no a todo lo que fuera un poquito divertido para mí. Sus rechazos constantes hacia cualquier cosa que yo quisiera hacer me obligaron a desarrollar una característica de mi personalidad que luego me resultó útil. Cada vez que me veía en una circunstancia difícil, me brotaba una dosis enorme de astucia y me las ingeniaba para librarme de determinadas situaciones tal como lo había hecho para escabullirme de la dictadura social de Abuela. Bajo el imperio de Abuela desarrollé la habilidad necesaria para mentir a la perfección.

Su control a veces se relajaba un poco debido a las muchas actividades extracurriculares a las que yo me incorporaba en la escuela y a la complicidad de maestros y consejeros que sentían lástima por la huerfanita inteligente que vivía bajo el férreo tutelaje de una abuela fuerte. Me inscribí en todos los clubes que pude, los Civinettes, el Club Francés, el Escuadrón del Ánimo. Cuando tuve suficiente edad, añadí un nuevo nivel para escaparme de Abuela: mi trabajo en El Palacio de las Delicias después de las clases, que también abarcaba algunas horas los fines de semana. Pero por un tiempo borré de mi vida a los chicos cubanos. Los muchachos cubanos se parecían demasiado a la familia, complicados e hirientes.

Hasta la noche que conocí a Andy en Iowa, yo no me creía nada de esa teoría de que la manera de llegar al corazón de un hombre era a través del estómago. Yo creía que era a través del pene, como había aprendido con Arturo. Pero la olla de picadillo había tendido un embrujo mágico sobre el chico de Carolina del Norte, y la música lo acercó a mí aun más.

Cuando el cantante principal de los Eagles entonaba su balada, Andy me apretó y se me pegó. Olía a primavera en un bosque después de una fresca lluvia y me dejé llevar por su abrazo al ritmo de la música. Sólo nos separamos cuando la voz de Carol interrumpió la sublimidad del momento.

—Okay, ¡a comer! ¡Cada cual se sirve su propio plato! —anunció. Mientras bailábamos, Carol y sus amigos anfitriones habían puesto la mesa del comedor estilo buffet. Habían tirado tongas de mi picadillo en panes de hamburguesa y le habían puesto el nombre "Sloppy Joe Cubano".

El salón de baile se vació en cuestión de segundos, excepto nosotros dos.

—Los hambrientos —dije riéndome.

—Sí —susurró Andy y volvió a pegar su cara a la mía.

—Debemos parecer dos tontos bailando solos y yo tan bajita que soy —dije. Me sentí mal por decir lo obvio.

—Quizás el problema no sea que tú eres bajita sino que yo soy demasiado alto —me susurró otra vez en el oído.

—Eso —asentí y cerré los ojos durante el resto de la canción.

Cuando la fiesta se estaba terminando, Andy me preguntó si podía llevarme a mi casa.

—El dormitorio mío está lejos, al otro lado del río. Vine con Carol, que es mi compañera de cuarto.

Yo había optado por el dormitorio más modesto de la Universidad de Iowa, un viejo edificio de ladrillos construido en la década del 1920. Me encantaban los arcos y las columnas, la escalinata rústica y las paredes rajadas. Tal vez me encantaban, en parte, porque Abuela casi se desmayó cuando vino a visitarme el fin de semana del Día de Acción de Gracias y vio que el edificio no tenía aire acondicionado ni elevador y que me habían asignado una habitación en el cuarto piso, que era el último. Pero me encantaba mi dormitorio y las diez libras que las escaleras me ayudaron a bajar. Era bohemio como mis pantalones vaqueros y liberado como la nueva yo.

Eran cerca de las tres de la madrugada cuando Andy y yo salimos de la fiesta y conseguimos que alguien nos llevara a mi dormitorio. Carol había decidido quedarse y pasar la noche con sus amigos.

—¿Subo contigo? —preguntó Andy cuando llegamos al piso de madera de mi edificio.

—No, ya pasó la hora de reglamento. Me metería en un lío —dije yo a sabiendas que era sólo una excusa. El toque de queda era una regla escrita que la mayoría violaba y no pasaba nada, pues las residentes encargadas eran tan culpables de violarlas como el resto de nosotras. Aun así, la regla de no recibir a varones en el edificio después de la hora límite de medianoche se había convertido en la excusa perfecta para despedirse de alguien a quien una no quería que pasara más allá de la puerta. En este caso, yo sí quería que pasara mucho más allá de todo. Pero ése era precisamente mi temor. Toda chica conoce bien la regla de oro internacional de las citas, que si uno deja que las cosas ocurran demasiado pronto, el tipo sale huyendo.

—Sólo quiero acompañarte hasta la puerta, segura y en una pieza —presionó Andy.

—Esta es mi puerta —dije.

—Sí, pero me dijiste que tu habitación está en el cuarto piso. ¿Y si hay un loco acechando en medio de la escalera esperando por tu linda cara?

—Ahora suenas como mi abuela. Okay, sube. Pero quédate calladito para que no me metas en un gran lío —le dije.

Maniobré con mis llaves y la puerta se abrió sin esfuerzo. Empezaba a subir las escaleras cuando Andy, que venía detrás, me haló hacia él y me plantó un beso húmedo en la boca.

—Me prometiste... —murmuré sin hacer resistencia.

Nos besamos apasionadamente un rato en la oscuridad del fondo de la escalinata. Pero entonces oímos voces afuera y subimos a toda prisa. Después de subir dos pisos me faltaba el aire. Yo sabía que era la compañía. Me mantenía en excelente forma física y siempre llegaba al último piso sin perder una onza de energía. Andy no se sentía afectado por nada. Me agarró por la cintura y acercó mis labios a los suyos otra vez. Me le escapé y subí corriendo un piso más. Dio un salto detrás de mí y me alcanzó en el momento en que iba a abrir la puerta.

Me besó suavemente y después con fuerza y después suavemente otra vez. Me sentía perdida, como en un trance, en las nubes. Me metió la mano debajo de la falda. Dejé que lo hiciera, deleitándome en la temblorosa incertidumbre de su mano, pero cuando miré por encima de su hombro, podía jurar que vi a mi abuela de pie al final del pasillo.

Me separé bruscamente.

—Perdona —dijo Andy—. No quise ofenderte. Me dejé llevar por el momento. Es que me gustas mucho.

Mantuve la mirada clavada en el final del pasillo, pero ya ella no estaba allí.

Me sentía mareada.

—Marisol, ¿te pasa algo?

—Estoy bien. Es que estoy muy cansada —mentí—. Todo ese humo que inhalamos me está haciendo efecto ahora. Necesito irme a dormir.

—¿Puedo verte mañana? ¿Quieres ir al cine en el Bijou? Allí siempre hay algo lo suficientemente extraño para que nos guste.

—Me parece bien —le dije y le di un besito en la mejilla. Necesitaba sacar a Andy Nielsen de mi dormitorio. Lo único que quería hacer era buscar a mi abuela en los clósets, debajo de la cama, dentro del baúl negro que Carol usaba como mesa de noche, dondequiera que pudiera estar escondida mi abuela cubana para vigilar los pecados de su nieta.

—Te vengo a buscar a las seis —dijo Andy con esa sonrisa fija aún en la cara—. ¿Qué tal si nos tomamos una cerveza primero en el Fieldhouse antes de irnos al "B"?

—Perfecto —le dije en mi voz más americanizada.

Me besó suavemente en la boca y desapareció por las escaleras. Entré a toda prisa a inspeccionar la habitación. Cuando estuve segura de que Abuela no se había mudado a la Universidad de Iowa, juré nunca más fumar marihuana o cocinar otra olla de picadillo sin el aroma de hojas de laurel. Al día siguiente, me retoqué el pelo con un nuevo color, esta vez un tono marrón profundo, como la corteza del tronco de una ceiba.

10

"La ciudad de Iowa tiene las mujeres más bellas del medio oeste de Estados Unidos, pero todas tienen novios", declaró un hermano de la fraternidad en una cita aparecida en el periódico estudiantil, *The Daily Iowan*. "En Iowa hay más novios que Frisbees".

Era una queja válida. Conocí a Andy a mediados de mi segundo año y nunca salí con ningún otro muchacho. Según nos fuimos conociendo mejor en sesiones de estudios y sexo exploratorio, la visión del fantasma de Abuela rondando en mi dormitorio se fue disipando. Y después de que Andy me besó a la sombra del gran Ángel Negro en el cementerio de la ciudad, como lo requiere la tradición de los Hawkeyes, nunca más soñé con asesinatos en los maizales. El novio de Carol en la escuela secundaria, Brian, transfirió su matrícula de la Universidad de Indiana, y la química entre nosotros cuatro se desarrolló de una forma tan natural e instantánea que el siguiente semestre nos mudamos los cuatro a un apartamento de dos habitaciones fuera del recinto universitario. Me sentía refinada y adulta, aunque en lo referente a Abuela seguía siendo una adolescente. No le dije a ella nada sobre

mis arreglos de vivienda y cada vez que venía a visitarme en algún fin
de semana especial, el Día de las Madres o el Día de Acción de Gracias, Carol y yo escondíamos la ropa de Andy en su clóset, sus cosas del
baño en el baño de ella, y los muchachos desaparecían y aprovecha-
ban los viajes de Abuela para visitar sus propias familias o irse de pesca.
Andy no entendía todo el esfuerzo detrás de ese camuflaje. "¿Qué va
a hacer ella?", me preguntaba en la víspera de uno de los viajes de
Abuela, "¿sacar un machete y asesinarme?" Mis cuentos sobre Abuela
y su notoria personalidad habían impactado a Andy, y el último había
sido sobre el machete que ella mantiene al lado de su cama desde que
surgió la ola de crímenes en Miami. Me reí tanto que no pude hacer el
amor con él seriamente esa noche. La idea de Abuela agarrando el machete para salvar mi honor me hacía reír cada vez que Andy trataba de
tocarme. No pude calmar mi imaginación y eso irritaba a Andy. No me
había visto en cuatro días y sus intenciones eran que pasáramos la noche haciendo el amor, no hablando de mi abuela. Cuando renunció a
la seriedad y se dio por vencido, ambos aprendimos mucho acerca del
poder de la risa para lograr el éxtasis.

　　—Eres un espécimen raro, pero te quiero tanto —me dijo.

　　—Tú no te quedas atrás en eso de ser raro, y yo te quiero mucho
también.

　　Andy era un bálsamo de alivio. Bajo el ritmo estable de nuestra
relación, una amistad que confundí con amor, decidí cuáles serían las
dos especialidades de mis estudios —ciencias políticas e historia— y
obtuve las mejores notas de mi carrera universitaria. Me distinguí en
asignaturas como planificación urbana utilizando a Miami como la
ciudad en mis proyectos de desarrollo comunitario. Asimismo, la política latinoamericana me resultó un paseo y completé mis investigaciones académicas con los recuentos de historia regional que había leído
en la prensa en torno a la élite de ex senadores, ex alcaldes, y uno que

otro presidente derrocado de América Latina. Al mismo tiempo, expandí mi perspectiva mundial con cursos de historia mundial, el Medio Oriente y las antiguas Roma y Grecia, así como insaciables dosis de apreciación de arte y de teatro. Abuela estaba fascinada con mis temas de estudio y se convirtió en mi mejor aliada en las investigaciones, mandándome recortes del periódico *The Miami Standard* con cada carta. El periódico estaba lleno de historias sobre un Miami en medio de cambio y convulsión social: episodios de abuso policial, tensiones raciales, un diálogo controversial entre miembros de la comunidad del exilio y el gobierno cubano que puso a los exiliados a pelear unos con otros, la liberación llena de emoción de algunos presos políticos en la isla, entre ellos poetas y ex diplomáticos de mediana edad.

En una de las cartas de 1979, Abuela agregó sus propias noticias y sus palabras me llenaron de temor. Iba a viajar a Cuba a visitar a la familia. Por primera vez en la historia del exilio, el gobierno cubano estaba dando permiso a los que se habían ido para reunirse con sus seres queridos, aunque fuera temporalmente y bajo las condiciones y restricciones de viaje más caóticas. La economía del país necesitaba una inyección de dólares americanos y quién mejor para traerlos que la próspera comunidad exiliada que añoraba regresar. "Nosotros, los gusanos que nos fuimos", decía Abuela en su carta, "ahora somos mariposas que regresamos". Me decía que, después de una lucha interna, tomó la decisión de ir porque no podía dejar pasar la oportunidad de ver a los hijos y nietos que todavía tenía viviendo allí. "Al menos verlos una vez más antes de morirme". Su hijo mayor, Ramiro, había muerto de un infarto masivo y la noticia le había llegado en un telegrama de la Western Union dos semanas después de la fecha en que lo enviaron, mucho después de haber sido enterrado su adorado Ramiro en el panteón de la familia en Matanzas junto a mi padre. Abuela no quería correr el riesgo de sufrir más pérdidas sin la promesa de compartir un abrazo más. Percibí tanta incertidumbre y dolor en sus palabras que, en lugar de escribirle, la llamé por teléfono y, cuando vine a ver, le propuse a Abuela acompañarla si hacía el viaje durante las vacaciones universitarias de primavera.

Se opuso rotundamente.

—No hay nada para ti en la isla —dijo Abuela—. Tu destino está aquí, en este gran país que nos ha dado refugio. No debes arriesgar tu vida regresando. Para ti no hay más que un futuro, y está aquí.

Por suerte para mí, Abuela estuvo sólo una semana en Cuba y cuando regresó me sentí tan contenta y aliviada que la sorprendí y regresé a casa para pasarme un fin de semana largo con ella. La encontré más triste e introvertida que de costumbre. No me dio muchos detalles de lo que llamaba su "odisea", excepto para decir que todos estaban bien de salud y que María Isabel, que se había quedado con su casa, todavía me echaba de menos. Eduardo le había sido infiel y la había dejado embarazada con su segundo hijo, que nació casualmente durante la visita de Abuela. Abuela había llevado una maleta llena de regalos para la familia —ropa, champú, jabón, medicinas, carne enlatada y hasta papel sanitario— artículos básicos que no existen en las tiendas cubanas. Se alegró de haber llevado alivio y alegría a la familia, pero nunca más quería hacer ese viaje.

—No hay regreso —dijo Abuela—. Ya no lo hay.

No entendía bien sus juicios crípticos, pero después de su viaje, Abuela empezó a estudiar inglés y contabilidad, y durante mis dos últimos años en la Universidad de Iowa, vino a visitarme con más frecuencia. Aprendió suficiente inglés para sostener una conversación con Carol, aunque le costaba trabajo entender el acento sureño de Andy. Le caía bien Andy, aunque cuando supo de nuestra relación, trató de imponer —a pesar de la distancia— su regla de que Andy y yo solamente nos viéramos con Carol de chaperona. Al final, acabó aceptando que no podía controlar lo que yo hacía en su ausencia. Pero nunca reconocería mi libertad. Mientras no me casara, decía Abuela, ella era mi guardián oficial, "aunque tengas cuarenta años". Sus formas anticuadas no eran un problema a mil quinientas millas de distancia, pero me impedían llevar a Andy conmigo a Miami. Cuando le pregunté en una carta a Abuela si Andy podía venir a pasarse una semana de vacaciones con nosotros en el verano de 1980, rehusó cortésmente.

—Yo tengo que ir al trabajo todos los días y no sería apropiado dejarlos a ustedes solos en la casa —escribió—. No es que no confíe en ti, pero no se vería bien. ¿Qué diría la gente?

El nuevo orden que evolucionó entre nosotras consistía en que lo que sus ojos no vieran, no existía, lo cual solidificó el silencio. En mi próxima carta le informé que había decidido pasarme el verano en la Ciudad de Iowa. Tenía un trabajo de camarera en un restaurante y justifiqué más mi argumento añadiendo que iba a tomar un curso de historia del arte que era demasiado difícil matricular en los semestres regulares para los que no estaban especializándose en arte. Había imaginado que de todos modos se opondría, pero su respuesta me sorprendió.

—Es mejor que no vengas —escribió Abuela—. Esta ciudad es una locura, una locura total.

Junto con la carta, y con todas las cartas de ese verano, me enviaba recortes de periódicos con fotos de barcos camaroneros repletos de refugiados cubanos que llegaban a los muelles de Cayo Hueso. En cinco meses, el éxodo del Mariel, nombrado así por el puerto desde donde salían los barcos, trajo ciento veinticinco mil refugiados cubanos nuevos a las costas de Estados Unidos. También durante ese verano, en los barrios predominantemente afroamericanos de Liberty City estallaron disturbios violentos cuando un jurado de Tampa compuesto sólo de ciudadanos blancos absolvió a agentes de policía acusados de matar a golpes a un hombre negro y de encubrir después el incidente. Como si todo esto fuera poco, la ciudad despertaba todos los días con la noticia de otro cadáver hallado en el baúl de un automóvil o en el río contaminado, o flotando a lo largo de las espumosas aguas de la bahía Biscayne. El negocio sangriento de los vaqueros de la cocaína y los tumultos sociales le dieron a Miami el sobrenombre de Dodge City.

Después del verano de 1980, Miami nunca más volvería a ser lo que era antes y, aunque yo no lo sabía entonces, yo tampoco volvería a ser la misma.

En Iowa, me sentía segura. La vida era como el río que atraviesa la ciudad, sereno y claro. Observaba y exploraba el paisaje con una inocencia infantil, libre, como la promesa de la canción del viento en mi perfume. Me adherí a la misma ética de estudio y trabajo que me había llevado allí, asentándome en una beca práctica que pudiera traducirse en una carrera. No soñé con cosas tontas y poco prácticas, como dedicarme a la poesía o al arte. Quería mantenerme libre de las reglas de Abuela cuando llegara el momento de abandonar el bote salvavidas de la vida universitaria, y para eso tenía que asegurarme de que mi educación fuera el camino hacia la independencia financiera y un trabajo tan lejos de Miami como Iowa.

No estaba preparada aún para sacar a la luz pasiones más profundas e impetuosas. Me tomó una década, una gran pérdida y un gran amor para desarrollar el coraje necesario para dar rienda suelta a mi alma. Aun así, me tomaría casi una vida entera confrontar los fantasmas que alimentan esas pasiones, y más difícil todavía, entregarme a mi destino. Todo eso quedaba por delante, aún sin descifrar. En Iowa, sólo hubo pequeños momentos de revelación, sutiles indicios del corazón, y no era aún capaz de reconocer su poder transformativo.

Uno de esos momentos llegó temprano, durante aquel primer otoño del nuevo comienzo lleno de esperanza en 1977, cuando recorrí el recinto universitario en mi tiempo libre, entrando y saliendo de edificios y céspedes cuidados como una mariposa en un jardín.

"Galería de Nuevos Conceptos", leía prometedoramente un letrero sobre una puerta, y entré a un espacio desierto de paredes blancas llenas de fotografías.

"*Serie de siluetas*", decía la etiqueta de un grupo de fotos a color, y comencé a examinarlas una por una. En riberas, en elevados de yerba, se había tallado la silueta de una mujer, como si hubiera habido la intención de que se convirtiera en parte de la tierra. En otra titulada "*Sin título (Tumbas)*", se habían tallado manos, piernas y otras partes del cuerpo en pequeñas tumbas de lodo, esculpidas a lo largo del Arroyo del Viejo (Old Man's Creek). La última fotografía mostraba a una mujer pequeña en un bikini rojo estudiando una de las tumbas en una ribera.

Su nombre: Ana Mendieta.

De pie allí frente a las fotografías ese día de otoño, cuando la vida simplemente comenzaba para mí, dejé que mis lágrimas se derramaran contra mi voluntad.

Había tanto que aprender, tanto que conquistar en Iowa, que nunca pensé en lo que me había emocionado tan profundamente ese día, ni oí hablar más de Ana Mendieta hasta muchos años después cuando estaba viviendo otra vida. Pero sí pensé en ella sin razón alguna un hermoso día de primavera en 1981 cuando tomé prestado el Volkswagen azul celeste de Carol y manejé treinta millas rumbo norte en la ca-

rretera estatal I-380 hacia el aeropuerto de Cedar Rapids para recoger a Abuela que venía para mi graduación. Cada vez que viajaba a
Miami desde Cedar Rapids vía Dallas, Atlanta o Chicago, o viceversa,
cuando regresaba a Iowa, tomaba un ómnibus de la línea Greyhound si
Carol o Andy no podían recogerme. Pero yo no iba a dejar que Abuela,
con su edad avanzada, pasara ese trabajo. Ya tenía más de setenta años
y, aunque el trabajo en una peluquería tenía el beneficio de tratamien-
tos rejuvenecedores gratis, cada vez que la veía parecía estar inevita-
blemente más frágil.

Cuando Abuela salió de la puerta de embarque lucía espléndida en
un traje nuevo color melocotón, y cuando la abracé, le tomé el moño
blanco con la mano como si fuera una piedra preciosa.

—Mi hija —dijo mirándome de arriba abajo—. ¡Estás tan flaca!
¡Menos mal que te traje una caja de pastelitos!

Nada más hizo sacar la caja blanca con el sello dorado de "El Palacio de las Delicias" de su equipaje de mano, yo me le lancé y le rompí la
cinta adhesiva transparente de la tapa con un hambre que era más un
antojo del recuerdo que una necesidad. Tomé primero un pastelito de
carne y lo devoré en cuatro mordidas, y luego agarré uno dulce. Si uno
pudiera tener un orgasmo por comer, yo habría tenido uno intenso con
el sabor dulce de un pastelito de guayaba y queso acabado de hacer en
el horno de una pastelería cubana en Miami.

—Hay que tomar dos aviones para llegar aquí, Marisolita —dijo
Abuela como si yo no me conociera la ruta de memoria—, y la gente
en los dos aviones me quería matar por el olor que salía de mi equipaje
de mano. —Había olvidado la orgullosa cadencia de su voz, el diminuto reproche escondido en sus frases, y me provocó una sonrisa y una
mueca pensar en los días cargados de emoción que teníamos por delante—. La gente me preguntaba: "¿Qué es eso que huele tan rico?" Y
yo sonreía haciéndome la que no sabía inglés para no tener que com-

partir tus pastelitos, pero hubiera querido realmente darle algunos a cada uno en el vuelo. ¿No crees que nuestra imagen mejoraría en todo el país si nos pusiéramos a repartir pastelitos a todos los americanos?

En mi ausencia, Abuela había añadido a su repertorio de virtudes la de embajadora política de los cubanos de Miami.

—¿Cuál es el problema con nuestra imagen?

—Ay, hija, esos criminales que quien-tú-sabes mandó para acá en esos botes cuando vació las cárceles tienen a Miami en candela, y está en todos los noticieros. Imagínate, ahora trabajan para los vaqueros de la cocaína. ¿Tú no ves las noticias?

—Yo no veo noticias —le dije—. ¡Yo leo libros y tus cartas!

Con eso, la abracé otra vez y la conduje hasta el carrito azul. Viajamos hasta la Ciudad de Iowa enfrascadas en una conversación sobre cómo todos los americanos se estaban yendo de Miami y ya no quedaba ninguno en nuestro vecindario. Cuando llegamos a la casa, Carol estaba limpiando las telarañas del marco superior de la puerta del frente para que Abuela no fuese a pensar que no era lo suficientemente hacendosa para ser mi amiga. Bajo protesta, Brian y Andy se habían mudado a la casa de unos amigos por el fin de semana. Sus familiares estaban también en la ciudad para la graduación, pero se estaban hospedando en hoteles. Abuela habría considerado eso un insulto. Tener que hospedarse en un hotel cuando su nieta tiene un apartamento en la misma ciudad es una gran ofensa en el Manual cubano de pecados contra la familia.

La tarde siguiente, Carol, Brian, Andy y yo nos graduamos con el título de bachiller en un largo y aburrido ritual que se hizo peor porque nos sentaron separados unos de otros y porque en nuestra mente se albergaba la inminente ruptura del núcleo que formábamos nosotros cuatro. Después de la ceremonia, a Abuela y a mí nos invitaron a celebrar con las demás familias en un restaurante y nunca había visto a mi abuela tan orgullosa. Se puso aún más contenta cuando le dije que había enviado mi currículo a tres ciudades en el sur de la Florida, entre ellas Miami. Lo que no le dije es que lo había hecho porque no tenía otra alternativa. A los reclutadores que vinieron a Iowa no les impresionó el bilingüismo de una cubana de Miami ni su título universitario. "Usted podría llegar a ser una buena secretaria bilingüe en Miami", me había aconsejado uno de ellos. La mayoría no hacía más que mirar sus relojes mientras me entrevistaban y nunca más me llamaron. Yo regresaría a Miami si tuviera que hacerlo, pero no a vivir con Abuela por mucho. Sería una cuestión de tiempo, hasta que Andy hallara la manera de conseguir un trabajo en Miami o yo en Carolina del Norte.

Después de la gran cena con todos nuestros familiares, Abuela se acostó temprano y Carol, Brian, Andy y yo estábamos tramando escaparnos hacia el Fieldhouse para unas rondas de cerveza cuando Abuela me llamó desde mi habitación con una voz apagada que nunca olvidaré. Cuando la vi, tenía agarrado su brazo izquierdo y respiraba con mucho trabajo. Andy bajó las escaleras con ella cargada hacia el automóvil y Carol y yo la llevamos a la sala de emergencia del Hospital de la Ciudad de Iowa. Había sufrido un infarto y los médicos dijeron que no había sido el primero. Me dijeron que tenía una lesión en el corazón que no había forma de sanar. Por primera vez en cuatro años, odié a Iowa. Lo que más quería era llevarme a Abuela de regreso a Miami, como si estar en su propia casa pudiera cambiar el diagnóstico, pero estaba demasiado delicada para moverla.

Durante muchos años, me reproché no haber sido capaz de impedir que Abuela se muriera tan lejos de casa. Falleció en un hospital frío en una ciudad que nunca conoció. Es triste morirse, pero es más triste aun morirse asida de la mano fría de una enfermera cansada diciendo: "Mah-mah, ¿qué te pasa?", y que todo vestigio de amor se pierde en la traducción cuando ese tipo de afecto resulta extraño y ajeno. No se dice Mah-mah. Se dice Mamá, con acento en la á —como si le saliera a uno de lo más profundo del corazón.

No podía entenderlo entonces, pero la muerte de Abuela lejos de nuestra casa fue el último regalo que me hizo. Me evitó el dolor de vivir en el lugar donde aspiró su último aliento. Su muerte también se convirtió en mi adiós al medio oeste del país. Empaqué mis cosas y regresé a casa con su ataúd. No me quedaba nada más que hacer en Iowa. Era ya de noche cuando pasamos por encima del oscuro Everglades. Desde mi asiento junto a la ventanilla vi el parpadeo de millones de luces de la ciudad, y cuando aterrizamos en nuestro Miami, me rajé en llanto.

Sepulté a Abuela en un cementerio junto a la calle Flagler donde banderas americanas ondean junto a las cubanas en un vasto espacio de céspedes cuidados y frondosos robles, un pacífico mar rojo, blanco y azul, donde las tumbas eran demasiado pequeñas para gente acostumbrada a erigir santuarios y ermitas a sus seres queridos en la isla. Su modesta sepultura tendría que bastar hasta el día en que pudiera llevarla de regreso a su merecido descanso en la isla, junto a sus hijos e hijas. Juré que un día me llevaría a Abuela para depositarla donde ella pertenecía y reunirla para siempre con sus hijos en nuestro mausoleo familiar en Matanzas. Pero esto era lo que yo me decía para calmar mi sentimiento de culpa, y en el transcurso de los años, mi único homenaje a Abuela fue visitar su tumba cada tres meses más o menos. Cada vez que la visitaba, trataba de hablarle, pero no lograba traspasar el silencio. Lo único que atinaba a hacer era limpiar su pequeña lápida de bronce y colocar margaritas blancas frescas en su jarrón de plata.

ORACIÓN A NUESTRA SEÑORA

Falla un fósforo tras otro,
ni una débil llama logran mis dedos torpes.
Mi vela para ti no tiene vida,
como mi fe.
¿Qué nos pasa, Cachita?
Perdimos el surco de nuestros rumbos,
de los mares azules que me trajeron tu nombre.
Fósforos muertos, almas muertas.
No hay favores tuyos hoy
para esta hija ingrata,
mala cubana,
mala católica,
mala hija.
¿Qué nos pasa, Cachita?
Sólo tengo palabras que ofrecerte,
para probar las aguas de tu generosidad,
de tus dádivas.
Mágica.
Piadosa.
Maternal.
Por favor, Cachita,
resuélveme.
Es que no ves mi infame albedrío
torcido,
herido,
trémulo,
ansioso.
Oye, mi Cachita,
de hinojos ante ti,
altar secreto de mi alma,

escondite de Ochún,
donde las hijas díscolas ocultan sus santos,
fantasmas del pasado cubano,
siempre presente.
Bendice a esta niña isleña,
Cachita,
mira mi corazón revolotear en tu presencia
(te debo tanto)
y aviva la llama del perdón,
de lo expresado en la palabra mayor:
Esperanza.
La esperanza pertenece a los que la atesoran,
como yo te atesoro a ti.

WHITE LINEN

1 1

Miami

Después de la muerte de Abuela, me mudé otra vez a nuestra casa como si ella todavía viviera en ella, y lo dejé casi todo intacto: su Sagrado Corazón de Jesús en la pared de la sala y la imagen de Nuestra Señora de la Caridad, santa patrona de Cuba, instalada en un pequeño pedestal en su habitación. Me concentré en el trabajo con tanta furia que los años se fusionaron en una única extensión de tiempo. Su muerte me dejó inquieta, como si cada vez que diera un paso no encontrara tierra firme y un precipicio estuviese aguardando un traspié. No sabía qué hacer con mis días. La extrañaba más de lo que hubiera podido imaginar y sólo encontraba consuelo en mi trabajo en el departamento de planificación del condado de Dade, donde mi título universitario y mis conexiones con antiguos clientes de la peluquería me ayudaron a encontrar un empleo. Me sumergí en reuniones, investigaciones, tareas múltiples, y en mi tiempo libre me ofrecí de voluntaria en una agencia de servicio social para ayudar a esas almas perdidas que habían llegado en 1980 en el éxodo del Mariel que no tenían familiares en Estados Unidos a través de los cuales reclamar su pequeño lugar en su nuevo país. En el proceso de reencaminar otras vidas, desarrollé un temor enfermizo de convertirme en una solitaria vieja pobretona. En mis fantasías, me veía empujando el carrito con mis pertenencias por los callejones desastrados del centro de Miami, durmiendo en camas prestadas.

Era un miedo sin base alguna, pero igual que el patrimonio y la historia, lo había heredado y a la larga me serviría bien.

Después de su muerte, descubrí que aunque Abuela había vivido modestamente, tenía más dinero que lo que pude haber imaginado. Antes del triunfo de la Revolución, su hijo marino mercante había venido a Miami durante los inviernos a comprarles telas y joyas a los judíos que venían a refugiarse del frío en Miami Beach. Entonces revendía la mercancía a la clase alta de la sociedad de Matanzas desde su tienda en Pueblo Nuevo. Ramiro había utilizado esos viajes para guardar parte de sus ahorros en el Banco Central de Miami, y había invertido bien su dinero. Cuando se tomó la decisión de que Abuela y yo nos sumáramos al exilio, él le dio a Abuela acceso a ese dinero. Leyendo el breve intercambio de cartas entre ellos, supe que Ramiro le había dado instrucciones a Abuela a usar el dinero para comenzar una nueva vida y mantenerme a mí. Le recordó a Abuela que ése era su deber, como había sido también el último deseo de su hermano al morir. Ramiro había decidido quedarse en la isla con la esperanza de un cambio milagroso en el nuevo régimen. No había tenido más alternativa; su esposa rehusó abandonar su hogar y dejar a su familia atrás. Él murió esperando. En una de las cartas, cuando todavía tenía esperanza, le pedía a Abuela que guardara fondos suficientes en el banco para pagar la salida de su familia del país en caso de que cambiaran de opinión. Todo el dinero de Ramiro, y miles de dólares más, permanecían depositados en el banco como un legado a nombre mío. Mi ahorrativa abuela sólo había utilizado una pequeña parte del dinero de Ramiro para hacer el pago inicial de nuestra casa de dos habitaciones, comprada en 1971 por $21.000. Los muebles, el juego de sala estilo francés que ella mantuvo forrado de plástico toda su vida y el juego de comedor con el chinero que ella adoraba, se habían comprado a plazos en la mueblería El Dorado de la Calle Ocho, como lo hicieron muchos otros exiliados. Se las había arreglado para pagar la hipoteca de la casa con su salario, y el pequeño saldo que quedaba era ahora mi deuda, junto con la pequeña casa situada en un vecindario cercado de mar pacífico y con altares de la Virgen en los jardines, muy cerca del bullicioso barrio de la Calle Ocho, con su pintoresco folclor inmigrante, y del elegante reparto The Roads con sus hileras de gigantescos robles frondosos y restauradas residencias antiguas.

Heredé la vida de Abuela, y no pude desprenderme de ella. A través de las cartas de Cuba que ella tenía guardadas en una caja amarradas con una cinta de diferente color para cada persona que las enviaba, conocí chismes acerca de la familia: el caos en torno a la boda de María Isabel, la muerte de Abuelo en La Habana poco después de la de Ramiro sin que hubiera mención de otra mujer u otra esposa. Todos terminaban siempre sus cartas con elogios hacia Abuela por el sacrificio que había hecho al dejar todo detrás por mí y reiterándole que había sido la decisión acertada. No pude menos que admirar a Abuela mucho más después de muerta que cuando estaba viva. Desde el día que nos bajamos del avión y nos llevaron en un ómnibus hacia El Refugio, la torre inspirada en La Giralda en el centro de Miami donde se procesaba a los refugiados cubanos y se les daba un status de refugiados para luego entregarlos a sus familiares —en nuestro caso a una pareja que habían sido amigos de la familia en Matanzas— Abuela trabajó doce horas al día en la peluquería. Al principio, les lavaba el pelo a las mujeres, contestaba el teléfono y barría los cabellos sueltos del piso de granito. Llegaba temprano para abrir el salón y se quedaba hasta tarde para cerrarlo, y al final se convirtió en la encargada y contadora. También descubrí que Abuela era una mujer mucho más sabia que lo que nadie era capaz de imaginar. Me dejó muy poco que hacer. Había ya comprado un lote en el cementerio y había hecho arreglos con un abogado para que todas sus pertenencias se transfirieran a mi nombre. Aunque el dinero de Ramiro pudo fácilmente haber liquidado la hipoteca, sentí la responsabilidad de conservar esos fondos como un tesoro que pertenecía a la familia y no sólo a mí. De un modo u otro, estaba muy lejos de considerarme una pobretona. Tenía una casa. Ganaba un salario decoroso en mi empleo con el gobierno además de beneficios y, siguiendo el ejemplo de Abuela, tenía dinero guardado para invertirlo en mis dos únicos sueños: explorar el mundo que había estudiado y regresar a la universidad para incursionar más en lo que después de la muerte de Abuela se había convertido en una pasión: la historia.

Pero antes tenía que ocuparme de mi propia historia. Me pasé un año sin poder vaciar la habitación y los clósets de Abuela. Percibía su presencia cada día cuando regresaba a la casa y cuando al entrar por la verja pasaba junto a la mata de gardenia en el jardín del frente, o cuando me tomaba el cafecito por la mañana en el traspatio, disfrutando del aroma que los jazmines en flor habían dejado en el ambiente la noche anterior. Abuela y nuestra casa olían siempre a flores y no podía desprenderme de sus olores. Sólo después de conocer a Juana acopié el valor para revisar la ropa de Abuela. Juana había hecho el viaje desde Cuba sola en uno de los barcos camaroneros durante el éxodo del Mariel. Tenía la piel reseca, curtida por el sol y arrugada, no tenía dientes, su pelo era tan blanco como el de Abuela al final de sus días. Tenía ochenta años y había enviudado hacía tiempo, aunque bien pronto confesó haber disfrutado la compañía de muchos amantes, antes y después de ser viuda. A mí me encantó Juana instantáneamente, pero a todos los demás no. Desde el día que llegó había estado dando tumbos de un albergue a otro, de una casa adoptiva a otra en Miami, porque los trabajadores sociales no habían podido localizar los familiares que ella buscaba. Le compré a Juana una buena dentadura y le regalé casi toda la ropa de Abuela. Estaba pensando en traerla a vivir conmigo cuando aparecieron una hermana suya y un sobrino en Wisconsin y la embarcaron para reunirse con ellos allí. Cuando nos despedimos, me inquietó la idea de otro exiliado cubano llamado a morirse en un hospital frío lejos de su hogar, pero me calmó la disposición de Juana de rechazar una silla de ruedas y caminar hasta la puerta de embarque diciéndome adiós alegremente y portando uno de los vestidos de flores de Abuela. Si alguna vez sintió miedo, Juana nunca lo demostró. Era una verdadera aventurera; su única preocupación era cómo pronunciar la palabra Wisconsin, y explicaba que le preocupaba solamente por los dientes nuevos que le compré. Yo le había regalado bienes materiales, pero Juana me había dado mucho más. Lo único que no pude regalarle a Juana fue el perfume favorito de Abuela. Cuando Juana también se fue de mi vida, comencé a usar el White Linen de Abuela, un olor demasiado serio para una mujer que no había cumplido aún treinta años.

Durante mis años de duelo y de culto al trabajo, mi relación con Andy se convirtió en un romance a larga distancia, y cuando decidimos que ninguno de los dos iba a mudarse a la geografía del otro, la relación gravitó hacia una amistad distante. Al principio, Andy llamaba y escribía a menudo y dibujaba con palabras el paraíso montañoso al que yo había renunciado por no haberme casado con él y haberme mudado a las Carolinas. Él había regresado a su casa y me enviaba fotos del camino que yo no había escogido, esperanzado de que la gloria de la naturaleza pudiera restaurar a la mujer que había conocido en Iowa. Las

fotos de él y su hermano junto a un arroyo en las montañas de Blue
Ridge rodeados de árboles en gloriosas sombras de colores malva, ocre
y marrón, casi me derritieron el corazón. Esa misma Navidad, él hizo
un viaje a Nueva York y me envió la foto de un hombre de nieve que
él mismo había hecho. El hombre de nieve tenía un sombrero y una
bufanda que yo reconocí y un letrero que decía: "Feliz Navidad, Marisol". Me hizo llorar, pero no pudo hacerme amar a Andy aunque yo
hubiera querido obligar a mi corazón a que lo hiciera. Es tan triste no
poder amar plenamente a un hombre como Andy Nielsen, un hombre centrado que cumple con su palabra, un hombre de carácter. A veces en mi soledad, o en Chicago cuando visitaba a Carol y a Brian y a
sus hijitas gemelas que me llamaban "Tía Mary" y se me tiraban en los
brazos, añoraba la compañía de Andy. Pero me impacientaban sus es-
porádicas visitas a Miami y sentía alivio de regresar a mi propia vida
cuando se iba, y un miedo extraño cuando me hablaba de matrimonio
e hijos. Nuestra vida sexual se había convertido en una rutina previsible, y parecía estarme mirando a mí misma sin emoción alguna, esperando la llegada de alguna otra vida. Yesenia, la manicurista con el
nieto superdotado, me explicó mis propios sentimientos un día cuando
me pintaba la punta de las uñas con un filo de luna blanca. Andy era
un hombre muy guapo, me dijo, pero en un final, "un huevo sin sal".
Me recomendó salpicar Violetas Rusas en el agua de la bañera para que
siguiera su camino. Tomé nota, pero en el caso de Andy, no fue ésa la
fórmula efectiva. El tiempo, la geografía y una pelirroja hermosa de
ojos verdes se encargaron de solucionarme ese problema.

1 2

No tenía a Cuba, y mi único vínculo auténtico con la isla desapareció con la muerte de Abuela. Pero, no obstante, Cuba llegaba a mí éxodo tras éxodo. Me llegó en las personas de un galardonado poeta a quien le encantaba la pizza con cebollas y salchichón, un guitarrista con un ojo ciego que recorría los bares de la ciudad tocando su música a cambio de comida y tragos y un ingeniero de mediana edad con alma de empresario. Este conjunto improbable de personajes fue a dar al departamento que se encargaba de encontrarle trabajo a la gente en la agencia donde yo hacía trabajo voluntario, Miami en Acción, y los ayudé a los tres a encontrar empleo. El poeta fue a trabajar como editor de mesa en el suplemento en español del diario *The Miami Standard*; el guitarrista empezó a tocar en algunos restaurantes que surgían en toda la ciudad y luego comenzó a enseñar música; y el ingeniero comenzó a cortar el césped en áreas residenciales con descuento y, una década más tarde llegó a tener su propio negocio de jardinería valorado en millones de dólares, impulsado por el enorme crecimiento urbano en los suburbios al sur y oeste del condado. Lo único que yo hice fue traducir

sus documentos cubanos, ayudarlos a llenar los formularios y hacer algunas llamadas telefónicas para conectarlos con las personas adecuadas. Pero quedaron muy agradecidos, siguieron llamándome más de
lo necesario y bromeaban que yo era su madrinita. Cuando se dieron
cuenta de que yo estaba libre y sin compromiso se turnaron para enamorarme con movidas tan sutiles que apenas me percaté de sus intenciones por un tiempo. Sus esfuerzos eran más cómicos que serios. Eran
una versión cubana de los Los Tres Chiflados pretendiendo estar enamorados de la misma mujer, y cada vez que venían a visitarme al trabajo, el resto de las chicas de la oficina se divertían con sus cosas.

Un sábado lluvioso, se aparecieron con una invitación a una fiesta
esa noche y una caja de dulces —capuchinos enchumbados en almí-
bar, pasteles de hojas conocidos como "señoritas" rellenos de crema y
el dulce favorito de mi nostalgia, merenguitos, que Abuela solía hacerme de merienda después de la escuela en Matanzas y Miami. El personal de la oficina y yo devoramos estas delicias pero yo decliné la
invitación a la fiesta.

—Asere, dime lo que tengo que hacer para encontrarte el corazón
—me dijo el ingeniero frente a los otros dos.

Sentí que me sonrojaba de la vergüenza ante esta declaración pública, empaquetada con el "asere" procedente de la nueva jerga habanera que comenzaba a contagiar la conversación en Miami como un
catarro de temporada.

—Bueno, pues empieza por eliminar ese "asere" que no tiene nada
de romántico —contesté yo.

—Oye, asere —intervino el poeta dirigiéndose al ingeniero—,
eres un cara dura y no tienes idea de cómo enamorar a una mujer.

Se disculpó conmigo en nombre de su amigo.

—Bueno, no todo el mundo puede escribir poesía bonita como tú,
comemierda —se defendió el ingeniero.

—Ay ya, ustedes dos están perdiendo el tiempo —dijo el músico—. ¿No se dan cuenta que el que a ella le gusta soy yo y mi música? ¿No es verdad, muñeca?

Moví los ojos con exasperación.

—¿Ustedes no tienen nada mejor que hacer? ¿No hay un césped clamando porque lo corten en alguna parte, un poema que escribir, una canción que ensayar?

—¿No ves que está lloviendo? —dijo el ingeniero—. No tienes idea de lo mucho que me atraso en mi trabajo cuando tenemos esta lluviecita todo el día.

—Pues, bienvenido a Miami. Esta es la Florida. Llueve mucho. Pero miren, tengo trabajo que hacer, llueva, truene o relampaguee, y no quiero pasarme el día entero metida aquí. Así que, andando, piérdanse.

—Ese "andando, piérdanse" dicho así con esos lindos labios y esas manos bonitas tampoco es muy romántico que digamos —dijo el ingeniero.

—¡Perfecto, nos estamos entendiendo!

—Por favor, trata de venir esta noche —interrumpió el poeta otra vez—. Voy a leer algunos poemas míos y mi amigo aquí va a tocar y cantar con una compañera encantadora.

El guitarrista asintió sonriendo.

—Okay, okay. Nos vemos en la fiesta esta noche.

Después de eso se fueron, no sin antes turnarse para besarme en la mejilla. El poeta comentó lo bien que yo olía siempre. "Tienes olor a primavera y a la promesa de un nuevo comienzo", dijo y se despidió con un gesto de la mano.

Sin embargo, para mí no era tiempo aún para un nuevo comienzo. Olía a Abuela, a las túnicas de lino fino que se ponía y a la elegante fragancia con que se perfumaba en sus últimos años. Me había instalado en la vida que ella había dejado atrás, y la mía era una fragancia prestada. Sólo la ciudad y el paso acelerado de los cambios alrededor mío me obligaban a elevarme de la nube de incertidumbre cada mañana. En los nuevos personajes de la ciudad encontré refugio, humor y un sentido renovado de identidad. El poeta, el guitarrista y el ingeniero sabían cómo elevar el tenor de dulzura en presencia de una americana con alma cubana, y no podía resistir sus encantos. Disfrutaba de sus atenciones y su compañía, aunque estaba demasiado sumida en mi carrera, demasiado entrelazada con mis fantasmas, para considerar nada más allá de una amistad casual con ellos. Lo que a mí más me interesaba era aprender lo más posible acerca de la vida que no alcancé a vivir en Cuba, y ellos estuvieron siempre ávidos de compartir sus historias conmigo. Estos hombres me consintieron con cuentos fascinantes sobre lo que significó para ellos crecer en un ambiente de rock-and-roll de contrabando en un país donde escuchar a los Beatles era ilegal. Me contaron cómo perdieron su virginidad en La escuela al campo, una actividad patrocinada por el estado en que los muchachos y las chicas vivían en barracas rurales mientras trabajaban en siembras de tabaco y papas todo el día desde los doce años hasta los dieciocho. Todo sonaba horrible; sin embargo, cuando ellos compartían sus historias, me daba cuenta de que la adversidad y la vida clandestina los había unido con lazos que yo nunca había logrado con mis propios amigos. Además, me fascinaba la adoración que sentían hacia La Habana, y en mi mente la capital del país se convirtió en una suerte de parque de diversiones sensuales en que hasta las olas del mar que chocaban contra el malecón producían música. El poeta, el guitarrista y el ingeniero eran amigos del barrio colonial de La Habana Vieja, y les encantaba hablar de la cercana esquina de Prado y Neptuno, uno de los lugares de reunión más populares en los inicios de la república, el sitio en que se organizaban eventos como el Carnaval de La Habana, una intersección inmortalizada por el cha-cha-chá "La Engañadora", acerca de una aparentemente voluptuosa mujer a quien la moda del momento le permitía aparentar un físico que realmente no contaba con todo lo que parecía tener. Había oído a menudo esa canción en la estación favorita de Abuela, la CMQ en el exilio, cuando ella trapeaba el piso de losa los sábados por la tarde, pero no había entendido toda la insinuación cultural detrás de la letra de la canción hasta que los hombres me la explicaron. Compré el casete del cha-cha-chá en Ricky's Records y escuchaba la canción embelesada mientras era yo quien trapeaba el piso.

El poeta, el guitarrista y el ingeniero habían salido de la isla por separado y se habían reunido en Miami muchos años después. El poeta salió por Mariel, sobrevivió a dos inviernos en Manhattan y luego vino a Miami para comenzar otra vez porque, según sus propias palabras, "la nostalgia por La Habana me estaba devorando, y Miami es lo más cercano a mi ciudad en este espantoso exilio nuestro". El guitarrista viajó de La Habana a Ciudad México para un concierto, abandonó el hotel en medio de la noche, cruzó el Río Grande con la ayuda de los llamados coyotes y se montó en un ómnibus Greyhound hacia Miami. El ingeniero, el último en llegar, huyó de Cuba desde una playa al este de La Habana en un barco robado con un grupo grande de familiares. Llegó a Key Biscayne sin saber exactamente dónde estaba, igual que le había ocurrido a Ponce de León en 1513 cuando, en medio de su búsqueda de La fuente de la juventud, fue a dar accidentalmente al cayo, le puso el nombre de Santa Marta y lo reclamó como propiedad de la corona española. No teníamos grandes afinidades estos tres hombres y yo, pero me sentí atraída por sus explosiones de humor y llegaron a ser mentores míos en mi nueva transformación a la condición de cubana después de Iowa. Después de que mi vida cubana con Abuela había sido definida por su figura autoritaria y el elemento discordante de mi desarraigo, la cultura de mis nuevos amigos olía al embriagador ron del Cuba Libre y se movía al ritmo de las cadencias africanas de la poesía y la música que me eran desconocidas. Mis amigos me introdujeron a los conmovedores poemas yorubas de Nicolás Guillén; a la voz disidente de Heberto Padilla, tan elocuente y valiente al describir a los falsos héroes pastando en su jardín; a la música de La Nueva Trova, nunca antes interpretada en el Miami cubano debido a los lazos oficiales de sus principales intérpretes con el régimen de la isla. Mis amigos también odiaban los lazos políticos de los artistas, pero no podían romper con la música y la poesía, y hacían la distinción porque conocían demasiado bien las máscaras que los cubanos se veían obligados a usar para sobrevivir en la isla. Habían aprendido a distinguir entre el arte y el juego político, a leer entre líneas la letra de la canción de un músico y la estrofa de un poeta. También se habían equivocado al abrazar un sistema totalitario y contaban anécdotas quijotescas acerca de la transición que hicieron para convertirse en hombres libres.

Ese sábado por la noche, fui a su fiesta y era como si hubiera entrado a la escenografía de una película extranjera, o por un momento a un territorio prohibido de La Habana clandestina. Nunca había experimentado nada semejante en Miami o en Iowa.

Cuando llegué a la dirección que me habían dado, me encontré con un edificio dúplex rosado encajonado en una oscura extensión de South Beach. Estacioné mi auto diagonalmente en un área deshabitada donde había otros carros y cuando entré por la puerta, que estaba semiabierta, pude ver salas pintadas de negro y amuebladas con mesitas redondas y sillas, tipo cabaret, con una vela encendida en el centro de cada mesa. Un joven me recibió en la entrada y me dijo que a todos los asistentes se les pedía que hicieran una donación de cinco dólares para cubrir los gastos de la noche y compartir con los artistas que actuaran. Yo hice mi donación.

—Bienvenidos a Noches de Playa —dijo el anfitrión—. Siéntanse como en su propia casa.

Miré alrededor en busca de mis amigos y, como no los vi, me senté en una de las mesas vacías para dos personas. No demoró mucho para que se levantara un telón y revelara un escenario improvisado pintado de negro y un reflector que iluminaba una solitaria banqueta. Apareció el poeta con su pelo negro peinado hacia atrás en su característico rabo de caballo y se sentó muy solemnemente, vestido todo de negro y con un delgado libro en la mano. Comenzó a leer los poemas más apasionantes que yo había oído jamás, su propia poesía, y más tarde supe que su libro había ganado un premio importante en La Habana. Era lo único que llevaba en el bolsillo cuando se hizo pasar por gay para que lo embarcaran como "indeseable" en unos de los botes que salían de Mariel hacia Cayo Hueso. Cuando el poeta abandonó el escenario en medio de estruendosos aplausos, hizo una entrada igualmente dramática el guitarrista en jeans acompañado de una mujer de piel canela vestida de gitana con una saya ancha y una blusa campesina. Ella tenía un pelo negro rizado que le caía sobre los hombros como una capa. Él comenzó a rasgar la guitarra y ella cantó boleros, algunos que me eran vagamente familiares y otros completamente nuevos para mí —piezas que ella decía eran de la época del "filin" en La Habana romántica de los años cincuenta y sesenta, cuando los cantantes interpretaban baladas nuevas con un estilo renovado y mucho sentimiento. Al final del espectáculo todas las mesas estaban llenas y el público pedía que cantara otra. "Yolanda", gritaba el ingeniero desde algún sitio en el salón, y algunos otros secundaban el pedido. Cuando miré hacia atrás para confirmar que había sido la voz del ingeniero la que había oído, lo vi sentado junto a una mujer que se parecía a mí, aunque un poco mayor. El guitarrista cantó una bella tonada que yo nunca había oído, una declaración de amor de un corazón embrujado.

Cuando terminó el espectáculo, el poeta vino a sentarse a mi mesa. Yo estaba en medio de una cerveza demasiado caliente para tomármela y no tuve oportunidad de decir mucho excepto que su poesía me había llegado al corazón. Enseguida se unió a nosotros un hombre alto y delgado con una boina, en pleno verano, que se presentó como el dueño del lugar. Acercó dos sillas y llamó a una mujer que estaba hablando con el portero, una especie de muñeca Barbie con un pelo rubio que le daba a la cintura y que resultó ser la novia del dueño, una argentina que había huido de la crisis económica de su país. Dije poco durante la conversación. Apenas entendía los temas que discutían mi amigo poeta y el hombre de la boina. Lo único que sabía era que también se habían conocido en La Habana y que el hombre de la boina no tenía más empleo que el de simplemente ser un intelectual.

Cuando el intelectual nos dejó solos, el guitarrista y su cantante y el ingeniero y su acompañante trajeron sillas adicionales a la mesa y se sentaron con el poeta y conmigo. Brindamos por la noche y, cuando me pareció apropiado, les pedí perdón.

—Oye, siento mucho haberme comportado tan bruscamente con ustedes hoy —dije—. Gracias por la invitación. Esta ha sido una experiencia maravillosa.

—No tienes que pedir perdón por nada —dijo el ingeniero—. Aquí somos todos amigos. No, más que amigos, familia.

Al final de la noche, el poeta me acompañó hasta el auto y se me adelantó para abrirme la puerta.

—Mira, Marisol —dijo—, yo sé que tu vida no es asunto mío y me puedes mandar al carajo si quieres, pero ¿por qué lo único que tú haces es trabajar todo el tiempo? ¿Es que no te interesa nada más en la vida? ¿Alguna vez se te ha ocurrido pensar en el amor, el matrimonio, comenzar una familia?

No sabía qué responder, pero tampoco quería discutir estos temas con alguien que me era un total extraño. Envidiaba la facilidad con que mis nuevos amigos se inmiscuían unos en los asuntos de los otros y caían sin esfuerzo en las conversaciones más íntimas, pero a pesar de que recibía esa cultura con cálida fruición, estaba aún lejos de adoptar para mí esa intimidad instantánea. O al menos eso era lo que pensaba entonces.

—Es complicado —le dije al poeta, y le besé la mejilla para indicarle la intención de irme—. Por ahora, me siento feliz con mi vida y mis amistades.

—¿Vendrás otra vez?

—Seguro que sí. La pasé muy bien.

Manejé hacia casa pensando en el amor, el matrimonio, la familia, pero no como elementos de la vida que debía yo procurar como una carrera o como la libertad. Pensaba que la vida tenía cierto orden movido por el destino, y tal vez la mía había sido forjada más por lo fortuito y por la tragedia. Para mí, el amor, el matrimonio, la familia, en ese orden, eran más tradición que otra cosa. Yo no me consideraba una persona sin familia, como tampoco me consideraba sin amor. Los demás tal vez tenían esa percepción, pero para mí la simple idea de ser cubana y vivir en Miami era lo mismo que existir en el seno de una gran familia. Cuba, después de todo, estaba a sólo noventa millas de la Florida. Aunque no pudiera tratar de alcanzarla, la isla siempre estaba ahí, como nuestra familia de origen, como la promesa de amor eterno. Igualmente, no podía ignorar otra pieza fundamental de mi educación. Me sentía parte de una familia adoptiva extendida, agradecida por poder considerarme americana; eso había sido lo que Abuela me había inculcado. Había crecido mucho en la profunda vertiente central de este país, me había convertido en una persona compleja, una ciudadana que abrazó esta tierra como la suya propia. Miami me pertenecía tanto como la idea de que Matanzas era parte de mi alma. En la cálida

sensación que habían dejado en mí las Noches de Playa, pensé en todos esos factores existenciales y empecé a escribir sobre ellos en mi
diario.

El evento de South Beach se convirtió en una salida de fin de semana para mí, y después de cierto tiempo, todo el mundo me trataba
como si yo también fuera una amiga de La Habana. Algunas noches,
después de que el público se marchaba, la fiesta se trasladaba a la ori-
lla del mar bajo las estrellas, con la luna de Miami colgada sobre nosotros como una lámpara mientras el guitarrista tocaba. Todos se sabían
la letra de las canciones excepto yo. Sólo podía unirme al grupo que
cantaba cuando tocaban canciones de mi limitado repertorio: "Guan-
tanamera", y de mis días de chica yeyé en Matanzas "Rosas en el Mar",
la canción protesta sobre el amor y la libertad que cantaba mi favorita
diva española, Massiel.

Cuando terminaban las Noches de Playa yo cruzaba la autopista
MacArthur rumbo a casa, con el sol elevándose a mis espaldas. A mi
izquierda, enormes cruceros blancos brillaban alineados sobre las aguas
tranquilas. A mi derecha, una fila de mansiones mediterráneas serpen-
teaba a lo largo del perímetro de diminutos islotes y frente a mí se er-
guía el creciente horizonte del centro de la ciudad con la Torre de la
Libertad como su pieza central. Esto era Miami en su mejor color, mi
Miami.

Cuando mis amigos de La Habana terminaron de recubanizarme, ya
el convulso Miami al que habían llegado se había transformado. Las
batallas públicas sobre el bilingüismo que habían plagado el condado
a principios de los ochenta iban cediendo a una nueva realidad de
una región con lazos indestructibles —ahora deseables en el orden
económico— con las Américas. Cada vez que soplaban turbios vien-

tos políticos o una economía se desplomaba, Miami se convertía en el refugio favorito: nicaragüenses, haitianos, colombianos, venezolanos y argentinos. No todos venían sin dinero y con las pequeñas fortunas que traían compraban apartamentos espectaculares en el corredor residencial que se erigía frente al mar a lo largo de la Avenida Brickell y se establecían en las nuevas subdivisiones de los suburbios. Miami no necesitaba declaraciones sobre qué idiomas hablar; la región funcionaba, de facto, en dos idiomas, a veces tres, y su corazón latía al ritmo cubano. Toda el área metropolitana se convirtió en un trasplante efervescente de todo lo que se había dejado atrás, incluidos vicios y virtudes, y el estilo cubano se tornó en la vertiente central. En la fuerza de su crecimiento, el empuje hacia el oeste conllevó un majestuoso paisaje de nuevos bulevares sembrados de palmas reales en homenaje a los grandes palmares de la isla. La música, el arte, la literatura y la comida de Cuba se filtraron en la vida cultural y nocturna de Miami como un electrizante elixir. La ética de trabajo colectivo del exilio, su fácil vertiente humorística aun en tiempos difíciles, las pasiones provocadas por las pérdidas, todos estos elementos se iban grabando en el alma nostálgica de Miami. Pero también los vicios nacionales proyectaban una sombra fea de notas discordantes: la corrupción, el caudillismo, la intolerancia. El crecimiento indetenible amenazaba la frágil consistencia del Everglades y del suministro de agua, y mi trabajo como planificadora asociada del condado me otorgó un papel de protagonista en medio de todo este gran fenómeno. "La línea de cero lotes" se popularizó como la frase clave de la excesiva construcción y desarrollo en áreas que carecían de una infraestructura de apoyo. Promoví la protección de la ecología y de la fauna con la pasión por la naturaleza que había nacido en los suntuosos valles de mi Matanzas y luego se había alimentado en los páramos de Iowa, y luché con las capacidades adquiridas mediante la educación y la experiencia, pero los políticos que gobernaban la región aprobaban, uno tras otro, una serie de planes deficientes en el nombre de la prosperidad y el estatus internacional. Era el principio de una nueva era, pero no había nada nuevo en el asalto contra la tierra y la consiguiente corrupción. Así, no mucho después de haberse fundado en el 1800 como el punto de avanzada militar Fort Dallas, Miami, con sus vicios y su maquinaria corrupta bien engrasada, se convertía en escenario ideal para especuladores de terrenos y para toda una sarta de trapicheros en el preciso momento en que se convertía en la capital del exilio cubano. La nueva clase dominante de políticos nacidos en Cuba no hizo más que añadir otra capa más al legado. En el contexto de esa realidad, mis días comenzaban con una crisis y terminaban con otra, condenada a la proverbial rueca que no me llevaba a sitio alguno. A finales de los años ochenta, las Noches de Playa de los fines de semana habían cesado y sus protagonistas se habían dispersado. Ya para entonces, mis amigos se habían construido una nueva vida e incorporado a las demandas de empleos y familia. Y ahora era yo quien añoraba un nuevo comienzo, un nuevo perfume, un nuevo amor.

Ya era hora.

Un día en que cada paso parecía alinearse milagrosamente para ayudarme a cambiar de rumbo, mi jefe me llamó a su oficina. Era uno de los hombres de menor estatura en el rascacielos encajonado color beige del centro de la ciudad. Tenía pelo canoso, abundante y bien peinado, y pude imaginar que alguna vez había sido un hombre bien parecido, aunque sus trajes azules de Burdines no podían esconder su abultada barriga ni su rostro extrañamente esculpido, ni tampoco disimular su odiosa actitud de superioridad moral y la demagogia con la que trataba al personal. Odiaba tener que hablar con él, más que todo porque enseguida me dejaba de mirar a los ojos y me clavaba la vista en los senos, pero además porque usualmente sus conversaciones no trataban más que procurar avanzar la agenda política o económica de alguien. Practicaba el arte de saber comportarse con gran habilidad con sus superiores al tiempo que dirigía su equipo con la mano férrea de un dictador, como si todos fuesen alumnos descarriados en lugar de un grupo de colaboradores profesionales unidos por la causa de construir una gran ciudad.

Deduje por la sobredosis de cumplidos y halagos que, al entrar yo a su oficina, mi jefe hacía un esfuerzo extraordinario por parecer cordial. Odiaba su simulación tanto como su mano dura. Cuando cerró la puerta, no perdió tiempo en entrar en materia. Me dijo que habían surgido oportunidades de ascenso para una serie de trabajos en el gobierno y que yo había sido identificada como "una líder". Mi trabajo voluntario no había pasado inadvertido ni tampoco mi impecable récord de asistencia. Lo único que yo necesitaba era añadir un poco de delicadeza política a mis capacidades y él podía ayudarme con eso.

—Tienes un gran futuro —dijo—, pero necesitas aprender a trabajar en equipo.

Yo había oído veladas amonestaciones antes. Venían con una invitación a almorzar para discutir un proyecto, con "un consejo por tu propio bien" después de una reunión particularmente agitada. Y también no tan veladas bajo el disfraz de una supervisión más intensa de mis proyectos. Había sobrevivido a cada prueba, había prosperado junto a compañeros de trabajo que, como yo, querían lo mejor para la ciudad que amábamos. Pero en un día como éste, vi claramente que yo misma me estaba privando de una vida. Mientras más avanzaba en mi carrera, más profundamente enterraba los deseos de mi alma de enfrascarme en alguna tarea creativa, explorar el mundo, encontrar el verdadero amor. Las cartas de Abuela de Cuba habían alimentado en mí las ansias típicas del arqueólogo que quiere excavar y entender su pasado, además de una ardiente necesidad de escribir y hallarle sentido a todo. Odiaba optar por la salida de la cobardía, pero no pude dejar pasar la oportunidad de decirle a mi jefe que ya había hecho otros planes con mi carrera. Le dije que apreciaba mucho la coincidencia de nuestra conversación y desplegué la más cordial de mis sonrisas. Y fue ahí donde le dije que tenía planes de pedir un permiso para ausentarme y viajar al extranjero para estudiar historia y arte en ciudades que tuvieran relevancia cultural en Miami. Yo misma me sorprendí de la elocuencia con la que concebí instantáneamente un plan concreto para mis sueños. Cuando regresara de mis estudios, buscaría trabajo en una institución dedicada a la historia y a las artes, tal vez en el Museo Histórico. A mi jefe le pareció que le habían arrebatado el libreto de su papel en esta conversación y no hacía más que apretar los dientes para evitar fruncir totalmente el ceño, pero, para sorpresa mía, al final del día obtuve su aprobación para un sabático. Cuando salí del edificio esa tarde, los buitres sobrevolaban el horizonte del centro de la ciudad, las palomas picoteaban a mis pies, y sentí la euforia familiar que sólo proviene de un acto de emancipación.

Cerré herméticamente mi casita llena de recuerdos con las planchas de aluminio que Abuela sólo había utilizado una vez diez años antes cuando el huracán David acercó sus vientos a la costa en 1979 y retozó despiadadamente con el sur de la Florida hasta que cambió su rumbo. Ahora había llegado el momento de yo cambiar el mío.

13

Madrid

Llegué a Madrid en mayo en medio de una ola de calor.

Estaba parada abanicándome con mi tarjeta de embarque en una larga fila para tomar un taxi en el aeropuerto cuando vi un autobús cuyo destino era la Plaza de Colón, donde yo había hecho una reservación en un modesto hotel hasta encontrar una pensión respetable o un apartamento para alquilar. Me subí al ómnibus, que me costó el equivalente a dos dólares, feliz por haberme ahorrado el taxi, pero mi ahorro y el alivio del calor se esfumaron cuando tuve que subir una escalera con mi enorme maleta y mi equipaje de mano con mi cámara y rollos de película desde la estación del autobús hacia la plaza, bajar luego otra escalera desde la plaza y subir finalmente otra más para llegar al vestíbulo del hotel. Cuando me disponía a abrir la puerta, apareció un maletero para ayudarme. Estaba sudada y exhausta y la fría temperatura del vestíbulo me refrescó como agua helada, pero después de inscribirme en la recepción, el maletero abrió la puerta de mi habitación y entré en otra sauna. Hacía tanto calor dentro de la habitación como afuera.

El maletero culpó al ayuntamiento.

El ayuntamiento, dijo el maletero, no permitía que el hotel encendiera el aire acondicionado. El prematuro clima de verano había sorprendido a todos.

—Pero el vestíbulo está helado —protesté.

—Es que es otra unidad separada —dijo.

—¿De modo que los empleados están frescos y cómodos y los huéspedes tienen que soportar este calor?

—Lo siento.

Discutir con el hombre no resolvería nada. Lo despaché, le di una propina mucho mayor de la que merecía, me quité toda la ropa y traté de dormir una siesta. Me desperté sudando, me di una ducha fría y me vestí lo más ligera que pude, dado que Madrid no era la fresca ciudad europea que había esperado y para la cual había empacado ropa poco adecuada. Bajé a la recepción para quejarme por la falta de aire acondicionado. El empleado de la recepción repitió que la ola de calor había llegado de forma inesperada, pero me dio una explicación diferente. La gerencia del hotel no había aún contratado a un electricista para cambiar el sistema de calefacción a aire acondicionado.

—¿Y qué esperan para hacerlo? Contraten a un electricista —le dije—. El calor en la habitación es insoportable.

—Señorita, si no le gusta nuestro hotel, puede mudarse a otro sitio.

—Eso haré —dije, y salí hacia la Calle Goya a buscar un lugar más hospitalario donde quedarme y a comprar ropa más fresca en El Corte Inglés, la famosa tienda por departamentos española de la que había oído hablar a Abuela cuando me prometió que cuando me graduara de la universidad vendríamos juntas a Madrid. Visitar España ocupaba el segundo lugar en los sueños de Abuela después de visitar una Cuba libre. La había embullado Yesenia, la manicurista, que había visitado España en un viaje organizado por uno de los locutores de la radio cubana de Miami. Yesenia le había traído a Abuela una mantilla bordada de flores y un abanico con una reproducción de las famosas meninas de Velásquez. Abuela empezó a llevarlos a la Iglesia de San Juan Bosco todos los domingos; se ponía la mantilla en la cabeza durante la misa y se echaba fresco con el abanico, todo el tiempo soñando despierta con visitar la madre patria. Añoraba ir de compras en El Corte Inglés para comprar una selección de mantillas de varios colores y otro abanico para remplazar el que tenía, que se había dañado de tanto agitarlo en el calor de Miami.

El Corte Inglés estaba más lejos de lo que el mapa sugería y cuando llegué al gigantesco edificio estaba muerta de hambre. Debí haber parado en alguno de los bares de tapas en el camino, pero sabía que la tienda tenía un restaurante muy bien recomendado por mi guía de Fodor, y llegué a una amplia cafetería con un solo camarero, un hombre mayor con un delantal blanco. Los únicos otros clientes era una pareja tomando lo que parecía ser Coca-Cola de dieta.

Pedí una.

—¿Coca-Cola de dieta? Aquí no vendemos Coca-Cola de dieta —respondió el camarero.

—¿Cómo no? Es lo que están tomando esas personas —le dije señalando a la pareja en la otra mesa.

—Ah —murmuró molesto—. Eso no es Coca-Cola de dieta. Eso es Coca-Cola Light.

—Bueno, pues me trae eso mismo. Y el especial de salmón y un flan de postre.

Me quitó el menú bruscamente y se fue sin decir palabra. Abrí un cuaderno azul con lunas y estrellas doradas en la cubierta que había comprado para el viaje y comencé a escribir mi decepcionante y caluroso recibimiento a la amada madre patria de Abuela. El camarero regresó al rato con mi orden, un apestoso salmón untado de mantequilla y enchumbado en aceite de oliva acompañado de un insípido arroz amarillo y una ración de patatas frías a la española, también chorreando con un aderezo que no habría estado mal si no hubieran servido tanta cantidad. No pude comer más que un bocado. Opté por comer pan para calmarme el hambre, pero el pan estaba viejo y duro, imposible de morder sin romperme un diente. Lo único que comí fue el flan, no porque estuviera bueno sino porque estaba hambrienta y era la única parte de la cena que no me daba náuseas. Siguiendo el hábito que había adquirido en tiempos buenos y malos, empecé a hablar con Abuela en mi mente. "Viejita, hasta ahora la madre patria no es nada de lo que imaginabas".

El camarero regresó para preguntarme si necesitaba algo más, y le pedí la cuenta. Miró el plato lleno y comenzó a regañarme porque no me había gustado la comida y por el desperdicio por no comérmela.

—Todos han comido esto en el almuerzo y nadie se ha quejado —insistió.

Pagué tan pronto pude sacar las pesetas de mi cartera y me fui.

No me fue mejor en el departamento de mujeres, que estaba sobrecargado de marcas americanas a precios exorbitantes y ropa de tallas grandes. Logré reunir algunas piezas, entre ellas un vestido de algodón color verde olivo, y me dirigí hacia el probador. Al ponerme el vestido se me trabó al nivel del pecho. Traté de encontrar un cierre de cremallera pero no tenía ninguno. Mientras más trataba de salirme del vestido, más trabada me sentía, al punto que se me hacía difícil respirar y más imposible me resultaba mover el vestido hacia arriba o abajo. Parte del vestido me cubría el cuello y comencé a sentir una inmensa sensación de pánico. Vi a una vendedora a unos pasos de donde yo estaba y la llamé. Me vio y me hizo una seña que esperara. El pánico se intensificaba. Grité que se trataba de una emergencia. A nadie parecía importarle. Esta vez ni se molestó en mirar.

Al poco rato, apareció.

—No puedo quitarme este vestido y no puedo respirar —le dije casi llorando—. Por favor, ayúdeme.

De un tirón con dos manos me quitó el vestido.

—¡Mujer! —me reprendió—, ¿cómo se le ha ocurrido que ese vestido le iba a servir con esas enormes tetas suyas?

Estaba demasiado atónita para pronunciar palabra. Pagué por una blusa sin mangas con flores bordadas en una talla mayor que la mía y salí a toda velocidad. Tal vez había sido un error venir a Madrid cuando fácilmente podía haber estudiado en cualquier lugar de los Estados Unidos sin incurrir en este extraño drama. Carol había insistido en que Chicago era el lugar ideal y había sugerido que si la ciudad de los vientos no era lo suficientemente exótica para mí, debía tratar de vivir en Nueva York, pero yo, tonta que soy, me había obsesionado con Europa. El Viejo Mundo, los clásicos me habían atraído aquí, pero lo que me apetecía realmente era una hamburguesa o un sándwich cubano y mi cama en el refugio de mi casita con aire acondicionado. "Estados Unidos es el mejor país del mundo", escribí en mi diario esa noche, "el más eficiente, el más económico, el más sensato y, ah, nunca pensé que diría esto alguna vez, pero también el de mejor servicio". Sólo una cosa reivindicaría a Madrid y me reanimaría el espíritu aventurero.

Cuando salí de El Corte Inglés esa tarde, le hice señas a un taxi y le pedí al chofer que me llevara a El Prado, con la esperanza de que mi visita al legendario museo lograra al menos hacer que este viaje valiera la pena. El Prado logró más que eso. De pie frente a los alarmantes lienzos de Goya, Saturno devorando a sus hijos, la Maja desnuda y la Maja vestida, una mujer pintada en la misma pose luminosa, una desnuda, la otra vestida, experimenté una vez más el poder transformativo del arte. No pude separarme de los cuadros de Goya, y tomaría varias visitas más a El Prado para absorber igualmente las obras maestras de El Greco y Velázquez, como si en los detalles de cada obra se desplegaran los misterios de la vida. Todas las piezas parecían existir allí en la eternidad, en espera de un par de ojos dispuestos a descubrirlas como habían hecho los míos. Madrid se reivindicó mediante sus tesoros de arte, y en mis caminatas sin rumbo a lo largo de los bulevares de árboles alineados repletos de monumentos y estatuas, pude admirar cómo los poetas y dramaturgos de una gloriosa generación de escritores definían la cultura de la ciudad. Pero en mi vida cotidiana, mi espíritu y la geografía me seguían atrapando . No pude encontrar un sitio adecuado para pasar el verano. Encontré un hotel razonable con aire acondicionado no muy lejos del espantoso en que me había hospedado a mi llegada, pero era demasiado caro para pasar más de un par de semanas. Odiaba los platos más típicos de la cocina española porque mi paladar estaba más acostumbrado a la versión cubana de esos platos, y sobreviví comiendo sándwiches de jamón serrano y queso manchego hasta que descubrí un restaurante italiano en un barrio de tiendas de zapatos de descuento. Pero la mayoría de los días, me saltaba al menos una comida y me las arreglaba con productos no perecederos que compraba en el mercado y traía a mi habitación del hotel.

Recorrí la ciudad a pie y bajé de peso rápidamente por el ejercicio y la cantidad de comida que dejaba en el plato, hasta que un día me tropecé con un distrito muy de moda, lejos de las áreas turísticas, donde en uno de los edificios más pintorescos había una escuela para aprender a hacer encajes con un gran ventanal hacia la calle a través del cual uno podía observar a las maestras y aprendices trabajando. Era el tipo de Madrid que yo buscaba, el Viejo Mundo, gentil y exquisito.

Cuando vi un letrero anunciando que se alquilaba un estudio cercano, no vacilé en preguntar. El lugar era tan pequeño como una casa de muñecas, pero muy soleado, y tenía una unidad de aire acondicionado también pequeña que la mujer dijo que podía poner a funcionar hasta la segunda semana de septiembre sin cargo extra. Pero cuando me hizo preguntas sobre mí y supo que yo era cubana, me dijo que tenía que subirme la renta.

—Ustedes los cubanos se bañan demasiado —dijo.

Me pareció una observación cómica hasta que me di cuenta de que no estaba bromeando. Me dijo que les había alquilado a cubanos antes y que se duchaban todos los días, y a veces dos veces, día y noche.

—Es el calor tropical del Caribe —le dije, y estaba tan enojada que le di las gracias bruscamente, le dije que lo pensaría, y nunca más volví.

A pesar de que odiaba la idea de abandonar mis planes de estudiar en España, todo parecía indicar que tendría que regresar a Miami, a más tardar, a fines del verano. Pero el siguiente domingo por la tarde fui con mi cámara a fotografiar una celebración de Sevilla en la Plaza Mayor y conocí a un español muy simpático que me explicó la razón de mi mala suerte y me sugirió el remedio para mi maldición.

La festividad en la plaza era una celebración de herencia española y las madrileñas, jóvenes y viejas, vestían trajes tradicionales de vuelos estampados con lunares típicos del sur de España y desfilaban del brazo unas con otras. Me encantaba cómo posaban orgullosas las niñas acompañadas de sus hermanitos vistiendo la típica boina, pantalones y chaleco de los españoles del Viejo Mundo. Era una fiesta de color y de actitud. Deleitada con todo, tomé fotos hasta que se me terminó el rollo. Cuando busqué un rollo nuevo en mi cartera descubrí que lo que había traído por error era un rollo usado, por lo cual caminé hasta una tienda de accesorios de fotografía que había visto en el soportal de arcos que rodea la plaza y le pregunté al empleado si tenía rollos de treinta y cinco milímetros. Sí tenía, y cuando comencé a poner el nuevo rollo en la cámara, el hombre comenzó a darme consejos sobre cómo tomar mejores fotos en la monotonía de los paisajes grises de Madrid y el contraste de luz y sombra de los edificios que rodean las plazas. Le di las gracias enfáticamente y le dije que era la persona más amable que había conocido en mi viaje.

—¿Te están maltratando aquí?

—Lamentablemente —le dije—. ¿Cómo lo supo?

—Ay, son estos madrileños —dijo—. La gente en Madrid siempre está enojada por algo.

—Habla como si no fuera de aquí.

—¡Oh, no, yo no soy de aquí! Soy de Sevilla. Nada que ver con estos madrileños. ¿Y tú, de dónde eres tú?

—Yo nací en Cuba, pero me crié en Estados Unidos.

—Y tus padres y abuelos en Cuba, ¿de dónde eran? Eran españoles, ¿no?

—Sí, de las Islas Canarias dije.

—¡No en balde la estás pasando mal en Madrid! ¡Eres isleña por partida doble! Aquí odian a los isleños. Te compadezco.

No era una explicación que me diera mucho consuelo, pero me ofreció una solución.

—Vete a Barcelona —me aconsejó—. Hay mucha gente joven como tú en Barcelona, trotamundos todos, y los catalanes son más amistosos. Lo único que les interesa es que la gente les reconozca su independencia y su idioma, pero son más hospitalarios hacia las personas de todo el mundo y, mejor aun, estarás junto al mar. Barcelona es un puerto de mar, y siempre he oído que los isleños no pueden vivir lejos del mar.

Regresé a la plaza para tomar más fotos y volví luego a la tienda para que me revelaran el rollo. Cuando vi que los consejos de José María sobre fotografía habían funcionado y las fotos resultaron ser las mejores que había tirado, le agradecí también el consejo de irme de Madrid. Dos días después, empaqué mis maletas y me monté en un tren fortuito con destino a Barcelona.

14

Barcelona

José María, el caballeroso sevillano, me dio el teléfono de un pariente en Barcelona que me ayudaría a encontrar un apartamento para alquilar. Cuando llegué a la estación de trenes Sants en Barcelona y llamé al número, una mujer me dio la dirección de un apartamento-estudio en Barceloneta, el barrio de la ciudad frente a la playa. Me dijo que el dueño se encontraría conmigo allí en media hora y me dio instrucciones para tomar la línea roja del metro hacia la estación de Urquinaona, cambiar allí para la línea amarilla hasta llegar a la parada de Barceloneta frente a la dársena. Al llegar al vecindario, debía preguntar en uno de los quioscos cómo llegar a Carrer de l'Atlantida, que está cerca de la estación del metro. Busqué sus instrucciones en un mapa que había comprado en Madrid, confirmé la ruta y me fue fácil encontrar la calle a pesar de las vallas de construcción en el área. No podía creer mi suerte cuando me paré frente a un encantador edificio de apartamentos de principios de siglo con vista a la pequeña Plaza Poeta Boscá, muy cerca del mar.

El dueño tenía un carácter jovial como el de José María y mien-

tras subíamos las escaleras hacia el segundo piso se dirigía a los vecinos en catalán y cambiaba sin esfuerzo al español para hablar conmigo.
Cuando le dije que el idioma catalán sonaba lindo y que esperaba
aprender un poco durante mi estadía, sus ojos se volvieron hacia uno
y otro extremo del pasillo, como para asegurarse de que nadie lo escuchaba. "En catalán", me dijo, "tenemos la forma más bella de decir 'Te
quiero' " Hizo una pausa, metió la llave en la cerradura de la puerta, y
con un gesto pícaro en su rostro me dijo en un susurro, "*Te estimo*".

—Realmente bello —dije sonriendo.

El apartamento estaba amueblado con lo básico en un elegante estilo rústico y desgastado: un sofá marrón con cojines en varias formas
y tonos de beige, un televisor, una alta lámpara de halógeno, una pequeña mesa de comer para dos personas, una cama doble y una mesa
de noche. Lo único que había en las paredes blancas era una combi-
nación de fotos en blanco y negro de bicicletas estacionadas artística-
mente en lugares históricos de Barcelona. Me gustó particularmente
que el espacio fluía sin atiborramiento y sin recuerdos, y procedí a per-
sonalizar las habitaciones con mis libros que acomodé entre dos botellas de vino Rioja, una fotografía de Abuela conmigo el día de mi
graduación en Iowa y ramos de hortensias azules que había comprado
en mis caminatas por el famoso bulevar de La Rambla, alineado de bellos árboles frondosos y todo tipo de vendedores. Mi apartamento tenía una amable onda bohemia como la del barrio en que estaba, donde
la gente colgaba la ropa a secar en cuerdas que iban de un balcón a
otro en la manera típica europea. Y lo mejor de todo era que mis caminatas al amanecer en la playa me llenaban de energía. Cierto que
éste no era mi mar y tampoco era ésta la blanca arena fina de Varadero
ni su sucedánea de Miami Beach, pero el Mar Baleárico tenía sus propios impresionantes tonos de azul profundo que resultaban admirables
y la sólida arena beige facilitaba pasos más firmes. No podía creer la

suerte que había tenido de encontrar justamente el precio de alquiler que me resultaba tan conveniente, y debido a la fuerza del dólar frente a la peseta pude costear mi estadía allí por el resto del año sin tener que sucumbir a las viejas pesadillas de vivir en la miseria. El dueño del apartamento me dijo que yo había venido a Barcelona en el momento acertado, pues tenía planes de duplicar o triplicar el alquiler para las Olimpiadas del 92. Pero que si yo podía tolerar las obras de construcción a lo largo de la costa, la ventaja era que podía quedarme allí todo el tiempo que quisiera, y pagarle mes a mes o quincenalmente.

Muy pronto hice nuevos amigos en el edificio. Lourdes trabajaba como ama de limpieza por el día y por la noche se ponía un uniforme azul para trabajar de guardia de seguridad. Traía un televisor portátil al trabajo para ver sus telenovelas favoritas y me invitaba a sentarme con ella cuando yo regresaba a la casa exhausta de mis exploraciones citadinas. A veces la acompañaba hasta que su incesante fumar me resultaba insoportable. Lourdes me enseñó cómo dejar las ventanas resplandecientes usando tela de sábanas para limpiarlas en lugar de toallas de papel. Me echaba cuentos de lo dura que había sido la vida de su madre catalana en tiempos económicos difíciles. Las anécdotas de Lourdes databan de la época anterior a Franco o post Franco, y usaba al dictador español como punto de referencia para casi todas sus historias. Nicole era una rubia bajita de estatura, francesa y de veintitantos años que también alquilaba, el tipo de trotamundos que yo aspiraba a ser. Hablaba tres idiomas con una fluidez impresionante —francés, español, inglés— y estaba aprendiendo portugués porque tenía planes de mudarse a Río de Janeiro con su novio chileno. Nicole trabajaba en uno de los mejores restaurantes de mariscos cerca de la costa y me aseguró que yo podía conseguir un trabajo allí que me pagara en efectivo sin necesidad de procesar mi residencia. Yo hablaba inglés y ellos necesitaban desesperadamente ayuda para atender a la enorme cantidad de turistas americanos y británicos. Nicole me presentó a Idris, el chico con cara de niño que estaba encargado de mantenimiento en el edificio y que era un refugiado de Sierra Leone. Idris, que andaba siempre en bicicleta, me enseñó cómo evitar caer en las trampas para turistas y encontrar los mejores lugares para comprar mis necesidades básicas. De hablar suave y gentil, había presenciado un nivel de violencia increíble en África y me abrió los ojos hacia un lugar más en el mundo.

La única desventaja en mi nueva vida era que la Universidad de Barcelona me quedaba lejos por lo que pospuse la idea de hacer estudios formales allí hasta que conociera mejor la ciudad y me mudara tal vez a un apartamento que estuviera más cerca de la universidad. Además, ya mi educación había comenzado. Leía vorazmente la poesía de Federico García Lorca atraída por los sonetos escritos bajo la influencia de sus viajes a Nueva York y Cuba. "Verde que te quiero verde...", recitaba al abrir la ventana para empezar mi día en las mañanas de verano de Barcelona. También leía las novelas de Camilo José Cela, que se acababa de ganar el Premio Nobel, y hacía serios intentos también para descifrar, diccionario en mano, la monumental obra de Cervantes, *Don Quijote*.

En la propia Barcelona, cuna y lienzo de Gaudí, uno de los arquitectos más ingeniosos del mundo, encontré las mejores lecciones sobre arte y arquitectura. Cada barrio tenía sus tesoros y el contraste entre el Viejo Mundo y el contemporáneo me hicieron sentir como si los espíritus libres se hubiesen todos desatados en Barcelona. La ciudad había dado al mundo tres extraordinarios artistas, Picasso, Miró y Dalí. Había sido aquí que el joven Picasso había aprendido a pintar y donde una de las grandes colecciones de su arte tenía su hogar en tres renovadas mansiones medievales. Si Madrid había sido tan decepcionante como un amante malo, Barcelona era un verdadero amor a primera vista. Logré avanzar mucho simplemente con las lecciones contenidas en mis recorridos por la ciudad sin itinerario, cuadra por cuadra, explorando sus místicas capas góticas y la mezcla de diseño y actitud en su modernismo sofisticado. Curiosamente, aquí me sentía como en mi casa, como si siempre hubiera habido un plan para que yo habitara esta ciudad.

Todos los días, caminaba y caminaba sin notar el transcurso de las horas una tras otra, sin prestar atención a las protestas de mis propios pies. Un domingo que había reservado para incursionar en las joyas modernistas de la ciudad en el barrio de clase alta de L'Eixample, cometí dos errores tácticos. Me puse unas bonitas sandalias de piel en lugar de mis cómodas zapatillas deportivas y, en lugar de tomar el metro a Passeig de Gracia donde comienzan a elevarse las históricas mansiones modernistas como un parque Disney para adultos o simplemente caminar por la ruta más corta hacia el vecindario subiendo desde Barceloneta a Via Laetana, decidí desviarme por La Rambla para verificar los horarios del Grand Teatre del Liceu. Era un día fresco con brisas frías para finales de junio. Vestida con una blusa de lino blanca y pantalones ligeros color beige, me sentí estimulada por el súbito aire acondicionado natural que me recordó los fríos centros comerciales de Miami. No me di cuenta lo mucho que me estaba alejando. Al final de La Rambla, crucé la gigantesca Plaça de Catalunya para buscar Passeig de Gracia, pero ya comenzaba a sentir que las suaves plantas de mis pies empezaban a quemarme. Un par de cuadras más adelante descubrí que se me estaban formando ampollas y, peor que el dolor calcinante, tenía necesidad urgente de ir al baño. Pero todo lo que había a la vista, desde las boutiques de diseñadores colocadas en los edificios de principios de siglo hasta los restaurantes en cada cuadra, estaba cerrado. No había turistas por ninguna parte y los residentes parecían haber dejado la ciudad a cargo de sus fantasmas mientras todos estaban en la iglesia. No era solamente el día de adorar a Dios y de descansar, sino que era también la hora de la siesta en España, cuando la mayoría de los establecimientos cierran para volver a abrir por la tarde. Maldije mis excesos. Tanto mis pies como mi vejiga me habían enviado suficientes alarmas a las que no había hecho caso.

Mi única opción era soportar el dolor y seguir caminando tal vez hacia los baños públicos de la estación de metro, o a un punto desde donde pudiera ver un grupo en la distancia, que el mapa indicaba sería la famosa Casa Batlló de Gaudí, con su techo curvado y su revestimiento azul y verde, diseñado para semejar un dragón, con ventanas y balcones formados como las calaveras y los huesos de sus víctimas.

Al acercarme a Batlló, me di cuenta de que había llegado al bulevar conocido como La Manzana de la Discordia. Un nombre bastante mítico, aunque lo más probable es que se trataba de un juego de palabras debido a que el vocablo manzana también significa cuadra en España. Esta extensión del Passeig de Gracia también reflejaba la competencia que existía entre los tres arquitectos rivales del Modernismo que diseñaban casas históricas en estilos de locura desigual. Fue entonces que vi al final de la calle, como un faro, un restaurante con la puerta completamente abierta y con la típica hilera de jamones colgando sobre el bar. Cuando me acerqué, vi un letrero que decía que sólo los clientes podían utilizar el baño, pero decidí desplegar mi mejor sonrisa y rogarles que me permitieran usarlo. Lo que no pude sospechar entonces era que estaba a punto de comenzar el romance más intenso de mi vida, mi propia tragedia griega en la bien llamada manzana de la discordia.

Un hombre vestido con jeans blancos y una camiseta negra fue lo primero que vi cuando entré al restaurante vacío. Estaba de pie en el centro del salón mirando a los ojos a una joven vestida con el uniforme blanco y negro de camarera. Sostenía el rostro de la mujer en sus manos como si estuviera a punto de darle el más dulce de los besos. Algo me ocurrió en ese momento allí de pie, con mi cuerpo adolorido, que nunca llegaría a saber con certeza lo que fue. Pero yo quería ser la mujer cuyo rostro estaba en esas manos. Me cautivaron el grueso de esas manos, su masculinidad, la amable pose, como si aquellas manos estuvieran sosteniendo la más preciosa de las esculturas. No podía apartar los ojos de las manos del hombre, generosas e impecablemente arregladas. Permanecí de pie allí demasiado tiempo y él no llegó a besarla, pero le hablaba con gentileza, como a una niña. Cuando se percataron de mi presencia, él la soltó y se volvió hacia mí.

—¿Te puedo ayudar en algo? —preguntó.

—Perdonen la interrupción —dije, gagueando y nerviosa—, pero ¿puedo usar el baño? Yo sé que el letrero dice que es solamente para clientes, pero yo puedo comprar algo de comer y beber, cualquier cosa, si me permiten...

—No, no hay problema, ve —dijo el hombre señalando hacia el final del salón—. Atraviesa el salón, dobla a la derecha y lo encontrarás a tu izquierda.

En su modo de hablar detecté el acento cubano que estaba tan habituada a oír en Miami, pero no tenía tiempo para presentaciones y delicadezas. Le di las gracias y caminé hacia el fondo lo más rápidamente que pude. No sé cuánto tiempo estuve allí, pero me enjuagué los pies, uno tras otro, en el lavabo. El agua fresca me alivió las ampollas aunque, después de secármelas, todavía me latían de dolor. Regresaría a la casa en un taxi. Cuando salí del baño, el hombre estaba sentado en el bar y la joven estaba detrás del mostrador sirviéndole una cerveza.

—Muchas gracias —les dije—. Este es el único restaurante abierto en toda esta área.

—No estamos abiertos todavía para servir comida —dijo el hombre—, estamos preparándonos para el turno de la tarde. Abrimos a las cuatro. Vuelve después de esa hora si quieres comer.

Asentí y estaba a punto de marcharme cuando las palabras se me salieron de la boca.

—¿Eres cubano?

—Sí —dijo el hombre—, ¿y tú?

—Sí, matancera —respondí, adelantándome a la segunda pregunta que siempre se hace cuando uno se encuentra con otro cubano.

—Habanero —dijo, extendiendo la mano—. Me llamo Gabriel y ésta es mi hermana Mariela.

Su hermana, su hermana, ella no es nada más que su hermana, mi tonto corazón gritaba en silencio.

—Me llamo Marisol —dije, extendiendo la mano—. Qué bueno es encontrarse con otros cubanos.

—No suenas como de la isla —dijo Gabriel—. ¿Saliste hace tiempo?

—Vivo en Miami —dije.

—Yo vivo en La Habana —dijo él.

—Oh-oh, el enemigo —dije riéndome.

—Nunca podría ser el enemigo de una matancera tan bella —dijo Gabriel y me sonrojé. Se puso de pie, haló la banqueta que tenía a su derecha y me invitó a compartir un rato con ellos—. Ven, siéntate, tómate una cavita con nosotros, Marisol, y cuéntanos de Miami.

LA LUNA DEL ESCRITOR
UNA PLEGARIA

La luna naranja,
ese espectáculo de puesta de sol
en Miami,
trae al mundo palabras.
Sol de la noche
que genera sabiduría,
amamanta mi espíritu,
alúmbrame el camino a casa.
Camina conmigo,
luna,
vísteme con tu sombra
para vagar errante en mis búsquedas.
Da forma a mis contornos,
llena mis sueños
con tu fragancia,
la tuya y la de mi ciudad.

HABANITA

15

Mi ciudad... Miami era mi ciudad y en la distancia sentí la extraña necesidad de defenderla, de hacer que este hombre del otro lado la quisiera como yo.

—Miami tiene lunas extraordinarias —le dije a Gabriel, mientras aceptaba la banqueta y el vaso de cerveza fría que me había ofrecido. Mariela nos sirvió desde el otro lado del mostrador bajo los jamones curados que colgaban sobre nuestras cabezas, y luego desapareció como un fantasma sin decir palabra—. Tú no has visto la luna hasta que hayas vivido las muchas lunas sobre Miami. Anaranjadas, púrpuras, plateadas, blancas, azules.

Gabriel me devoraba con sus intensos ojos color verde olivo, demasiado pequeños para su rostro pero inquisitivos y distinguidos, y parecía que él y sus ojos trataban de leerme, encontrar respuestas para pasar un examen. Mientras más me miraba de esa manera, más persistía yo en mi extraviado monólogo.

—Gracias por la invitación y la hospitalidad —dije para cambiar de tema—. Me viene bien el descanso. Caminé demasiado y mis pies se me han ampollado y me están matando. Caminé hasta aquí desde Barceloneta.

Gabriel miró hacia abajo preocupado, como si fuera a examinarme los pies y noté entonces que tenía las sienes ligeramente canosas, como si el tiempo estuviera trazando líneas tentativas, apagando el brillo de su pelo oscuro. Tenía el aspecto curado de la gente de las islas, las líneas prematuras alrededor de los ojos y la boca, el pelo grueso quemado por el sol; pero tenía el esplendor de un diplomático en sus modales y su forma de vestir. Olía a agua fresca, como si acabara de salir de la ducha. Imaginé que era mayor que yo, aunque no mucho, y sus jeans blanco de diseñador y sus mocasines de piel parecían demasiado caros para un hombre común de la isla de treinta y pico de años. Sus bíceps se abultaban ligeramente debajo de las mangas de la camiseta negra de fina seda. Tenía los brazos tan masculinos, tan bien formados como sus manos. Había algo que no cuadraba en él, a juzgar por lo que yo sabía de los cubanos de la isla por vivir en Miami, pero lo que el velo de misterio hacía era obligarme a imaginar aun más la sensación de tener esos brazos alrededor de mi cuerpo.

—Si yo fuera un escultor —dijo Gabriel todavía mirando al piso, pero ahora con cierto deleite—, me gustaría inmortalizar esos pies. Son perfectos, delicados, tan pequeños.

—La perfección no resulta muy interesante —dije—. Los artistas buscan precisamente aquello que es completamente opuesto a la perfección.

—¿Y qué es eso?

—La autenticidad.

—Bien dicho. ¿Eres una artista?

—No, no soy más que una estudiante de arte y de historia, pero me hubiera gustado haber nacido artista. ¿Y tú a qué te dedicas?

—Yo hago cine —dijo Gabriel—. Soy productor.

—Entonces tú sí eres un artista.

—Lamentablemente, paso más tiempo como burócrata y negociador que filmando las películas que quisiera producir —dijo Gabriel, y eso era algo con lo que podía identificarme—. Mi trabajo es buscar dinero para producir películas, encontrar socios para financiar nuestros proyectos. La parte divertida es filmar la película, pero eso, como todas las cosas buenas de la vida, ocurre con demasiada rapidez y lo otro, lo que no le interesa a uno hacer, es lo que más tiempo requiere.

—¿Trabajas por tu cuenta o para un estudio? —pregunté, optando por hacerme la tonta. Habría sido difícil vivir en Miami, con una ola tras otra de refugiados llegando a sus costas, y no saber que en Cuba hay un solo empleador: el estado.

—Eso quisiera yo —dijo Gabriel sin demasiado melodrama, con un melancólico timbre en la voz—. Yo trabajo para el Instituto de Cine Cubano y el Ministerio de Cultura, y filmamos películas en sociedad con entidades europeas, especialmente españolas. No me mires así —añadió inmediatamente—. Te aseguro que no soy el enemigo.

Estaba a punto de asegurarle que no era eso lo que estaba pensando, aunque en realidad sí lo era, cuando Mariela apareció con dos platos blancos y una bandeja de tapas, un tazón lleno de aceitunas, pepinillos y cebollas, lascas de chorizo en panecillos tostados y anchoas colocadas en círculo.

—Gracias, hermana —le dijo Gabriel.

Mariela asintió y desapareció otra vez. Gabriel me contó que Mariela se había casado con un español que había visitado Cuba dos años antes. Era uno de los dueños del restaurante y, aunque Mariela lo amaba, ella extrañaba la isla, sus amigos y la familia que había dejado atrás.

—Lo de uno —dijo.

Comprendí.

Comimos, hablamos nimiedades sobre nuestras vidas, y cuando los clientes comenzaron a llegar a comer tapas y tragos y el ruido del restaurante comenzó a aumentar con el trajín de los camareros y las demandas de los hambrientos, Gabriel me preguntó si podía llevarme a casa. Me dijo que no tenía un auto, pero que me podía llevar en la bicicleta que había tomado prestada del marido de Mariela. Al menos podría dejarme en la estación del metro, que no estaba muy lejos, lo cual era mejor que caminar con mis pies ampollados.

—¿Cómo puedes llevarme en una bicicleta? ¿Dónde voy a ir yo? No olvides que no somos niños pequeños.

—Princesa, se ve que tú vives en el otro lado del charco, en el lado privilegiado —dijo sonriendo—. Podría viajar el mundo entero en bicicleta si tuviera que hacerlo porque, bueno, tengo que andar por toda La Habana en bicicleta. Espérame al doblar la esquina y te voy a demostrar de lo que es capaz este habanero.

Gabriel dobló por la esquina de Passeig de Gracia y Carrer del Consell de Cent en una bicicleta verde azul de cinco velocidades con demasiadas abolladuras para inspirar confianza. Me miró como si estuviera estudiando un personaje para un film, y dando unas palmaditas en la barra delantera, dijo: "Móntate aquí. Pensé que podrías ir más cómoda en el manubrio, pero no con ese cojín". Otra vez me sonrojé. Comencé a tener reservas sobre la idea de aceptar esta manera de transportarme y cuando hice un intento por montarme en la barra, no lo logré. Tenía a Abuela en la cabeza gritándome: *Marisol, ¿qué haces tú a punto de pasearte en bicicleta por toda Barcelona con este comunista?*

—Espera un momento —dijo Gabriel—. Vamos a hacer esto diferente.

Gabriel bajó el sostén de la bicicleta para que se mantuviera fija y con esos fuertes brazos suyos me cargó y me colocó delante de él. Ya yo estaba roja como un tomate y temblando. Los deportes nunca habían sido mi fuerte. Me aferré al manubrio.

—Tranquila —dijo Gabriel sentándose en el sillín y gentilmente colocándome las manos para asumir el control de la bicicleta—. El truco está en mantener el equilibrio. Déjame conducir la bicicleta y tú te agarras de mis brazos. Si sientes inestabilidad, te recuestas en mí. Pero no hagas ningún movimiento brusco o nos caemos los dos. Relájate. Relájate y disfruta el paseo.

No tenía más remedio que confiar en él y eso fue lo que hice. En cuanto sentí la brisa, me recosté en Gabriel agarrada de sus brazos tan lánguidamente como pude, y el miedo empezó a disiparse. El paseo bajando Via Laetana, pasando por el espléndido Palau de la Música Catalana construido en 1908 y avanzando por la estructura con forma de torta de bodas del banco Caixa Catalunya, fue suave y refrescante y había menos tráfico que de costumbre. Antes de llegar a la concurrida intersección con Passeig de Colom y la entrada a Barceloneta, Gabriel condujo la bicicleta por una calle lateral.

Se detuvo en un hermoso muro medieval acentuado con un amplio arco incrustado de musgo colgante. Gabriel acomodó el sostén de la bicicleta y me ayudó a desmontarme. Me invitó a sentarme en una estrecha cornisa que rodeaba el perímetro del muro. Estábamos en el borde del Barri Gòtic, el barrio gótico de la ciudad.

—Sentémonos aquí para coger aire —dijo—. Este es uno de mis sitios favoritos en Barcelona. Uno puede sentarse aquí e imaginarse cómo habría sido la vida cuando este muro fue erigido. ¿No visualizas los mercaderes de heno y harina, los herreros, la corte real con sus ropajes extravagantes atravesando todo este tumulto de mercados?

Yo podía imaginarlo todo, pero el lugar estaba ahora desierto excepto por una pareja que caminaba a un perro y un adolescente montando en una bicicleta demasiado pequeña para él. Comencé a cuestionar mi presencia aquí. La tarde hacía ya su transición hacia la noche.

De pronto, Gabriel puso cara de preocupación y dijo en un tono que yo sabía no era broma:

—¿Eres realmente quien dices que eres? ¿Eres de Miami de verdad? Hablas demasiado como una cubana de la isla para ser de Miami. Aquí estamos solos, nada más que tú y yo, y puedes decirme la verdad. Si te enviaron para espiarme...

No podía creer lo que estaba oyendo. Me dijo que cuando entré en el restaurante y él oyó mi acento cubano, estaba seguro de que yo era una espía enviada por sus jefes para cerciorarse si él estaba a punto de añadir su nombre a una extensa lista de artistas desertores.

—¿Y tú, eres *tú* quien tú dices que eres? —dije yo—. Claro que yo soy de Miami. ¿Por qué voy a mentir sobre eso?

—Porque siempre mandan a una niñera para vigilarme cuando viajo solo.

—¿Una niñera?

—Sí, para que no me desvíe del camino.

—Dios mío, qué cosa más ridícula.

Me pasé la siguiente media hora tratando de convencer a Gabriel que yo no era una espía. Le conté lo suficiente sobre mi vida en Miami para que creyera que yo no tenía nada que ver con el gobierno cubano. Cuando por fin me creyó, le di vuelta a la tortilla y le dije que ahora era su turno para convencerme a mí de que él era quien decía que era. Tenía un trabajo que casi nadie en Miami creía que pudiera existir en Cuba. Se vestía mejor que ninguno de los que yo había conocido de la isla. ¿No sería *él* el espía comunistoide, o peor aun, simplemente un farsante? Se decía que los espías estaban a tutiplén en Miami. ¿Por qué no en Barcelona?

Gabriel se rió.

—Es asombroso en lo que nos han convertido a todos, ¿verdad? Una sarta de paranoicos incapaces de creer que la gente puede conocerse por puro azar o casualidad —dijo—. ¿Podemos ir a algún lugar a conversar con tranquilidad?

—No creo que haya espías en mi apartamento —dije—, y de veras necesito ir a casa y enjuagarme los pies y vendármelos.

Gabriel cargó la bicicleta, la subió por la escalera sin esfuerzo y la colocó a la entrada de mi apartamento. Era el día libre de Lourdes y el edificio parecía desolado. No había olores a pescado frito invadiendo los pasillos y no había ropa tendida en los balcones excepto toallas. No me encontré con nadie cuando subíamos y me alegré. Gabriel era un enigma y lo que yo más quería era descifrarlo sin testigos. Este sentimiento era recíproco. Podía ver desde la cocina que Gabriel escudriñaba cada pulgada de mi apartamento mientras yo llenaba un par de vasos de agua bien fría para refrescarnos y examinaba mi refrigerador en busca de algo que ofrecerle de comer antes de ir a lavarme y vendarme los pies. Me preguntó si podía usar el baño y cuando pasó por mi habitación se detuvo a mirar la foto que yo tenía en mi mesa de noche: Abuela y yo el día de mi graduación en Iowa, nuestra última foto. Cuando Gabriel salió del baño, traía mi toalla de mano húmeda y caliente. Le alcancé el vaso de agua y, como si nos hubiéramos conocido de toda la vida, se sentó en el borde de la cama, colocó el vaso en la mesa de noche, me pidió que me sentara junto a él y comenzó a presionarme levemente la planta de los pies con la toalla húmeda. La calidez me alivió. Me dijo que me recostara en una almohada y me relajara. Con una mano sostenía la toalla en mi pie y con la otra alcanzó el vaso y se bebió el agua de un sorbo. Continuamos hablando, yo nerviosa en mi insinuante posición en la cama, mientras Gabriel iba y venía del baño para volver a mojar la toalla y curarme los pies. Siguió concentrado limpiándo y refrescándome los pies, y sugirió que, en lugar de vendajes, lo que mis pies necesitaban era aire. Vio el ventilador a los pies de mi cama, lo proyectó hacia mis pies y lo encendió. Entonces caminó hacia el otro lado de la cama, acomodó una almohada y se acostó en la cama con sus hermosos brazos doblados detrás de la cabeza.

—Quiero que me cuentes toda tu vida —dijo—, desde el principio.

Y así comencé a contarle mi vida, o lo que yo sabía de ella, aunque no desde el principio, y si Gabriel se percató de ello, no dijo nada. No podía recordar la mayor parte de mi niñez. Era como si mi vida hubiera comenzado en 1969, cuando el hombre aterrizó en la luna y Abuela y yo en Miami, y ésa fue la historia que le conté a Gabriel. Él, en cambio, me contó su historia con una memoria cinematográfica y la fascinante voz de una personalidad radial. Lo escuché hechizada.

Sus padres habían tenido un romance de película. Su madre Sonia había sido una chica típica de alta sociedad en La Habana de los años cincuenta, con un cuerpo de cintura estrecha y falda tipo sombrilla invertida, peinado de melena y membresía en el Habana Yatch Club. Su padre Alberto estudiaba leyes en la Universidad de la Habana. Se conocieron en la escalinata de la Escuela de Derecho una vez que Sonia fue allí a encontrarse con el padre para almorzar. El padre de ella era profesor de derecho y Alberto, activista a la vez que erudito, era uno de sus alumnos más prometedores. No tardó mucho para que Sonia y Alberto planearan encaminarse al altar con la bendición de sus respectivas familias, pero dos semanas antes de la boda, Alberto desapareció. Las malas lenguas rumoraban que Alberto había dejado a Sonia por una mujer de un pueblo cercano que él visitaba con demasiada frecuencia. Los inclinados a la política atribuían su desaparición a la violencia política que se había apoderado de La Habana. Sonia sabía bien lo que ocurría. Su hombre se había unido a los rebeldes en la Sierra Maestra y la tarea de ella era fingir y asumir el papel de novia plantada ante los que favorecían la dictadura de Batista; el de novia afligida ante los que apoyaban la lucha contra la dictadura; y un poco de ambos papeles ante aquéllos que estaban en la cerca en el conflicto político. Sólo Sonia, Alberto y el contacto asignado en la clandestinidad sabían que Alberto se había alzado. Alberto creía que era una medida para salvarse. Los matones leales a la dictadura habían estado estrechando su vigilancia en torno suyo por su creciente liderazgo en la clandestinidad. A Sonia no le era difícil actuar la parte de la novia abandonada, pues le resultaba realmente doloroso pasar sus días sin Alberto, y se dijo a sí misma que éste era su sacrificio por la patria. Ya en el verano de 1958, su padre no podía seguir soportando el ánimo taciturno de Sonia y la envió de vacaciones con familiares a Varadero con la esperanza de que los días en la playa con sus primos la animaran. Antes de irse, su padre cometió el error de decirle que él era finalista para una beca de estudios en una universidad de Nueva York ese otoño, y le dijo que resultaba oportuno para que la familia pudiera pasar algún tiempo en Estados Unidos hasta que se calmaran las cosas en La Habana y reinara una atmósfera más pacífica. Sonía fingió entusiasmo, pidió dinero para ir de compras a El Encanto para algunas cosas que necesitaba para su viaje a Varadero y lo que hizo fue apresurarse hacia la universidad en busca de su único contacto con Alberto. Apenas tuvo tiempo de escribirle una nota a Alberto, pero él la recibió unos días más tarde con detalles de que Sonia estaba en El Rincón Francés en Varadero y sobre los planes de su padre de sacar a la familia del país. Alberto no vaciló un instante y envió a sus mejores hombres a rescatar a Sonia de entre los grupos de cubanos veraneando en cabañas junto al mar y playas inmaculadas. Alberto le avisó que la instalaría en una casa de seguridad en el campo en la provincia de Oriente, donde su padre nunca la encontraría, y donde Alberto pudiera visitarla. Se casarían en una iglesia que simpatizara con la causa; sería una ceremonia sencilla pero sincera y bendecida. Alberto se había convertido en un guerrillero, pero sin dejar de ser un caballero y un hombre de convicciones y fe. Además, Sonia sería más útil para el movimiento rebelde desde un lugar más cerca de la Sierra Maestra que desde donde estaba ahora en La Habana. En su cuarta noche en Varadero, Sonia desapareció y le dejó a la familia una nota breve y críptica. "Todo por la patria", decía la nota, "Con amor, Sonia". Siete meses después, cuando los rebeldes marchaban victoriosos a lo largo de toda la isla desde la Sierra Maestra hacia La Habana a principios de enero de 1959, la madre y el padre de Gabriel formaban parte de la caravana, y Sonia llevaba el vientre abultado bajo una guerrera verde olivo mucho más grande que su talla.

Gabriel nació en La Habana la noche de la triunfante celebración rebelde, dos meses prematuro, como si hubiera tenido prisa por incorporarse a la lucha. Si se hubiera quedado en el vientre de su madre hasta el final del embarazo, tal vez habríamos nacido el mismo día. Gabriel y yo descubrimos que habíamos vivido vidas casi paralelas, él en La Habana y yo primero en Matanzas y luego en Miami. Ambos habíamos sido los mejores alumnos de nuestra clase en la escuela primaria, él un orgulloso pionero comunista, yo la hija de gusanos, parias en su propio país sin más alternativa que marcharse al exilio. Mientras yo estudiaba en Iowa, él estaba estudiando en la Unión Soviética. Cuando yo hacía una carrera en el gobierno municipal, él ascendía dentro del Ministerio de Cultura con la ayuda de su credencial de "Hijo de héroes de la Revolución" y bajo el dictamen oficial de que su generación produciría "el hombre nuevo" creado por la Revolución que sus padres ayudaron a forjar. Mientras yo había optado por no casarme y prefería esperar por el amante perfecto tan difícil de encontrar, Gabriel se había casado con su novia de la infancia y había dejado atrás una estela de amantes en todos los sitios en que había estado. Antes de viajar a España en busca de asociados para sus películas, se había divorciado. Prefería no hablar de esa relación, alegando simplemente que su ex esposa estaba "más loca que una regadera" y que, por suerte, no habían tenido hijos.

En este punto de su historia, nos movimos de la cama a la cocina, donde yo calenté un poco de paella de El Rey de las Gambas que había quedado, y comenzamos a compadecernos mutuamente por lo desencantados que ambos nos sentíamos acerca de nuestras vidas antes de llegar a los treinta años. Carecíamos de respuestas; sólo teníamos preguntas y sueños irrealizados. Una sola cosa separaba nuestras vidas y la diferencia era importantísima: yo tenía libertad para alcanzar mis sueños; Gabriel se sentía atado a los suyos.

Su madre había trabajado toda su vida en el Ministerio de Educación cerca de la mujer que estaba casada con el segundo hombre en la línea de poder en Cuba y que, en ausencia de una Primera Dama, cumplía también con esa responsabilidad. Su padre nunca regresó a la escuela de derecho y optó por una carrera militar, y había alcanzado el rango de comandante a principios de la guerra en Angola. Durante uno de sus breves viajes desde el frente de la guerra, Alberto había muerto de un infarto en una barraca militar en La Habana. Al menos, eso fue lo que le informaron a su madre, y cuando Sonia comenzó a repetir ese argumento con demasiada frecuencia —"Eso, por lo menos, fue lo que se me dijo a mí"— su madre había plantado inadvertidamente la semilla de la duda en su hijo. Hasta ese momento, Gabriel había crecido bajo la retórica y el dogma de la Revolución y los había aceptado sin cuestionarlos. Creía que todos sus esfuerzos y el significado de la vida y el trabajo se centraban en el principio de preservar la heroicamente lograda Revolución. Pero algo en las palabras de su

madre empezaron a cambiar el modo en que él observaba a aquéllos
que lo rodeaban, y desarrolló una vertiente inquisitiva que su instinto
le indicaba que mantuviera en absoluta reserva. No obstante, lo que
este nuevo sentimiento y sus observaciones lograron fue alimentar su
carrera cinematográfica, como si la cámara lo ayudara a encontrar la
verdad o la ausencia de ella. Y así fue. Comenzó a cuestionarlo todo,
incluyendo su propia historia, y vio, con luminosa claridad y a todo color, el feudo que el comandante en jefe había creado para sí mismo a
cuestas de una nación, a expensas de la familia de Gabriel, a expensas
del alma misma de Gabriel.

Antes de que la noche terminara, Gabriel hizo su confesión: Había venido a Barcelona para sembrar la semilla de una posible fuga de
la isla. No tenía familiares en el extranjero excepto su hermana menor.
Mariela y su matrimonio con un español eran su boleto para sobrevivir, pero sólo cuando él encontrara la mejor solución. Podía trabajar
en el restaurante con ellos un tiempo, y eso era lo que había hecho durante su estadía. Ya tenía una cuenta bancaria en Barcelona y estaba
guardando dinero. Sin embargo, sirviendo de camarero, organizando
el inventario, limpiando el lugar al final de la noche, no era lo que él
quería hacer con su vida aunque fuera temporalmente. Quería encontrar su lugar en la industria de cine y televisión de España, y estudiaba
minuciosamente sus posibilidades mientras fingía ante los demás que
estaba aquí en función oficial. Era cierto que hablaba en representa-
ción del Instituto de Cine Cubano con cineastas en España y cada semana presentaba un informe de sus actividades al agregado cultural
en la Embajada de Cuba en Madrid, pero sus intenciones eran quedarse en España el mayor tiempo posible. Sabía que lo vigilaban es-
trechamente las autoridades cubanas en Madrid, y antes de salir de la
isla había insistido en que venía a visitar a su hermana, quien no había roto con el régimen sino había simplemente emigrado por razo-

nes matrimoniales. Cuando Gabriel me dijo todo esto, mi corazón dio
un salto ante la posibilidad de que él pudiera no regresar a la isla. Solamente después, cuando me senté sola en mi apartamento a rumiar
todos los acontecimientos de ese día, me di cuenta de la gravedad de
lo que estaba sintiendo y el romance imposible al que me estaba lan-
zando.

Inmediatamente le dije a Gabriel que si había algo que yo pudiera
hacer para ayudarlo a alcanzar la libertad, podía contar conmigo. Me
dio las gracias, pero me aclaró que albergaba sentimientos complicados de lealtad a la isla y su destino, a su madre y el destino de ella. No
estaba listo para comprometerse a dar el paso. Añadió además que lo
que una vez parecía improbable, ahora pudiera ocurrir: El Imperio Soviético se estaba desplomando, y Cuba era uno de sus satélites.

—El cambio —dijo Gabriel— se siente tan próximo. ¿Cómo aban-
donarlo todo ahora?

A lo largo de nuestra conversación, Gabriel y yo nos habíamos
movido de la mesa, donde habíamos compartido la paella de mariscos, pan caliente y una botella fría de vino espumoso que Nicole había
traído una noche de su restaurante, al sofá beige, y cuando comenzó a
hablar de la posibilidad de que la democracia al fin floreciera en la isla,
sentí la urgencia de abrazarlo. Ambos queríamos lo mismo para Cuba.
Después de todo, no éramos tan diferentes. Pero permanecí tranquila
en mi extremo del sofá acariciando mi copa de vino.

Gabriel se paró a servirme más vino, pero no quedaba ni una gota
en la botella. Ofreció comprar otra botella y salimos hacia la noche de
Barcelona, no sin antes él vendarme dulcemente los pies. Empezamos
a buscar uno de esos pequeños mercados esparcidos por toda la ciudad
y abiertos hasta tarde en la noche, y nos aventuramos hacia los estre-
chos callejones del barrio gótico. No pudimos encontrar un mercado
abierto y en el momento en que le estaba diciendo a Gabriel que no

quería caminar más, oímos el sonido de música de jazz en vivo procedente de un oscuro y pequeño club.

—Me encanta el jazz —dijo Gabriel—. ¿Quieres entrar a ver?

Era cerca de la medianoche, pero la vida nocturna en Barcelona
apenas comenzaba. Gabriel y yo entramos en una cueva de humo, ritmos y olor al consumo colectivo de demasiado alcohol.

—¿Qué quieres tomar? —preguntó él.

—Creo que la noche clama por un Cuba Libre —dije yo.

Sonrió.

—Una mentirita —le dijo al camarero, que lo miró sin entender.

Yo había pensado que ése era un chiste sólo de Miami.

—Qué va, lo decimos en La Habana todo el tiempo —se rió
Gabriel—. A espaldas del caballo, desde luego.

Gabriel Santamarina no hablaba como el enemigo, no pensaba
como el enemigo y, como descubriría yo poco tiempo después, no se
sentía como el enemigo.

Cuando vinimos a salir del Harlem Jazz eran ya pasadas las cuatro
de la madrugada y Gabriel y yo nos habíamos tomado tres rones con
cola cada uno. Gabriel me había contado la historia del jazz en La Habana durante los breves recesos de los músicos con lo cual me colo-
caba otra capa de amor por la musicalidad de la ciudad en el corazón.
Mientras caminábamos de regreso a Barceloneta, con la brisa procedente del mar refrescándome todo el cuerpo, sentí que Gabriel me había colocado su brazo protector por encima. Me sentí mareada, como si
estuviera dentro de un sueño fuera de foco. Caminamos así, él abrazán-
dome, algunas cuadras. Se me había olvidado que me dolían los pies,
pero ahora volvía a sentir que me latían. Cuando me quejé, Gabriel se
detuvo, me levantó y me llevó cargada las cuadras que faltaban para
llegar a mi apartamento y sólo se detuvo por la luz roja del semáforo en
Passeig de Colom. Cuando me bajó, estaba empapado en sudor. Está-

bamos al pie de la escalera y yo me hubiera despedido de él allí mismo, pero su bicicleta estaba arriba. La habíamos entrado al apartamento antes de salir y Gabriel tuvo que subir a buscarla. Cuando estaba a punto de cargarme otra vez, me dio pena y le aseguré que podía subir las escaleras por mi cuenta . Fue entonces que me puso la mano debajo de la barbilla, acercó mi rostro al suyo y me besó gentilmente en los labios, un primer beso inolvidable. Sentí sus labios tan sensuales y acogedores como sus brazos, como sus manos, como su conversación. La intimidad del momento me llenó de asombro y no sabía cómo reaccionar. Sencillamente dejé que fuera simplemente un beso. Me sentí vulnerable, deslumbrada y cuando recobré mi lucidez, subí las escaleras a toda prisa, como una niña asustada. Gabriel me seguía. Oía sus pasos metódicamente subiendo un escalón tras otro, y con cada paso mi corazón latía con más fuerza.

16

Si hubiera sido por mí, le habría dejado la puerta medio abierta a Gabriel, me habría metido en mi minúscula ducha y seguramente él me habría seguido hasta allí. Si hubiera sido por mí, le habría invitado a que me lavara del cuerpo los olores de la noche con el jabón francés que emanaba bouquet de lavanda. Le habría devuelto las atenciones, y nuestra danza se habría movido al ritmo de la caída del agua y los enardecedores aromas que flotaban en el espacio ancho del deseo. Mi diminuta ducha se habría convertido en algo parecido a la manera cubana de bailar de antaño que Abuela una vez recordó con un suspiro: "No hay como bailar en un solo ladrillito, pegaditos", dijo ella. Podía imaginarme a Abuela y Abuelo en aquellos días felices. Pero Abuela nos había amonestado demasiado sobre las mañas de los hombres cubanos y, en el caso de Gabriel, tomé muy en serio su advertencia. Gabriel reunía todas las características del dandy contemporáneo, del presumido fantoche, aficionado de la seda y la piel con ensayados gestos de galantería sensual, y había conseguido hacerme sentir que yo no podía vivir ni un solo día más sin él. Rogué al cielo que me diera una señal, y la manera de contener toda aquella avalancha me llegó en una idea: Todavía no había encontrado la fragancia adecuada para inspirar un nuevo romance. Andaba entre un perfume y otro, y había dejado muy atrás la sensibilidad de White Linen sin haber encontrado aún la pasión por un aroma nuevo.

En efecto, dejé la puerta medio abierta y Gabriel me encontró en el baño, pero en vez de hallarme bañándome desnuda, estaba yo encaramada en el lavabo y, en posición muy poco romántica, me estaba enjuagando los pies sudados en agua fría.

—Imagino que debo despedirme y desearte buenas noches —dijo Gabriel.

—O buenos días —dije—. Gracias por un día fabuloso. El paseo en bicicleta será inolvidable.

—Y la conversación también —dijo él.

—Y la música.

—Y tú.

—Adiós, Gabriel.

Me besó levemente en la mejilla y se marchó. Sentí que se me hundía el corazón. Saqué los pies del lavabo y estuve a punto de caerme. Hice una nota mental de comprarme, para la próxima vez que tenga que enjuagarme los pies, una palangana típica de las casas y peluquerías cubanas para arreglarle los pies a las clientas. Me sequé los pies lo más rápidamente posible y corrí hacia la puerta para cerrarla con llave ahora que Gabriel se había marchado. Cuando pasé de prisa junto a la pared de la habitación, tropecé con él. No se había ido.

—¿Puedo verte otra vez mañana?

—Claro que sí —dije gagueando—. Fenomenal.

—Tengo que ayudar a Mariela a abrir el restaurante y trabajar hasta un poco después del mediodía, pero puedo venir después y a lo mejor podemos pasar un rato en la playa —dijo.

—¿Tienes que trabajar por la mañana? Ya es casi de día. ¿Cuándo vas a dormir?

—Podría dormir aquí contigo, pero seguro que no iba a poder dormir ni tampoco iría al trabajo.

—¡Oh! ¿De verdad? No se me había ocurrido.

—Por eso me voy ahora mismo —dijo Gabriel, mirándome de arriba abajo sin ninguna vergüenza y caminando de espaldas a la puerta—. Tú eres una buena chica de Miami y yo soy el enemigo.

—Adiós, Gabriel.

Cerré la puerta inmediatamente después que salió y protestó demasiado alto para esa hora tan avanzada de la madrugada.

—¿Cómo? ¿Ni un beso de despedida? —dijo desde el pasillo.

Iba a despertar a los vecinos.

—Shhhhh —susurré sin abrir la puerta.

—¿No se despiden con un beso en Miami?

Abrí la puerta bruscamente de un tirón. Estaba allí de pie con su mano extendida hacia la pared, como si hubiera sabido que yo me daría por vencida. Estaba tan seguro de sí mismo. Me le acerqué, le pasé la mano por el pecho y el cuello y le ofrecí mis labios. Comenzó a besarme suavemente con mi rostro en sus manos tal como le vi hacerle a Mariela esa tarde. Sentí que todo mi cuerpo se estremecía de emoción. Entonces Gabriel me puso las manos en la cintura y me apretó hacia él y sentí todo lo que necesitaba sentir. Si yo deseaba a este hombre, tenía que dejar que se fuera a su casa y eso fue lo que hice con la promesa de un mañana.

Me acosté inquieta, con la mente llena de todo tipo de preguntas y el corazón latiéndome aceleradamente con señales de alerta, pero dormí profundamente debido a la alta dosis de alcohol y mi cansancio físico.

Me desperté cuatro horas después con dolor de cabeza, y podía haberme dormido otra vez, pero me obligué a levantarme y me hice un café con leche bien fuerte. El elixir me hizo efecto y me activó la energía de la anticipación. Tenía dos misiones planeadas para ese día: comprarme un perfume nuevo y encontrarme con Gabriel otra vez.

Había revisado el departamento de perfumes en El Corte Inglés en Madrid y en Barcelona, pero lo único que pude encontrar pertenecía al pasado: las esencias de diseñadores americanos, los perfumes tradicionales franceses que usan las damas de la alta sociedad de Coral Gables y las fragancias españolas como Maja y Maderas de Oriente, que evocan el flamenco y las mantillas. Sus aromas picantes me resultan anticuados. Los perfumes españoles se venden en supermercados y farmacias en todo el Miami cubano, y su olor familiar a limón y a flor del clavero me recordaba los primeros tiempos del exilio, cuando la caja de talco negra y roja de Maja, los jabones envueltos y los pomos de perfume eran pequeños lujos, regalos que se daban o recibían en Navidades o en un cumpleaños, y que se usaban sólo en salidas nocturnas y ocasiones especiales. Por eso había abandonado mi búsqueda de un perfume en España. Sin embargo, un nuevo hombre en el horizonte me había desatado los sentidos. Me sentía virginal, libre de prejuicios, llena de expectación y lista para escoger una nueva fragancia.

Pero todo fue en vano. Escudriñé los viejos barrios de La Ribera y El Born, y en algún lugar a lo largo de las estrechas calles hacia el Museu Picasso encontré una tienda con una vidriera llena de pomos de perfume. Olí todos los perfumes que el empleado estuvo dispuesto a dejarme probar, pero, a pesar de mi determinación, no logré identificar una fragancia que le viniera bien a mi piel. El empleado de la tienda perdió la paciencia y me dijo que yo era muy difícil de complacer. Sólo me dejaría probar cierta cantidad de fragancias. Tenía razón, yo soy una mujer difícil de complacer, y regresé a casa con las manos vacías. Ya era mediodía y no quería perderme la prometida visita de Gabriel.

Me quedé dormida esperándolo mientras leía el laborioso comienzo del segundo capítulo de *El Quijote*. "¡Oh, princesa Dulcinea, señora de este cautivo corazón!" Era un buen momento para quedarse dormida, con Don Quixote prisionero del amor.

Gabriel llegó a media tarde, me saludó con un beso en la mejilla y me pidió perdón por haber llegado tarde. Trajo del restaurante una caja con un platillo de tapas, una variedad de chorizos dulces y picantes, queso, pan y una botella de vino tinto de la región de Rioja. Yo había dormido durante la hora de almuerzo y estaba muerta de hambre. Puse la mesa y Gabriel trajo su minifiesta de la cocina. Abrió la botella de vino, me lo dio a probar, sirvió dos copas después que le di mi aprobación y levantó la copa para proponer un brindis.

—Por nuestra nueva amistad y por otro día maravilloso —dijo.

—Salud —dije yo un poco decepcionada por la etiqueta que ya le estaba poniendo a lo nuestro. Era demasiado temprano para considerar a Gabriel un amigo, un título que yo reservaba para un pequeño círculo de personas cercanas a quienes yo quería mucho. Era también demasiado temprano para declarar que nuestra relación era una amistad y no un romance, que era exactamente lo que yo tenía en mente y lo que yo pensaba que él también tenía en mente después de anoche.

A lo mejor yo estaba identificando demasiadas cosas en el brindis, pero Gabriel parecía haber perdido el impulso en cuestión de horas. Devoró la comida con gusto y se tomaba el vino como si fuera agua. Había asimilado bien el arte español de consumir vino tinto en cada comida excepto el desayuno. Yo no podía. Todavía dependía de agua en botella y la infame Coca Light.

—He estado pensando en ti toda la mañana —dijo entre bocados de queso manchego.

—¿De veras? ¿Y qué pensabas?

—Pensaba que tal vez te interese ver lo que traigo en la mochila.

—¿Y qué es lo que traes en la mochila?

—Tienes que verlo.

—Me muero por saber. Me encantan las sorpresas.

Y ahora, también yo comía con gusto.

Cuando terminamos, me levanté y llevé la loza al fregadero, abrí la llave, le eché detergente y la dejé allí con agua. Regresé a recoger el resto, pero ya Gabriel había recogido la mesa, había metido las cajas usadas en la bolsa plástica, les había hecho un nudo y había colocado la basura junto a la puerta. ¿Es este hombre capaz de ser más perfecto? Si por lo menos me besara otra vez, pensé mientras le pasaba un paño a la mesa para limpiarla antes de regresar a la cocina para fregar los platos. No había mucho que fregar y no me tomó mucho tiempo poner todo en orden.

—Deja eso y ven acá —me dijo Gabriel desde la sala.

Cuando entré en la sala y vi la mesa central, no podía creer lo que veían mis ojos. Estaba sepultada bajo fotos en blanco y negro y sepia. No tuve más que echar un vistazo para darme cuenta de que eran de La Habana. Una de las primeras que vi fue una vista del famoso Malecón y la fortaleza de El Morro en la distancia. El bulevar frente al mar tenía alineadas mansiones coloniales de dos y tres pisos, una junto a otra, con majestuosos balcones y columnas. La calle estaba llena de automóviles antiguos que identificaban la foto en los años cincuenta. Otra foto captaba un momento triunfante en una carrera de autos a lo largo de otra parte de ese mismo bulevar. Había un desfile jubiloso con bandas marchando, carrozas decoradas con rumberas en sus plataformas y convertibles llenos de parejas. En el fondo de otra foto se veían niños vestidos de lino fino recostados sobre los balcones para ver la fiesta callejera. Había también muchas viejas fotos de familia, retratos de hombres y mujeres elegantes, algunas tomadas en los primeros días de la república. En una de las fotos de finales de los años cincuenta, sus padres y abuelos sonreían reunidos alrededor de una mesa en el famoso cabaret Tropicana.

—Fue la última vez que salieron antes de que mi padre se alzara en las montañas —dijo Gabriel. Había un abuelo vestido con un distinguido uniforme militar—. Era un mambí, un guerrero criollo que luchó en la guerra de independencia y luego llegó a general del ejército republicano —explicó Gabriel.

No podía apartarme de las fotos. Resultaban fascinantes, como si los personajes de un libro cobraran vida delante de mí. Lo más impresionante era la moda. Independientemente de la época, fueran fotos de la familia o simplemente grandes grupos en un evento al aire libre, los hombres vestían chaquetas deportivas y pantalones planchados y las mujeres una variedad de vestidos elegantes y zapatos de tacón alto estilo Luis XV.

Luego me mostró fotos de Ernest Hemingway celebrando su Premio Nobel con *la crème* de la sociedad habanera el 28 de octubre de 1954, las mujeres luciendo sus perlas, los hombres vistiendo trajes elegantes; y otra de Hemingway celebrando el Año Nuevo de 1951 junto a Gary Cooper en la barra del Floridita. Gabriel me contó que nueve meses después, Hemingway había publicado *El viejo y el mar*. Él sabía mucho sobre la vida de Hemingway y había conseguido esas fotos cuando estaba trabajando en un documental sobre la vida de Hemingway en Cuba. La labor de producción del documental había sido un momento clave en su vida. Ahondando en la vida del americano más famoso en Cuba, comprendió la magnitud de todo lo que se había perdido, todo lo que se había traicionado.

—Me pareció que disfrutarías ver lo que Cuba era antes —dijo Gabriel—. La Habana era el París del Caribe.

Era la primera vez que oía la comparación poética, y podía ver y sentir a La Habana en toda su antigua gloria, fascinante en su arquitectura y adornada con la elegancia de personajes que habían abarcado generaciones. La colección personal de Gabriel mostraba una ciudad sofisticada con el alma de una mujer gallarda en su juventud. Me estaba enamorando profundamente y no estaba segura si era del habanero que me traía La Habana o la idea romántica de una gran ciudad que ahora se apagaba, desastrada y perdida para la historia.

—La Habana, el París del Caribe —dije con lágrimas en los ojos—. Qué hermoso.

—Algún día —comenzó a decir Gabriel.

—Algún día —le robé la frase— voy a bailar en las calles de La Habana.

Dejé que me corrieran las lágrimas, lágrimas tan tranquilas que eran plegarias silenciosas. Gabriel me metió la mano en el pelo, negro y largo hasta los hombros, y me colocó sobre su pecho. Me dejó llorar en sus brazos un rato largo, y entonces me besó las lágrimas, el pelo, los labios, el cuello. Hicimos el amor en el sofá sin un momento de vacilación, sus fotos en la mesa como un altar, nuestros cuerpos sumergidos en un profundo océano de inconsciencia. Cuando desperté del trance y el agotamiento que nos había adormecido, tenía la cabeza sobre el pecho de Gabriel y sus brazos me envolvían. Este era el sitio donde quería permanecer el resto de mi vida. Había encontrado mi isla. Gabriel era mi hermosa, hermosa isla, sin haber sido dañada por el destino, sin haber sido manchada por la historia.

—¿Estás pensando lo mismo que yo? —me susurró Gabriel en el oído.

Ya hubiera querido yo.

No esperó por mi respuesta.

—Creo que me estoy enamorando locamente, desaforadamente de ti —dijo.

—Y yo de ti —le dije antes de darle un beso en la boca.

Me besó tan intensa y apasionadamente durante tanto tiempo que me dolía; entonces me soltó, me ayudó a despegarme de su cuerpo y nos levantamos. Me tomó de sorpresa cuando me metió los brazos debajo de las rodillas y me levantó.

—Todavía no he terminado contigo, mi novia matancera —dijo Gabriel llevándome a la cama—. Como dijo Cortázar, "Ven a dormir conmigo: no haremos el amor, él nos hará a nosotros".

Desde ese día, Gabriel durmió siempre en mi apartamento. Nos pasamos semanas viviendo en una utopía barcelonesa de exposiciones de arte de vanguardia en la floreciente escena de arte contemporáneo, de noches de parranda con músicos locales que comenzaban a experimentar mezclando flamenco con ritmos internacionales. Un evento generaba otra invitación y otra más, y de vez en cuando, aparecía una famosa personalidad. A Gabriel y a mí nos trataban como a una pareja, y yo tenía todas las razones para suponer que estábamos en camino de forjar una vida juntos.

En 1989, Barcelona era un magnífico lugar para vivir. Bon Jovi y Pavarotti cantaron ante salas completamente llenas y la ciudad emanaba la energía de un entrenamiento atlético, encaminado a grandes logros y un nuevo récord. Era como si toda la metrópolis se hubiese tomado el trabajo de crear grandes espacios en preparación para las Olimpiadas de 1992. Grúas gigantescas ocupaban el litoral y las arboledas de las lomas de Montjuic, la "Montaña Mágica" de Barcelona, donde se estaban construyendo los pabellones de diseñadores, los grandes salones de exhibición, el estadio olímpico y las salas de concierto. Los catalanes se referían al estado de su construcción como si estuviesen en medio de un embarazo, y era imposible no dejarse llevar por su entusiasmo. "Estamos en obra", decían.

Gabriel y yo adoptamos la frase.

—Estamos en obra —nos decíamos mutuamente para describir nuestra incipiente relación.

A veces parecía que el mundo entero compartía nuestro karma. En la Unión Soviética, el líder recién instalado hablaba de cambios, y había bautizado la idea de democracia con dos palabras —glasnost y perestroika— que recorrieron todo el mundo como embajadores de la esperanza. El Muro de Berlín se desplomó, desmantelado pedazo a pedazo. El parlamento checo puso punto final a la dominación comunista. Los rumanos se alzaron contra la dictadura. Nuestras tertulias con los españoles estaban llenas de conjeturas acerca de que Cuba sería el próximo satélite en ser liberado de la pesadilla de la represión. Lo único que podíamos hacer Gabriel y yo era observar, amarnos y esperar.

Nuestro idilio era un romance furiosamente apasionado; sin embargo, no fue desde el principio un amor efervescente. Era un amor enredado en las sombras de la historia, y silenciosamente lanzado a la deriva por la incertidumbre del futuro. Se había iniciado en el dolor y la tristeza, aunque yo lo sintiera como un amor completo. Yo quería que Gabriel abandonara la isla y viviera conmigo la aventura de la libertad. Él siempre permanecía en la cerca. En ocasiones parecía que Gabriel sabía que ya no había vuelta atrás. Si la caída del comunismo era como un juego de dominó, Cuba se había quedado con el doble nueve. Pese a esta visión oscura, había ocasiones en que Gabriel no veía otra alternativa que regresar a la isla y mantener el compromiso de ayudar a crear cambios desde dentro. Sus vacilaciones eran para mí dagas clavadas en el alma y las tenía en todas partes. Comencé a sentirme vacía, encadenada a la tragedia, desesperadamente atrapada por sus demonios. Quería huir, pero la conexión física con Gabriel era inquebrantable. Una mirada desesperada, palabras apasionadas y todo pasaba al olvido en aras de otro salto hacia el abismo de su cuerpo y su historia. En su abrazo hechizante, un día se empataba con el siguiente, y encontraba otra razón para quedarme. Gabriel parecía ajeno al dolor que me causaba, pero comprendí que su dolor era mayor y, erróneamente, que él tenía mucho más que perder que yo. Tomé nota de su patrón de funcionar en medio del flujo de conductas contradictorias, pero pensé que todo era circunstancial. Me obligué a tener paciencia. Aprendí a ahogar mi pena y satisfacer mis deseos sexuales. En la cama, no había conflicto, ni dislocaciones geográficas, ni distancia entre nuestros puntos de placer. En la cama, estábamos en casa.

Una tarde, Gabriel llegó al apartamento animado y lleno de esperanzas. Había encontrado un agente de arte en Madrid que quería comprarle la colección de fotografías. Al principio no entendía la razón de su entusiasmo. Esas fotos eran tan valiosas que a mí me daba miedo tocarlas demasiado, y ahora Gabriel las estaba vendiendo. Pero después de la noticia comenzó a hacer preguntas sobre la vida en Estados Unidos, y en mi mente, Gabriel estaba forjando nuestro futuro juntos, y recibí positivamente su deseo de construir una base financiera como una buena señal. No consideré que me estaba adelantando demasiado a los acontecimientos. Nunca imaginé que el hombre vulnerable que citaba a Cortázar, que derramaba lágrimas ante la idea de renunciar a su Habana, se convertiría en un narcisista autosuficiente capaz de dilapidar su libertad, un cambia-casaca dispuesto a cambiar de color según los tiempos y, en última instancia, traicionar nuestro amor. Lo único que yo era capaz de ver durante los días de esperanza en Barcelona era un camino abierto y Gabriel y yo caminando en él tomados de la mano.

Ni por un instante pude ver lo que venía.

Cuando se realizó la venta de su colección de fotos, Gabriel llegó a la casa con una sola rosa roja. Me besó con la pasión que ya yo anticipaba e hicimos el amor. Después, en la pausa más incómoda de mi existencia, Gabriel me dijo que tenía que regresar a La Habana. Lo había localizado el agregado cultural cubano en Madrid, lo quería de vuelta en La Habana y él se disponía a regresar. Estaba decidido. No estaba dispuesto a discutir más el tema.

Sentí tanta ira que perdí el control de las palabras y expresé todos los sentimientos que me había tragado con una sola palabra.

—Vete —le dije.

Vete ya.

Trató de razonar conmigo, me rogó que lo escuchara, pero todo se redujo a un monólogo. Me levanté, caminé hacia la puerta colocándome una bata de seda roja sobre mi cuerpo desnudo y le abrí la puerta. Se vistió a toda prisa. Después que Gabriel se marchó, comencé a escribir en mi diario en un esfuerzo por encontrarle sentido a lo que me estaba ocurriendo, pero no me ayudó a aliviar el dolor que sentía en el corazón. ¿Cómo podía hacerme esto después de todo lo que habíamos vivido, después de todo lo que habíamos hecho juntos?

17

Sentí que alguien tocaba a la puerta persistentemente y me desperté alarmada. Soñolienta aún y vestida con mi piyama de verano rosado adornado de flores, caminé casi arrastrando los pies hacia la puerta y pregunté: "¿Quién es?". Gabriel contestó, y no pude abrir la puerta con más rapidez.

—¿Qué pasa?

—Nada, todo está bien, por ahora. Te tengo una sorpresa.

Tenía unos papeles en la mano derecha y con la izquierda me agarró por la cintura y me haló hacia él.

—No te puedo llevar a La Habana conmigo, pero puedo llevarte a París a pasar el fin de semana —dijo Gabriel—. Mira, dos boletos para el tren nocturno. Salimos esta noche y llegamos allí por la mañana temprano.

Nunca me había atrevido a soñar con el capricho de conocer a París, ni hacerlo como un gesto de consuelo por perder a un hombre que deseaba más que lo que era capaz de admitir porque se mudaba a otro país. Se suponía que París fuera la ciudad más romántica del mundo y un paraíso para el amor. La gente iba allí de luna de miel y a pasar vacaciones ideales; se arrodillaban delante de la mujer amada, sacaban del bolsillo un anillo de diamantes que habían guardado celosamente durante todo el viaje y le proponían matrimonio bajo la Torre Eiffel. Yo no quería que París estuviese para siempre vinculado a un hombre a quien estaba a punto de perder. Con todo lo que ansiaba rendirme ante la proposición de Gabriel y vivir el momento como él me rogaba que hiciera, en lugar de entusiasmarme como él había esperado, lo único que atiné a hacer fue fruncir el ceño movida por la preocupación. Todavía sentía ira y estaba herida y decepcionada por su decisión de regresar.

—Pensé que esto te iba a poner contenta —me reprochó, soltándome y colocando los boletos del tren en la mesa del comedor.

—Ir a París contigo sería un sueño, pero lo cierto es que esto no cambia el hecho de que te vas de vuelta a Cuba.

—No cambia la realidad —dijo Gabriel—. Ya eso lo hemos discutido, pero olvidémoslo por un fin de semana. Quiero mostrarte París, el verdadero París.

—¿Y entonces?

—Entonces, como dijo Humphrey Bogart, París siempre será nuestro.

Un dolor agudo me desgarró el corazón cuando me dijo eso, pero lo traté de aliviar dándole a Gabriel un beso largo y provocador, y para frenar mejor mis lágrimas, lo arrastré hasta la habitación. Mientras él permanecía de pie allí moviendo la cabeza con una sonrisa en los labios, me quité el piyama y me acosté en la cama revuelta y empujé hacia el piso los libros de poesía que me habían hecho compañía durante la noche. En el poco tiempo que llevábamos juntos, había aprendido que el sexo era la mejor manera de ahogar el ruido de la complicada vida de Gabriel. Cuando su lengua se abrió paso hacia mis geografías

más persuasivas, le susurré en el oído en mi último momento de lucidez: "Sí, me voy a París contigo".

La estación de trenes Barcelona-França estaba a pocas cuadras de mi
apartamento y desde el momento en que presentamos los boletos y nos
sentamos en un banco de la Terminal Seis, comencé a preocuparme.
Estaba inquieta. No podía esperar a que llegara el tren, y caminaba
constantemente desde el banco hasta un quiosco de prensa cercano
para hojear las revistas, mirando sobre mi hombro como si esperara
que alguien me fuese a arrebatar este momento de mi vida. Gabriel
permanecía sentado, sereno y sonriente, pero me di cuenta de que me
estaba observando, y cuando nuestras miradas se encontraban, me guiñaba un ojo y me tiraba besos en la distancia. Lo que él no podía saber,
o al menos no podía reconocer aunque lo imaginara, era que después
que él salió de mi apartamento, yo caminé hasta la estación de trenes
y cambié los boletos baratos a boletos de primera clase para que pudiéramos viajar en un vagón de dormitorios privados. Finalmente, llegó a
la terminal el largo tren azul y blanco y, en cuanto se detuvo, comenzamos a buscar nuestro compartimento: el número 65.

El espacio era diminuto y había apenas espacio para nuestra única
pieza de equipaje de mano, pero al menos era para nosotros solos. Un
portero con chaleco y gorra azul se asomó a nuestra puerta, revisó los
boletos, nos mostró el lavabo oculto en el compartimento, las toallas y
los artículos de baño y nos preguntó si íbamos a ordenar nuestra cena
a la carta y nos explicó el itinerario. Le dijimos que estábamos exhaustos, que no cenaríamos y que sólo queríamos leer y dormir. Nos dijo
que volvería a las diez y media a convertir los asientos en camas y nos
deseó un buen viaje. Le dimos las gracias y nos cercioramos de cerrar la
puerta con llave. Tomamos nuestros asientos, y cuando nuestras mira-

das se encontraron de nuevo, sabía que estábamos pensando lo mismo, sacando la misma cuenta, midiendo nuestros cuerpos y el espacio horizontal con que contábamos.

—Eres una chica traviesa —dijo Gabriel.

—¿Uno para empezar el viaje?

—*Ou deux* —dijo Gabriel, alardeando de su francés.

—¿Cómo nos las vamos a arreglar en este espacio tan pequeño?

—Tendremos que usar la imaginación.

—Me gusta eso...

Y de repente, la gritería de dos niños interrumpió nuestros juegos cerebrales.

—¡Nos vamos a París! ¡Nos vamos a París! ¡Qué suerte!

Suerte para ellos, pero iba a ser tremendo problema para el sexo con dos niños en el compartimento contiguo. Si podíamos oír a los niños, significaba que ellos seguramente podían oírnos a nosotros.

—¡Qué suerte! —dije, burlándome de los niños.

—Shhh, pórtate bien —me susurró Gabriel al oído—. Tengo un plan. Espera que el tren acelere. Pero tienes que quedarte muy calladita.

—No sé si puedo hacer eso.

—Tienes que tratar.

—Brindo por eso —dije, elevando una copa imaginaria.

Durante los primeros veinte minutos, el tren parecía viajar en cámara lenta, pero en cuanto dejamos detrás las paredes llenas de graffiti de la ciudad, comenzó a acelerar. Eran las nueve y media, pero todavía había luz natural afuera. Yo estaba sentada junto a la ventana, perdida en el paisaje anodino de yerbas silvestres y lomas distantes, cuando Gabriel se paró delante de mí. Lentamente, empezó a abrirse la bragueta de sus jeans y, antes de que los pantalones se le cayeran totalmente hasta los tobillos, tenía la mejor parte de él justamente delante de mí, confrontándome. Hice un intento por cerrar la cortina y me quitó la mano.

—Me gusta la claridad —dijo Gabriel, y entonces, acariciándome el pelo, añadió—: ¿Gusta de cenar, *mademoiselle?*"

—Mmm... huele muy bien.

—Unas gotas de Jean Naté para el viaje —dijo.

—¡Jean Naté! ¡Qué femenino! Delicioso.

Después de muchos minutos de placer, Gabriel tomó mi lugar en el asiento de la ventana y yo tomé el suyo allí de pie, tan llena de anticipación que apenas podía respirar. Tomó todo el tiempo que quiso para abrirme la cremallera de mis jeans, bajarme los pantalones y mi pantaleta bikini hasta quitármelo todo, tirándolo hacia el asiento vacío. Se movió hacia el borde del asiento y se acercó a mí lo más que pudo. Respiró profundo y, antes de tocarme con los labios, murmuró: "Así es como me gusta a mí, *au naturel.*"

—Por ahora —suspiré—. Voy a comprarme un perfume nuevo en París.

El portero llegó quince minutos antes de la hora que había dicho, en el momento en que Gabriel y yo nos estábamos vistiendo de mala gana, exhaustos de nuestro descabellado juego y las emociones del día. Nos pidió que saliéramos y, por un momento, pensé que estábamos en un lío. Pero todo lo que hizo fue cerrar las cortinas, recoger los asientos y sacar dos camas de la pared. Cuando Gabriel vio las camas, una encima de la otra, nos miramos mutuamente con deseo y otra vez estábamos pensando lo mismo. Terrible. Tendríamos que dormir en camas separadas. Fue bueno. Yo necesitaba descansar y me quedé dormida fácilmente con el vaivén del tren en la oscuridad. La noche pareció corta, al menos el tiempo para dormir. Antes del amanecer, Gabriel dejó su cama de encima, se metió en la mía y se las arregló para guardar la cama suya en la pared.

—Si puedes quedarte calladita de modo que no se despierten esos niños de al lado —me dijo avanzando con las manos desde el vientre hacia abajo—, soy capaz de portarme muy bien contigo.

Me quedé tan callada como era capaz de hacerlo una mujer enloquecida por el deseo, y Gabriel se sintió orgulloso de su nuevo poder sobre mí. Me rendí ante él, pero no sin obligarlo a prometerme que, aunque yo estuviera desesperada por asomarme por primera vez para ver a París a nuestra llegada, no nos bajaríamos del tren hasta que no lo hubieran hecho los demás pasajeros para evitar que nos entregaran a la policía del tren por conducta lasciva. Nuestro portero tenía otros planes. Un poco después de las siete, tocó a la puerta y anunció que era hora de despertarse. Estaban sirviendo desayuno en el vagón comedor.

—Gracias —gritó Gabriel.

—Yo no quiero salir —protesté yo—. Me da mucha vergüenza. ¿Y si la gente nos oyó?

—No seas boba, nadie sabe quiénes somos —dijo Gabriel—. Me estoy muriendo del hambre. Vamos a comer.

Era una mañana bella, digna de una foto de tarjeta postal y la luz proyectaba un resplandor dorado en el vagón comedor. Nos quedamos sentados tomándonos un segundo *café au lait*, aunque sin suficientes *croissants*, mientras entrábamos en el encantador suburbio parisino de Bretigny con sus techos de terracota, sus fachadas beige y cortinas de encaje en las ventanas. Mi temor de que nos reconocieran no tenía fundamento alguno. Nuestros compañeros de viaje sólo se prestaban atención mutuamente, o se fijaban en el camarero uniformado, demasiado bien vestido con un traje de etiqueta para el turno de la mañana. Nadie parecía estar consciente de nuestra existencia, y eso me gustaba. En el tren a París, Gabriel y yo existíamos en nuestro propio espacio, como si el resto del mundo estuviera simplemente esperando. Nunca más lograríamos ese tipo de situación.

Después del desayuno, regresamos a nuestro vagón, esperando poder arrebujarnos en nuestra única cama para dormir un poco más, pero el portero seguía viniendo a nuestro compartimento y tocó a la puerta tres veces más antes de llegar a París.

—Madame, monsieur, última llamada para el desayuno.

—Madame, monsieur, necesito ver sus boletos, por favor.

—Madame, monsieur, ¡en cinco minutos llegamos a París!

Cuando nos bajamos del tren en la estación de Austerlitz, quería dar brincos como una niña en Disney World para ver la ciudad por primera vez, pero tuve que aguantarme de Gabriel y sostenerme en pie en mis primeros pasos. Tuve la sensación de que París se movía lateralmente. Había desembarcado, pero sentía la cabeza como si todavía estuviera montada en el tren.

—Es el mareo típico causado por el movimiento del tren —dijo Gabriel—. Se te quita después de un ratico.

Pero París siguió moviéndose la mayor parte del día. Desde la estación de trenes, fuimos al Barrio Latino en el metro, y me tuve que quedar en un café tomándome un café espresso y haciendo notas en mi diario mientras Gabriel en su francés rudimentario nos buscaba un hotel cercano. Las estrechas calles de adoquines se fueron transformando de casi vacías cuando llegamos por la mañana a completamente repletas de vendedores y turistas alrededor del mediodía hasta la madrugada. La habitación del hotel era casi tan pequeña como el compartimento del tren, pero exhibía todo el encanto del Viejo Mundo en sus lujosas cortinas de damasco color vino y verde olivo con borlas doradas y en sus reproducciones de obras maestras con marcos dorados colgadas en lugares estratégicos. Cuando nos dimos cuenta de que nuestra cama doble era en realidad dos camas sencillas situadas una al lado de la otra, dije en broma que cuando este viaje terminara podría escribir un manual sobre cómo aprovechar al máximo la vida sexual en pequeños espacios. Gabriel interpretó mis palabras como una invitación.

—¿Lista para bautizar la habitación? —dijo, cargándome.

—Aléjate de mí, cubano loco, o nos pasaremos el día en esta habitación.

Me besó.

—Mmm… A mí eso me suena a una invitación.

Me volvió a besar una y otra vez.

—Gabriel, por favor, quiero ver París.

—Me vuelves loco —me dijo, zambulléndose en mi cuerpo con tanto gusto que me envolvió en su pasión.

Era un momento raro para pensar en ello, pero me recordó al dueño catalán de mi apartamento y su gentil "te estimo". No había nada gentil o fácil en amar a un habanero. Era como sumergirse totalmente en el golfo del deseo. Amar a Gabriel era como entrar caminando a un callejón oscuro de La Habana del que no había regreso. En los brazos de Gabriel yo perdía todos los sentidos. Él amaba en el lenguaje de mi alma, y yo no podía resistir la tentación de disolverme pulgada a pulgada en todo lo que él era. Cuando vinimos a salir de la habitación ya era por la tarde.

Me encantaba la vista de las torres góticas de Notre Dame desde nuestro barrio, y me divertían y asustaban sus gárgolas. El Sena me atraía de la manera que sólo los ríos son capaces de hacerlo. Como el Río de Miami en el atardecer púrpura y naranja, como el río congelado de Iowa en una mañana de invierno enmarcada dentro de un cielo particularmente brillante y azul. Podría haber sido feliz simplemente quedándome sentada en el Café de Flore el resto de mi vida, pero Gabriel insistió en que la mejor introducción a París era un paseo por los Champs-Elysées. Él había estado dos veces en París como funcionario del Instituto de Cine Cubano, y parecía conocer la ciudad mejor de lo que yo imaginaba. Tomamos el metro en la Place Saint Michel hasta la Place de la Concorde. Cuando salí a la superficie, reconocí en la distancia la inequívoca estampa de París, la Torre Eiffel, envuelta por una suave niebla, con las nubes encima iluminadas por la puesta del sol. Era la primera vez que veía la famosa estructura y me quedé paralizada allí de pie. Saqué mi cámara y capté la imagen, como si atrapando la distante torre en toda su gloria en el marco del visor de mi cámara, pudiera apoderarme de París para siempre. Me la podía llevar conmigo, y la haría mía, sólo mía. No tenía razones para sospecharlo en ese instante, pero aunque fotografiara la torre muchas veces después, era esta foto la que me ayudaría a sobrellevar el tumulto de los años futuros. Ante las contradicciones del amor y la historia, esta foto sería mi salvación en la penumbra.

—En esta plaza fue donde María Antonieta perdió la cabeza —dijo Gabriel, interrumpiendo mi acto de contemplación.

—En la guillotina —añadió.

—Oh, sí, la Revolución Francesa que estudié en Iowa. ¡Sabes lo que pienso? Si uno tiene que perder la cabeza, éste es un magnífico lugar para hacerlo. No me importaría si éste fuera el último lugar que yo viera en la tierra.

—Ya que lo pones en esos términos, ¿te ayudo a perder la cabeza, reina mía?

—Eso ya lo hiciste, cariño —dije yo, y le di un beso en la mejilla.

Gabriel me tomó la mano, y recibimos la tarde atravesando el bulevar más famoso del mundo. Fue allí que encontré el pomo de perfume más precioso que he visto, un pomo en dos colores, negro y dorado, con un relieve de temas egipcios alrededor y la palabra Haba-

nita sobreimpresa en letras rojas. Aun antes de oler el perfume, sabía
que había encontrado la fragancia que quería usar. Estaba predispuesta
a que me gustara Habanita, y durante la siguiente década se convirtió
en el único olor que perfumaba mis días. Olía a pachulí, vainilla, jazmín y rosas, y tenía que tener cuidado de ponérmelo sólo en dosis muy
pequeñas. Tenía un aroma abrumador, el tipo de olor que resulta inolvidable. Casi me mareaba, pero me encantaba la sensación que me
producía en la piel. El paquete, el perfume y el hombre me resultaban
irresistibles.

Estábamos en París, pero Gabriel y yo apenas hablábamos de historia
francesa. Estábamos en París, pero hablábamos de La Habana, como si
con nuestra presencia y mi nuevo perfume, la capital cubana hubiese
invadido París, sus cafés, sus plazas, las fuentes, el lujoso Cementerio
Père Lachaise, donde Gabriel y yo compartimos con los ilustres muertos Morrison y Chopin, Wilde y Moliere, Signoret y Montand, pa-
seándonos de la mano por los verdes caminos.

Mientras explorábamos la Ciudad de las Luces, en mi corazón yo
esperaba el milagro de despertarme en La Habana con Gabriel, como
si nuestro hotel fuera Ambos Mundos, donde Hemingway pasaba sus
noches de borrachera, como si el Café de Flore fuera La Bodeguita del
Medio, con sus paredes llenas de frases escritas a mano durante medio
siglo por sus clientes, como si el Lido y sus bellas bailarinas fuera Tropicana y sus espectaculares mulatas desfilando en bikinis minúsculos de
vuelos y lentejuelas. Era razonable que yo soñara. Cuando revisamos
los titulares de los diarios en el quiosco de prensa de la Rue de Rivoli,
no podía menos que abrigar esperanzas. Los periódicos estaban llenos
de historias sobre cómo poco a poco la Cortina de Hierro se estaba desplomando definitivamente. Me entusiasmé, al menos por breves mo-

mentos, con la esperanza de que el muro entre Gabriel y yo, entre La Habana y Miami, también se viniera abajo.

En París, Gabriel completó la tarea de cementar su Habana en mi corazón, y yo caminaba junto a él con una mezcla contradictoria de asombro, gratitud y pesar. Suavicé las oscuras aristas fotografiando a Gabriel después de cambiar el rollo en la cámara de color a blanco y negro para preservar su imagen para siempre en mi memoria.

Pero París no cambió nuestro destino. Nuestras últimas horas en París y el regreso a Barcelona estuvieron envueltos en tristeza. Gabriel se mantuvo firme en su decisión de regresar a La Habana al día siguiente. En la oscuridad de nuestro compartimento en el tren, me quedé dormida llorando. Gabriel pasó la noche conmigo en sus brazos, y cuando en medio de la noche le toqué las mejillas, estaban húmedas también.

—No puedo abandonarla como si fuera un trapo que ya no necesito —dijo Gabriel refiriéndose a La Habana, y ese sentimiento suyo y la sinceridad de sus palabras me movieron a amarlo aun más. En ese momento supe que nunca habría otro hombre para mí. Cuando llegamos a Barcelona, nos despedimos en la estación de trenes. Ninguno de nosotros quería prolongar la separación.

18

No mucho después de que Gabriel se fuera de Barcelona, yo también hice mis maletas. Mi equipaje no sería tan ligero como cuando llegué. Tuve que comprar una maleta más para llevar todo el arte, cerámica, libros y souvenirs que había adquirido en Barcelona y en París, los componentes esenciales de mi nueva vida y antes de Navidad ya estaba de vuelta en Miami. Me sentía más cerca de Gabriel allí. Si Europa estaba celebrando el albor de una nueva era, Miami era aun más efervescente. Regresé a una ciudad repleta de esperanza de que un giro democrático estuviera a punto de ocurrir en la isla, un pueblo enfrascado en predicciones prematuras sobre los últimos días de la tiranía. Algunos habían ido al extremo de empacar sus maletas para hacer el viaje a la isla en el primer avión que regresara. Era imposible no soñar, y para mí los preparativos para el futuro comenzaron con la renovación de mi casa. Me había tomado casi una década acopiar suficiente valor para transformar la casa de Abuela en mi propia casa. Pero en seis meses, la convertí en mi oasis: una cocina soleada con gabinetes blancos y paredes amarillas con vista al patio. Me quedé en la que había sido mi habitación, pero cambié la estampa rosada y verde que Abuela le había asignado a mi ropa de cama por un diseño oriental más suave en azul real y blanco. Convertí la habitación de Abuela, la más grande de las dos, en una oficina con una cama convertible para invitados ocasionales. Me tomó bastante tiempo encontrar el trabajo ideal, pero regresé a la vida laboral en cuanto surgió una oportunidad, como archivera bilingüe en el museo histórico.

Transcurrió un año volando con pocas noticias de Gabriel, como si mis cartas no le llegaran. Nuestro único contacto era su hermana en Barcelona, y cada vez que llamaba al teléfono en La Habana que Mariela me había dado, el de una vecina, la vieja que contestaba me decía que Gabriel estaba fuera de la ciudad. Mariela no era de mucha ayuda. Lo único que me decía era que Gabriel andaba viajando por toda la isla filmando un nuevo documental. Mariela parecía irritarse con mis llamadas, y la vecina también, con lo cual el eco de mi voz en las líneas telefónicas entre Miami y La Habana y Miami y Barcelona se convirtieron en un abismo en el que la idea de Gabriel, y con él mi salud mental, habían desaparecido. Descorazonada y perpleja, cesé en mis intentos de localizarlo y, una vez más, me sumergí en mi trabajo, esta vez hilvanando los hilos de la historia de Miami y escribiendo poemas de amor y pérdidas. La decisión de Gabriel de regresar a Cuba, y la secuela de su silencio, formaron una capa de duda que nunca podría sacarme de adentro. Mis noches estaban saturadas de pesadillas en las que yo creaba todo un universo de imágenes alternativas de la traición. A pesar de mi tristeza, o tal vez debido a ella, no renuncié a mi sueño de estudiar historia del arte. No regresé a Europa, pero lo que hice fue matricularme en la universidad, y una vez más mis noches y fines de semanas se llenaron con la tarea de aprender, lo cual representaba un alivio para mi alma adolorida. Cambié la nada por el mundo de Picasso, Juan Gris, Dalí y su producción artística en el París de principios del siglo xx. Estaba en mi casa un sábado escribiendo un trabajo sobre *Les Desmoiselles d' Avignon*, de Picasso, documentando cómo el cuadro constituía el lanzamiento del Cubismo, cuando un hombre que se identificó como un saxofonista americano llamó a mi casa. Se llamaba David y regresaba de un viaje a Cuba. Tenía un mensaje importante para mí de alguien en la isla, pero no quiso darme más detalles por teléfono y preguntó si me podía ver personalmente. A juzgar por el misterio de nuestra breve conversación, mi única esperanza era que el mensaje fuera de Gabriel.

El saxofonista estaba hospedado en un viejo hotel renovado de Art Deco en el litoral bajo reconstrucción en South Beach, y acordamos encontrarnos en el área. Las obras de restauración y remodelación estaban convirtiendo drásticamente lo que había sido un refugio de jubilados procedentes del norte y un barrio de viviendas baratas para refugiados pobres en una incipiente zona destinada a una flamante clase internacional más sofisticada y glamorosa. La escena que ahora atraía a los elementos locales y europeos de mucha onda que habían comenzado a invadir el nuevo paraíso terrenal no estaba muy lejos del local de Noches de Playa que había traído a mi vida La Habana y la noche, y ese recuerdo me llevó a mi querido pomo de Habanita antes de salir de la casa. Me puse unas gotas detrás de las orejas y cerca del corazón, con la esperanza de que la fragancia fuera capaz de traerme buenas noticias de Cuba y mi adorado habanero.

David y yo acordamos encontrarnos en las mesas al aire libre del News Café, mi nuevo lugar favorito para comer un *bagel* con queso crema, tomar café fuerte, leer periódicos y revistas de fuera de la ciudad o para simplemente sentarme a ver pasar la gente. Ya él estaba sentado esperándome cuando yo llegué. Era fácil de identificar, el único hombre con un estuche de un instrumento musical. Era alto y atlético, y tenía la piel canela bronceada bajo el sol caribeño en un tono aun más profundo. Tenía los ojos irritados y una sonrisa alegre, y me hizo sentir instantáneamente cómoda.

—Eres tan bella como te describió Gabriel. "Linda", me dijo Gabriel que eras inolvidable.

Sonreí, aunque la mención de su nombre me produjo una pena en el alma.

—No he tenido noticias de Gabriel en más de un año —le dije.

—Yo sé. Me dijo que te dijera que le daba mucha pena esa situación, pero que era necesario. Tuvo muchos problemas cuando regresó a Cuba. Ellos sabían todo lo de ustedes dos. Tuvo que dar muchas explicaciones, y les dijo que todo había sido una aventura sin importancia. No podía recibir llamadas tuyas, y tuvo que fingir que no les interesaban.

—¿Quiénes son "ellos"?

—La gente del gobierno que vigila a los artistas cuando viajan, los agentes de seguridad del Ministerio de Cultura.

Me estaba costando trabajo creerme el cuento y el saxofonista se dio cuenta.

—Ellos le dijeron que tú eras la hija de un enemigo de la Revolución.

Nunca había oído esto antes, al menos no dicho en esos términos, y la referencia a la historia de mi padre me tomó de sorpresa.

—Mi padre murió hace mucho tiempo —dije yo—. Sé muy poco de él y de las circunstancias de su muerte, pero dudo que fuera alguien de importancia para la Revolución. Era un dandy, y su hermano mayor y él lo que hacían era administrar una tienda en Matanzas, lo cual no justificaría calificar a nadie de enemigo. Todo esto está muy raro, pero me dijiste que tenías un mensaje para mí.

El saxofonista me miró de frente.

—¿Todavía lo amas?

Sentí que se me aguaban los ojos, y a pesar de mis mejores esfuerzos por contenerlas, las lágrimas comenzaron a humedecerme las mejillas.

No tuve que responder la pregunta.

—Gabriel quiere desertar —dijo David—. Tiene una oportunidad de hacerlo pronto y necesita tu ayuda. Él tiene un plan que es muy riesgoso y puede no funcionar. Muchas cosas pueden salir mal, pero me dijo que hará todo lo que sea necesario para estar contigo y tener una vida juntos.

Yo quería creer que eso era cierto, pero Gabriel había sido muy claro conmigo acerca de su compromiso de participar en el futuro de la isla y de quedarse allí para ser parte del cambio. Yo admiraba su devoción e incluso esto me hizo amarlo más. ¿Por qué iba a cambiar de opinión ahora?

—Él ahora cree que nada va a cambiar nunca en Cuba —explicó David—. No va a haber ningún glasnost, ni perestroika, ni golpe militar, ni nada que vaya a alterar el status quo. Pero sí más disidentes encarcelados, más miseria económica sin los subsidios soviéticos. Está decidido. Lo único que quiere es que lo ayudes a desertar, o por lo menos que lo apoyes si consigue alcanzar la libertad.

Sin esperar mi respuesta, David expuso un plan trasatlántico para la deserción de Gabriel, y parecía que mi vida se convertía súbitamente en una película de suspenso en la que Gabriel y yo éramos los principales protagonistas. El saxofonista dijo que necesitaba una decisión antes de que terminara el día. Él iba a tocar esa noche en Mojazz, el club de jazz en Normandy Isle y me invitó al espectáculo. Iba a encontrarse con otro músico americano allí, un bajista que tenía planes de viajar a la isla la semana siguiente. Le enviaría mi respuesta a Gabriel con él. Pero David me advirtió que no podía discutir el plan con nadie. Estaba en juego la vida de Gabriel y era imposible saber quién era un amigo y quién un enemigo. Ni siquiera su propia hermana en

Barcelona podía saberlo. Lo único que se suponía que el bajista le dijera a Gabriel, si estaba dispuesto a ayudar, era que se iba a filmar una gran película en Miami y que ya contaba con financiamiento. Esa era la clave acordada.

No demoré un solo instante en darle mi respuesta a David.

—Haré lo que haya que hacer para ayudar a Gabriel a lograr su libertad —le juré a David, y no había falsedad en mi certeza. Estaba locamente enamorada de Gabriel y si había más lujuria que verdadero amor en mis sentimientos, no era éste el momento para ese tipo de detalle. Podía ya presentir la promesa de Gabriel en mi piel. Tenía mi Habanita para recordarme lo que se sentía cuando apoyaba la cabeza en el mejor lugar del mundo, ese espacio acogedor sobre su pecho y entre sus brazos. Esa noche fui a ver a David tocar ante un público miamense que incluía a un Pantera Negra convertido en defensor de la causa del exilio cubano tras pasar años en una prisión cubana entre presos políticos. Miami era el lugar ideal para Gabriel y sus películas.

Después de despedirnos David y yo, me pasé varias noches sin dormir, dándole vueltas al plan en mi mente, repasando todas las cosas que podrían ocurrir, imaginando mi vida con Gabriel en Miami.

En sólo un mes, volvería a ver a Gabriel. El punto de encuentro: el Aeropuerto de Barajas en Madrid. La fecha: 9 de septiembre de 1991. Gabriel viajaría a España, y luego supuestamente a Francia y a Italia, con una delegación cuya tarea era finalizar un acuerdo sobre varios proyectos con tres de las más grandes compañías de producción cinematográfica en Europa. Dada la teoría del efecto dominó producido por el colapso soviético y el desplome del Muro de Berlín, Cuba se había convertido en un destino importante. Periodistas, fotógrafos y cineastas de todo el mundo querían viajar a la isla para presenciar y reportar los que se suponía que fueran los últimos días del régimen. La delegación del Instituto Cubano de Cine y del Ministerio de Cultura debía regresar de Europa con una información completa sobre las ventajas políticas y económicas de abrirles las puertas a cineastas extranjeros, con ciertos controles, desde luego.

Las instrucciones de Gabriel para mí eran de dirigirme al carrusel de equipaje donde los pasajeros del vuelo Habana-Madrid de Iberia recogerían sus maletas. Si todo salía bien, mi vuelo de American Airlines desde Miami llegaría un poco más temprano que el de Gabriel de La Habana. Yo debía permanecer en el área de equipajes fingiendo haber perdido mis maletas, de modo que en el tumulto de los pasajeros que llegaban, pudiera yo acercarme al carrusel de Habana-Madrid como si estuviera buscando mis maletas.

No podía hablar con Gabriel. Sólo nos miraríamos y, cuando él me diera la señal —se frotaría el cuello como si estuviera tenso por las nueve horas de vuelo— yo me iría al baño, el cual ambos sabíamos por viajes anteriores que estaba cerca del carrusel pero lo suficientemente escondido como para que las puertas no se vieran. Gabriel fingiría dirigirse al baño de los hombres, pero se metería en el baño de las mujeres para encontrarse conmigo. Mi tarea era reservarle un cubículo en el que él pudiera esconderse y esperar. En caso de que el baño estuviera muy lleno, yo me encargaría de controlar a las mujeres si se alarmaban por ver a un hombre allí dentro. Nadie me explicó cómo hacer esto, y yo presumí que tendría que improvisar algo, usar mi imaginación. Me preguntaba qué sería peor, si estar perseguido por agentes cubanos o lidiar con la ira de un grupo de mujeres temerosas de ver a un hombre en su baño.

Una vez que estuviese escondido en un cubículo del baño, Gabriel se transformaría. Yo llevaría en mi equipaje de mano una peluca de mujer y también yo me pondría una en el viaje o me teñiría el pelo an-

tes para cambiar de apariencia. Gabriel estaba seguro de que la policía
secreta cubana nos había fotografiado juntos en Barcelona o en París, y
podría reconocerme. De modo que tenía que tomar precauciones dada
la necesidad de mi presencia en el área de equipajes para hacer contacto. También necesitaba llevar en mi equipaje alguna ropa de mujer que le sirviera a Gabriel. Él se cambiaría, se disfrazaría de mujer y,
cuando los agentes cubanos hubiesen abandonado el área de equipaje
y seguramente comenzaran a buscarlo, correríamos a toda prisa hacia
un taxi, o nos dirigiríamos hacia otra área del aeropuerto donde sin peligro alguno pudiésemos contactar a las autoridades y Gabriel pudiera
solicitar asilo político.

Nada resultó como lo planeamos, excepto mi cambio de color de pelo
y mi peinado bien corto. Una vez más en mi vida me convertí en una
rubia, aunque esta vez sólo parcialmente rubia con rayitos profesionales. A juzgar por las atenciones del hombre de negocios brasileño que
venía sentado a mi lado en el avión, mi peinado bicultural le resultaba
atractivo, y no estaba segura si ello ayudaba o dañaba nuestro plan.
Para añadir más tensión al proyecto, mi vuelo de toda la noche desde
Miami estaba atrasado, primero una hora, después dos. Yo quería gritar por la desesperación de ver nuestro plan volverse cada vez más improbable según avanzaba el tiempo. A menos que tuviésemos vientos
de cola y el piloto recuperara en el trayecto el tiempo perdido, nuestro
plan de encontrarnos en el área de equipaje a alrededor de la misma
hora fracasaría. Me perdería la llegada de Gabriel y él tendría que recoger su equipaje e irse con la delegación, y entonces nuestro único contacto sería Mariela en Barcelona y no se suponía que ella supiera nada.
No podía dormir. No podía leer. Mi oportunidad de convertirme en
una heroína no había tenido un buen comienzo. Carecía de los ner-

vios de acero que tienen las actrices principales. Si me temblaban las manos sólo de pensar en tener que explicar el contenido de mi equipaje de mano en la aduana, ¿qué se podía esperar cuando Gabriel y yo estuviéramos realmente en el acto de huir? Estuve inquieta en el avión hasta que el hombre de negocios brasileño me invitó a un trago. Le mentí para explicarle mi excesivo nerviosismo y le dije que tenía miedo de volar. Decliné el whiskey en las rocas que él ordenó, pero acepté una botellita de cabernet sauvignon, lamentando el vaso plástico. Nos enfrascamos en una conversación superficial sobre los vinos de Suramérica comparados con los europeos, acerca de nuestras experiencias con los difíciles madrileños y entonces, afortunadamente, el brasileño se tapó la cabeza con la frazada color vino de la aerolínea y se durmió. No se despertó hasta la hora del desayuno, una hora antes de aterrizar en Madrid.

Estaba tan nerviosa y ahora me sentía tan amodorrada por no haber dormido que, en cuanto la azafata me sirvió café, me llevé la copa a la boca con tanta rapidez, que me quemé el labio inferior y la punta de la lengua.

—Ya estamos llegando —dijo el brasileño y agradecí su esfuerzo por calmarme.

Charlamos el resto del viaje acerca de sus negocios de importación de joyas hechas de madera y piedras del Amazonas, hasta que el capitán anunció nuestra llegada, añadiendo que gracias a los vientos favorables, había logrado recuperar el tiempo perdido en tierra. Le di gracias a Cachita, mi adorada virgencita; lo que para el capitán eran simplemente vientos, para mí era una intervención divina al estilo cubano.

Pasé por inmigración y aduanas sin incidentes, y me sentí otra vez aliviada de saber que nuestro avión había sido el primero en aterrizar, pues la fila delante de mí era corta y detrás de mí y de mis compañeros de vuelo, creció rápidamente y se hizo extensa hasta perderse de vista. Caminé a toda prisa hacia el área de reclamación de equipaje con el corazón palpitándome con mayor velocidad que los segundos y minutos que me faltaban para volver a ver a Gabriel. Tal vez era la ingenuidad alimentada por la euforia de haber aterrizado y la forma positiva en que todo estaba resultando, o tal vez que una persona libre no puede entenderlo de ninguna otra forma, pero desde el momento en que divisé a Gabriel en medio de la locura de la multitud que rodeaba el Carrusel No. 23, no sentí ya tanto miedo de los canallas agentes secretos como de todas las otras circunstancias que podrían haber frustrado nuestro plan. Si Gabriel se había montado en ese avión en La Habana y había aterrizado en Madrid, no había manera de que yo permitiera que nadie me lo arrebatara. Caminé lentamente hacia el carrusel sin quitarle la vista a Gabriel. Estaba vestido todo de negro y parecía estar esperando por su equipaje como todos los demás. Tuve que reprimir el deseo de correr hacia él, abrazarlo y nunca más dejarlo ir. En cuanto alzó la cabeza y me vio, comenzó a frotarse el cuello. Por un minuto, me sentí paralizada, sin saber qué hacer, pero cuando revisé la multitud a ambos lados de Gabriel, vi a dos hombres, uno con un grueso bigote, el otro calvo. Estaban mal vestidos con ropa de poliéster, y tenían el aspecto inconfundible de matones a sueldo tratando de mezclarse en la multitud y lucir presentables. Me dirigí hacia el baño a toda prisa y, cuando entré y vi la fila de mujeres esperando frente a los cubículos, estuve a punto de desmayarme. El baño de las mujeres estaba repleto, como siempre. ¿Qué se suponía que hiciera ahora?

La respuesta me llegó rápidamente. Una mano fuerte me agarró del brazo, me dio un fuerte halón, y cuando vine a ver, estaba dentro de un cubículo en el baño de los hombres, Gabriel sosteniéndome con el cuerpo temblándole al mismo ritmo que el mío. No dijimos una palabra. No podíamos hablar. Simplemente nos mantuvimos abrazados en el diminuto espacio, rodeados de la peste a orina y excremento que contaminaban el aire alrededor nuestro. Estuvimos abrazados un rato largo hasta que alguien tocó fuertemente a la puerta y nos hizo regresar a la realidad.

—¿Hay algún problema ahí dentro? —preguntó una voz de trueno.

El hombre tenía acento español y eso nos alivió.

—Mi esposa no se siente bien —dijo Gabriel— y la estoy socorriendo.

—Permítame ayudarle —dijo el hombre—. Soy un policía.

Gabriel me miró y adiviné la pregunta que tenía en los ojos. ¿Sería un policía de verdad? Seguí mi intuición y asentí con la cabeza.

Lentamente, Gabriel abrió la puerta.

Para nuestra tranquilidad, el hombre vestía el uniforme de la policía española. Yo estaba tan pálida y temblorosa que me di cuenta de que había creído que realmente me sentía enferma. Pero en cuanto el hombre comenzó a decirnos que podía llevarnos a la estación de primeros auxilios, los dos cubanos que habían estado parados alrededor de Gabriel irrumpieron en el baño agitados, con los rostros colorados, y sudados.

En el momento en que vieron a Gabriel trataron de agarrarlo, pero yo grité, me planté delante de Gabriel, y grité: "¡Queremos asilo político, no deje que estos criminales se lo lleven!". Un hombre que se estaba lavando las manos corrió hacia mi lado y también se paró entre Gabriel y los otros.

El policía cogió su equipo de radio y pidió refuerzos.

Sólo entonces oí a Gabriel murmurar en lo que era casi un susurro: "Solicito asilo político". Sentí que una carga de tensión abandonaba mi cuerpo. En pocos segundos, el baño de hombres estaba lleno de policías, y vi a los dos cubanos retroceder y dirigirse a la puerta.

—Te salvas tú, pero nos jodes a nosotros, maricón —le gritó uno de ellos a Gabriel.

—Inventa cualquier historia que los haga lucir bien —le gritó Gabriel de vuelta—. Ustedes son expertos en eso.

—No te olvides que tu madre todavía está en Cuba —dijo el otro hombre— . Te va a pesar esto.

Vi la imagen de terror en el rostro de Gabriel, y cuando los hombres se fueron, Gabriel me abrazó y los dos rompimos a llorar. Todos los hombres que nos rodeaban, policías y civiles, comenzaron a aplaudir furiosamente. Estábamos a salvo. Gabriel por fin había logrado su libertad, y por primera vez como hombre libre, me abrazó y me besó. Me besó los párpados, las lágrimas, la frente, la nariz, los labios. Nunca más he vuelto a sentir tanta felicidad.

19

"No hay palabras para describir la libertad. Es demasiado grandiosa para describirla con palabras", me dijo Gabriel en el momento en que nos quedamos solos, pasado ya el peligro y terminado el papeleo que conlleva suplicar por la oportunidad de una nueva vida. Yo entendía lo que él decía y esa experiencia compartida no hizo más que profundizar aun más mi amor por Gabriel. Pero esta vez no podía quedarme mucho tiempo con él en España. Estaba forjando una carrera que me gustaba en Miami y lo único que faltaba hacer ahora era que Gabriel evitara que lo vieran los funcionarios cubanos que merodeaban por la ciudad hasta que se aprobara su petición de asilo político en Estados Unidos. Tenía que permanecer escondido y yo debía regresar a mi trabajo. Antes de irme, le ofrecí a Gabriel casarme con él con el propósito de acelerar el proceso de inmigración, o como una opción en caso de que fuera denegada su solicitud. Estábamos enamorados. Teníamos planes de hacer una vida juntos, ¿no? ¿Qué importaba cuándo o dónde nos casábamos? A Gabriel se le salieron las lágrimas, al parecer emocionado por mi oferta, pero insistió en "hacer las cosas bien" en esta etapa de su vida. "Mereces algo mejor", dijo. "No quiero darte tan poco". Me sentí extraña, aliviada y a la vez decepcionada, pero no dije nada. Después de brindar por nuevos comienzos, regresé a mi casa.

Una vez más esperé a Gabriel y preparé mi pequeña casa para otra persona más, hablando mentalmente con Abuela y tratando sus cosas con cariño. Regalé más cosas, guardé más recuerdos e hice espacio en clósets y gavetas para Gabriel. Tres meses después, Gabriel me hizo una llamada de cobro revertido desde Madrid con la buena noticia. Llegaba en tres días. Una vez más vivimos la emoción de un rencuentro y brindamos con una botella de champán y una cena francesa de corvina incrustada con almendras, habichuelas tiernas y un postre de espuma de chocolate que yo misma escogí en el restaurante del mejor chef en Coral Gables.

—Soy tuyo, todo tuyo —dijo Gabriel tomándome el rostro en sus manos hermosas. Vivíamos un sueño, y esa noche visualicé el futuro a todo color.

Mi rapsodia podría tener la narrativa siguiente:

Gabriel y yo nos casamos en San Juan Bosco, una iglesia sin pretensiones donde servir a los más humildes inmigrantes, ancianos y niños más necesitados era la óptima tarea de los santos, tanto los que estaban en pedestales como los que andaban en los pasillos sirviendo desinteresadamente a los demás. Fue la nuestra una ceremonia sencilla a la que asistieron las mujeres de la peluquería de Abuela; mis compañeros de trabajo más allegados; el poeta leyó hermosos versos que había escrito para la ocasión; y el guitarrista acompañó a la cantante, ahora novia suya, en el Ave María. El ingeniero también estaba presente, sentado en uno de los bancos con el brazo sobre su esposa que tenía en las piernas una bebé vestida de vuelos rosados que se comportaba muy bien. Carol y Brian volaron desde Chicago con las mellizas, que fungieron como las únicas participantes de la corte llevando las flores hasta el altar. No tuve una dama de honor, como tampoco Gabriel tuvo un padrino de boda; todos sus amigos estaban en Cuba o a estas alturas exiliados por todo el mundo. Vestí a las mellizas con versiones en miniatura de mi vestido, un traje largo con cuello en V sin velo. Nuestros peinados, recogidos en moños con rizos sueltos por las herederas de Abuela en la peluquería, estaban adornados con encaje de la reina. El ramo de flores que llevé al altar era de lirios de tallos largos y lo dejé ante la imagen de Nuestra Señora de la Caridad al final de la ceremonia. Invité a Andy a la boda, y primero me dijo que vendría con su esposa Cindy, pero pocos días después se excusó diciendo que había surgido un viaje de negocios a Nueva York y que además Cindy estaba demasiado adelantada en su embarazo para viajar.

Fue un día feliz. Habría contado con la aprobación de Abuela, quien me envió una señal de su bendición desde el cielo.

Pero la realidad fue otra:

El día de su llegada, le estaba enseñando mi Miami a Gabriel con el corazón lleno de euforia. Iba manejando por el lujoso segmento de Collins Avenue al que la gente ha dado el nombre de Avenida de los Millonarios. Era una tarde gloriosa. Las dos aguas que flanquean ese litoral resplandecían como si en ellas flotaran diamantes. Gabriel y yo nos regodeábamos en el triunfo de su fuga y el éxtasis de nuestra noche de amor, paseando por la arteria más pintoresca de Miami Beach sin nada más que el futuro delante de nosotros. Yo le señalaba los rascacielos a lo largo del litoral y le estaba diciendo a Gabriel que muchas veces había soñado con vender la casa de Abuela y mudarme a la playa. Le dije que la idea tenía sus ventajas y desventajas. El mar y el sol desde mi ventana vendrían a ser mi definición del paraíso, pero una casa con un traspatio sería un mejor lugar para formar una familia. Fue entonces que Gabriel me dijo, con una frialdad escalofriante y con los ojos fijos en la avenida:

—No se te ocurra nunca que me voy a casar contigo, tener hijos contigo y tener ese tipo de vida.

La mujer que cambia de perfume habría detenido el auto, le habría pedido que se bajara y se iría a comprar otra fragancia. Pero la mujer que usaba Habanita era una tonta. *Perdónalo, que ha pasado por muchos malos momentos. Perdónalo, él no piensa eso realmente, está confundido. Perdónalo, él es buena gente. Dale tiempo.* En ese momento, me tragué los sentimientos y me convertí en una actriz digna de un Óscar. Hace mucho tiempo había aprendido que yo era capaz de interpretar cualquier papel y hacerlo bien. Sin alterar el curso de la conversación, le respondí:

—¿Y por qué voy a querer yo *eso?*

El corazón me estaba dando gritos, sufriendo, queriendo hacer una simple pregunta: "¿Por qué no?" Pero mi boca, en el mismo tono frío con el que Gabriel había optado por dirigirse a mí, comenzó a hilvanar historietas acerca de cómo Miami Beach se había convertido en un famoso sitio de entretenimiento desde que un comediante llamado Jackie Gleason había comenzado a transmitir su programa semanal de televisión desde Miami Beach. Le prometí que saldríamos a divertirnos a la versión en Miami del cabaret Tropicana de La Habana, el Club Tropigala en el Hotel Fountainebleau, le hice la historia del Art Deco y terminé mi paseo con una parada en el News Café en Ocean Drive, donde su amigo el saxofonista me había traído la noticia de su deseo de desertar. A través de todo ese monólogo, perfeccioné el tono de voz profesoral que usan los guías turísticos para surtir mejor efecto y Gabriel parecía estar fascinado. Hacía muchas preguntas de Miami y su historia y yo las contestaba. Terminé la excursión con un paseo por el entarimado de la playa en Government Cut mientras el sol se ponía en la distancia tras el perfil de la ciudad, una bola anaranjada en cielos púrpura.

—Esta es una ciudad fascinante y tú eres una mujer fascinante —dijo Gabriel—. Eres la mujer más interesante que yo he conocido.

Nos besamos, me apretó contra su cuerpo como aquella primera vez en Barcelona, pero yo estaba destrozada. Si hubo una vez en mi vida en que yo me traicioné a mí misma, ese día constituyó el primer momento. Habría otros en los años venideros, y en cada uno, mi luz interior se iba apagando más y más. Me apagué yo para que Gabriel pudiera brillar un poco, o al menos pensara que brillaba. Era tanto mi deseo de que me amara.

Puse a un lado mis propios intereses para ayudar a Gabriel a alcanzar sus sueños. Él quería continuar haciendo cine, pero eso, como le había advertido cuando estábamos en Barcelona, era como escribir poesía. No daba para vivir. No había mecenas en Miami interesados en apoyar a artistas. Gabriel rehusó poner a un lado su vocación durante su búsqueda de empleo, y lo admiré por ello. Pero yo no quería que los fracasos lo amargaran. Yo sabía que el camino de Miami a Hollywood era largo. Durante un tiempo, Gabriel se conformó con el trabajo que le ayudé a conseguir en la oficina del condado que negociaba y facilitaba los proyectos de hacer cine en Miami. Lo ayudó el hecho de que era bilingüe; había estudiado inglés nada menos que en la Unión Soviética. Lo que le faltaba a su inglés rústico era práctica, y este empleo le daba acceso a cineastas internacionales que estaban tan interesados en filmar en Miami como en Cuba. No era un mal lugar para Gabriel empezar, pero la mayoría de los días estaba de mal humor, frustrado por lo que decía era un sofocante trabajo de oficina. Casi todas las semanas hablaba de regresar a España, y hubo un momento en que parecía estar amenazándome de que me iba a dejar. Yo no quería irme de Miami, donde las artes estaban en pleno apogeo con obras nuevas que salían de contrabando de la isla y nuevos artistas que llegaban de Cuba, pero hubiera hecho cualquier cosa con tal de tener una vida con Gabriel. Mantuve el corazón abierto a la idea de establecerme con él en España, pero después de un tiempo, Gabriel no volvió a tocar el tema.

Seis meses después de estar en su nuevo trabajo, Gabriel anunció un fin de semana, como si fuera lo más normal del mundo, que tenía planes de mudarse a un apartamento en Little Gables, donde muchos de los artistas cubanos recién llegados estaban alquilando apartamentos-estudios y casitas anexas a residencias pintorescas.

Reaccioné anonadada.

¿Acaso no éramos una pareja? ¿Por qué este paso atrás?

—Tú has sido muy amable, pero no quiero ser carga para nadie —dijo Gabriel—. Tengo que ser capaz de independizarme.

—Tú no eres una carga para mí, Gabriel, yo te quiero.

—Yo también te quiero, pero necesito mi propio espacio tranquilo para trabajar.

Gabriel explicó también que quería traer a su madre Sonia de Cuba pronto, y que él no quería imponérmela a mí. Él tenía que alquilar algo para determinar si sería apropiado para ella. Yo entendía el compromiso familiar y, una vez más, opté por admirar su devoción por las causas justas al tiempo que pensaba que tal vez mi malestar obedecía a egoísmo.

—Nos pasaremos todos los fines de semana juntos —prometió Gabriel, y lo ayudé a mudarse a su apartamento en la calle Mendoza. Limpiamos y pintamos juntos, y terminamos la tarea en una celebración horizontal de nuestras habilidades en el piso de madera laminada de la cocina. Antes de irme a mi casa, Gabriel me dio una llave del apartamento y me sentí tonta por haber dudado de sus intenciones. Yo esperaba no estar convirtiéndome en una de esas mujeres neuróticamente celosas que tanto detestaba. Gabriel y yo éramos almas bohemias, gente con sensibilidad artística, y nuestra relación no podía encasillarse en los cánones tradicionales. Éramos almas gemelas, espejos el uno del otro, y estábamos inextricablemente unidos por el más grande amor.

Empezó a gustarme nuestro arreglo. Al principio, parecía mantenernos en un estado de noviazgo perenne. La primera vez que Gabriel regresó a mi casa después de haberse mudado, yo estaba en la cocina preparando la comida, y cuando lo oí abriendo la puerta con su llave, me dije bromeando: "Aquí viene la versión cubana de 'Mi amor, ya llegué' ".

Me alegré, de cierto extraño modo, de tener mi casa para mí sola otra vez. Gabriel siempre mantenía una muda de ropa en mi clóset y en una gaveta, y yo hacía lo mismo en su apartamento. Se me antojaba que todo era muy chic, con mucha onda, muy moderno. Yo siempre tenía un proyecto de escribir que necesitaba desplegar en un espacio amplio, y estar sola se convirtió en una fuente de inspiración para mí. Sin embargo, con el transcurso del tiempo, nuestro arreglo se tornó raro, fatigoso, tan previsible como un matrimonio de veinte años. Sonia nunca vino de Cuba. Viajó a Barcelona a visitar a su hija, y Gabriel se encontró con ella allí. No me invitaron a la reunión familiar, pero de nuevo comprendí. No querían traer a extraños a una situación delicada. Aunque ella se había jubilado, Sonia continuaba siendo realeza revolucionaria en Cuba, y ella no quería abandonar la isla permanentemente en su vejez.

Aun así, me acomodé a la danza de Gabriel y me refugié de los demonios a través de mi poesía y mis diarios. En algún punto de esta jornada, empecé a sentirme genuina cuando escribía. En algún punto de esta jornada, comencé a conocer a un hombre profundamente enamorado de sí mismo y de sus propios deseos, un hombre para quien, cada vez más, yo no era más que un elemento decorativo. Quería dejarlo, pero no podía. Al principio, consideraba mi obligación encaminar a Gabriel en los comienzos de su vida en el exilio. Me sentía culpable por haberle estimulado el deseo de ser libre y quería asegurarme de que tuviera éxito en su nueva vida. Después, con el transcurso de los años, llegué a amarlo más que a mí misma. La idea de dejar a Gabriel me producía un dolor indescriptible. Amaba al hombre y amaba su ciudad y su isla; y para mí, estos amores se entrelazaron tanto que no podía notar la diferencia. Vivía en una nube de nostalgia por todo lo que fuera cubano, y por una fragancia tan fuerte que resultó inseparable de la mía propia. No importaba cuán enojada estuviera, no importaba cuán decepcionada me sintiera, el sexo entre nosotros y la conexión que yo sentía con la isla a través de Gabriel constituían el pegamento más fuerte que existe.

Una mujer tonta, una mujer ciega, una mujer que no sabe que merece algo mejor, puede pasarse una vida entera esperando un milagro. Yo me pasé más de diez. Me enamoré de un hombre engreído que había pintado su vida con brochazos románticos, pero todo era un espejismo, un cuento chino tan falso como Las Vegas.

La libertad no hizo de Gabriel un mejor hombre, y siempre deploraré el horror de observar cómo gradualmente se convertía en una persona trivial, un hombre sin profundidad, sin alma. Gabriel se obsesionó con su propia apariencia, con preservar su juventud y comenzó a decirme lo que yo necesitaba hacer para mejorar mi apariencia. Pierde unas libras, usa tacones altos, ponte maquillaje a todas horas del día. "Ponte pintura de labios", me decía. "Esa no, la roja". Se pasaba los fines de semana de compras, fanático de la última moda, y siempre en busca del escurridizo Hollywood. Yo tenía que acompañarlo a ver cada película que se hacía, no por el placer del cine, sino como si fuera una tarea de trabajo. Pocas veces volví a encontrarme con el hombre complejo, comprometido y luchador del que me había enamorado en Barcelona, el hombre con el que tuve las mejores conversaciones de mi vida, el hombre con el que caminé las calles de París llena de asombro, el hombre que me hizo amar La Habana como si fuera mía propia. Ya no le interesaba oír hablar de La Habana o de Cuba, ni siquiera de Miami.

—A la mierda La Habana —decía—. A la mierda Miami. A la mierda todos.

No sabía cómo ayudarlo en este nuevo camino. Ya no sabía cómo estar con él. Me pasé años esperando el regreso del hombre que había conocido, el hombre que había amado, el hombre que nunca volvió a ser. Con cada día que esperé, con cada semana, cada mes, el gozo de mi alma se fue apagando hasta que ya no podía reconocerme. Pasé años pensando que, si tenía paciencia y continuaba apoyando los sueños de Gabriel, si le ayudaba a curarse de su propia amargura, si ahogaba mis propios sueños encadenada a la rutina de nuestras vidas encasilladas, Gabriel encontraría el camino que lo haría regresar a mí, encontraría aquello que no podía nombrar y que nunca estaba a su alcance, y entonces yo estaría allí en el momento en que ese milagro ocurriera. Yo estaría allí. Yo, su refugio, su eterna novia matancera, su verdadero amor. Fue una espera extraordinariamente solitaria, sin poesía, sin perfume. Ya mi pomo de Habanita hacía tiempo que se había agotado cuando llegó el final, rápido y sin previo aviso, como los truenos huracanados que azotan la Florida.

20

Un viernes de invierno
8 de febrero de 2002

Hay ocasiones en que hay virtud en el silencio. Cuando puse fin al mío, no pude evocar ninguna bondad. Las palabras me salían de los labios ausentes de poesía. No era capaz de acopiar más compasión hacia Gabriel que la que podía sentir hacia mí misma.

Gabriel llamó del trabajo. Quería saber qué íbamos a hacer esa noche. Era una pregunta retórica. Siempre hacíamos lo que él quería hacer los viernes por la noche, y los sábados por la noche y todas las demás noches de mi vida. No sé por qué ese día no me sometí a otra dosis de la rutina. Acaso era la fatiga de cargar el peso de la relación y las presiones de mi trabajo, pero cuando oí su voz, me sentí exhausta del ruido que había en mi vida. La política le da color a todo en Miami, y sus tentáculos habían llegado también al museo como la metástasis de un cáncer. Cada exposición, cada proyecto y cada participante debía pasar por el tamiz de la sensibilidad de la comunidad, y el tema del arte y los artistas de Cuba era el punto neurálgico más reciente. A diferencia de anteriores olas de exiliados, algunos de los desertores intelectuales de los años noventa no tenían interés en acudir a las ondas radiales a discutir abiertamente su desencanto con el régimen. Los recién llegados se consideraban inmigrantes, no les interesaba el discurso político, y a veces regresaban a Cuba inmediatamente después de tener la oportunidad de visitar a sus familiares. No procuraban una ruptura completa, y esto no se entendía bien en un Miami cubano todavía sangrando por la herida de la Revolución traicionada, de ejecuciones sumarias y condenas perpetuas dictadas por el único crimen de disentir. Yo estaba en el medio de esta división y entendía ambas partes, pero era triste ver a artistas obligados a declararse enemigos públicos de un régimen para poder vender un cuadro, tocar el piano, encontrar trabajo. ¿No habían venido aquí en busca de una libertad completa, una libertad de toda atadura? Con el tiempo, parte de la distancia entre generaciones de exiliados se vería reducida, pero en medio del cambio y la transición, el liderazgo de Miami fracasó miserablemente una vez más. En lugar de promover la discusión abierta, la reacción visceral de los dirigentes fue censurar tras bambalinas toda manifestación de divergencia de los puntos de vista establecidos por los primeros exiliados. Era siempre un error cualquier intento de ahogar el debate abierto en un país libre, y tras cada episodio de censura surgían entonces sesiones estratégicas encaminadas a controlar el daño a las relaciones públicas. Era como si cada controversia siguiera un libreto previsible escrito en La Habana y representado en Miami.

La llamada de Gabriel se produjo en medio de ese estado de cosas y de la secuela de mi último encontronazo en el museo. Lo último que yo quería hacer esa noche era lo que Gabriel y yo hacíamos todos los viernes por la noche: ver otra mala película para que Gabriel pudiera sentirse más miserable por no estar haciendo cine y luego hacer el amor para "limpiar el sable", como había comenzado él a llamarle a nuestras sesiones en un intento de humor que sólo lograba profundizar más aun mis resentimientos hacia lo que nos habíamos convertido él y yo. Tal parecía que también mi vida respondía a un libreto escrito en La Habana, y esa idea me llenó de una ira que nunca había experimentado antes. Yo amaba a Gabriel con cada pulgada de mi ser, pero no estaba dispuesta a perderme en sus brazos sólo para regresar, cuando el momento de éxtasis no fuera más que una mancha en la historia, a una realidad que ya no podía negar. Me estaba ahogando en revelaciones y grandes verdades. Ya no había ternura en la forma en que él se relacionaba conmigo, no había ya lágrimas vulnerables en sus ojos, no había amor en su corazón. Era hora pues de rendirme. No sabía cómo hacerlo, pero finalmente logré encontrar las palabras adecuadas.

—Gabriel, es hora ya de que definamos nuestras vidas —le dije.

—¿A qué te refieres?

—Quiero más que un simple amante temporal.

—¿Es eso lo que soy para ti?

—Eso es lo que parece ser.

—¿Y qué tú quieres que yo haga?

—Debemos arreglar las cosas entre nosotros o tendremos que terminar. Estoy cansada de llevar la carga de prolongar una relación que nunca parece cuajar. Estoy cansada de tener un marido que no es un marido. Estoy cansada de la mediocridad, de pasar nuestros días en búsquedas inútiles y sin sentido. Me siento horriblemente infeliz. Quiero paz en mi vida. Quiero una familia con la que yo pueda contar. A lo mejor quiero tener hijos o no, pero no quiero estar con un hombre que me dice constantemente que no quiere formar una familia conmigo.

—¿Por qué complicarnos la vida de esa manera, Marisol? No entiendo por qué estás diciendo todas estas cosas ahora.

—Porque nuestra relación en su estado actual se ha agotado. Necesita profundidad, necesita aguas nuevas que navegar, necesita una nueva fragancia, necesita convertirse en algo.

—¿Lo que tú quieres es que nos casemos?

—Un pedazo de papel firmado no puede importarme menos. Lo que quiero es algo más, y tú sabes exactamente de lo que estoy hablando.

—Déjame pensarlo.

—Ya no hay tiempo para eso, Gabriel. Ven hoy y vamos a resolverlo de una vez por todas.

—Déjame pensarlo. Quiero mantener abiertas mis opciones.

—Basta ya, Gabriel. O resolvemos esto esta noche, o no lo resolvemos y se terminó. Se acabó el tiempo.

Sabía que Gabriel no vendría, pero tenía aún esperanzas de que lo hiciera. Una vida entera de exilio es capaz de convertir a la gente en perennes tontos en espera de milagros y cambios favorables. Me pasé la noche esperando a Gabriel en la oscuridad, meditando en vano a la luz de una vela, y juré que ésta sería mi última noche anhelando a un hombre que estaba perdido en su propio mundo. A medianoche, me acerqué a mi cómoda, agarré el pomo de Habanita de su lugar de honor y lo tiré con todas mis fuerzas contra el piso de losa de mi habitación. El pomo no se rompió. Sólo el más sutil aroma escapó cuando lo sostuve intacto en la mano. No quedaba ya líquido en él, sólo la forma vacía de un hermoso pomo que no quiso romperse acaso como un recordatorio de mi eterna impotencia.

La secuela de una dolorosa ruptura constituía un territorio inexplorado para mí, y no sabía qué hacer con las heridas infectadas de sangre fresca, ahogada por los sentimientos e inundadas de remordimientos las reservas de mi vida. No era capaz de ver más allá de la tormenta de duelo. No era capaz de sentir más que el aguijón del dolor, antiguo y nuevo a la vez, con lo cual mi dolor y yo deambulamos como fantasmas por la ciudad.

MAR ADENTRO

Tú eras la voz del mar
acariciando mis sueños
cuando estaban frescos,
claros,
como las mañanas en las ciudades del este.
Jugábamos a la rayuela
mis sueños y yo,
saltando en una acera llena de comienzos,
y tu voz, apenas un susurro entonces,
tentadora,
conspiratoria,
saltando espacios
para alcanzar el triunfo.

Tú eras la voz del mar
encadenándome el cuerpo
a las olas de placer y espuma.
Te conocí,
te respiré,
y respiré por ti,
y en tu alma azul
deposité mis plegarias,
tiernas con castidad de amor nuevo.

Un centenar de lunas,
y tú eras la voz del tormento,
de noches vacantes,
pensamientos hostiles,
poderosos gigantes,
como las montañas del Cono Sur,

frías,
estoicas,
fatales.
Tu voz maldiciente me ahoga el corazón
y le ruego a las sombras de invierno
que tengan piedad.
¿Recuerdas el juego?
¿El sueño?
¿El placer?
Y tú, oh mar, siempre tan callado.

MIRACLE

21

Hay amores que no ocupan más que una simple página, un mero instante de conexión, un poema *haiku*.

Blas tenía los ojos más tristes que yo había visto jamás, pero eran bellos: ovalados, color avellana y enmarcados por el tipo de pestañas largas y exuberantes capaces de provocar la envidia de una mujer. Tenía también la sonrisa más triste y bella, ancha y curva como una alargada medialuna, y fácilmente movida por una palabra amable. Su pelo fino y castaño, marcado por toda una vida de mar y sol, le llegaba a su estrecha cintura. En cuanto se despertaba, Blas se recogía el pelo en una cola de caballo, y revelaba un cuerpo esculpido como el David de Miguel Ángel. Una vez, cuando se levantó de la cama desnudo para abrir las persianas y dejar entrar la mañana en su apartamento, lo escudriñé detalladamente por detrás, todavía soñolienta pero encantada de tener esa perspectiva desde mi lugar en su cama.

—Qué vista —dije, y sorprendido por mi voz se volvió.

Me dijo que estaba de acuerdo en que la ubicación del apartamento a sólo pasos del tumulto de gente bella y personajes inquietos en Lincoln Road de South Beach no tenía paralelo, pero cuando se dio cuenta de que había malentendido lo que yo había dicho y que yo estaba más bien admirando su cuerpo, sintió vergüenza por la lujuria en mis ojos. Se alejó, se puso unos shorts de caqui y caminó unos pasos hasta la cocina para prepararnos un café cubano negro, espeso y dulce, cubierto de la espuma color ámbar que había aprendido a hacer en una cafetería de Hialeah, su primer trabajo después de navegar hacia la libertad en una balsa hecha de cámaras de neumáticos, una tabla y una sábana que sirvió de vela. En el exilio, Blas rápidamente dominó la técnica de hacer café cubano, y la vieja camarera cubana que le enseñó, una matrona de pelo teñido color chocolate cereza, solía celebrar que su alumno había superado a la maestra. Era fácil entender por qué, dada la intensa concentración con la que Blas servía cuatro cucharaditas de azúcar en una vasijita de metal, recogía las primeras gotas de café que salían de la cafetera, y batía la mezcla hasta lograr una rica espuma color ámbar.

Conocí a Blas en un restaurante de Lincoln Road un día que yo me comía una ensalada César de pollo y él servía como camarero. Él practicaba yoga y meditación, y mi alma convulsa experimentaba en su presencia una extraña sensación de paz. Le dije esto el segundo fin de semana que pasamos juntos, cuando Blas me llevaba a casa el domingo por la noche en su viejo Jeep convertible, mi mano izquierda en la suya, cruzando la autopista Julia Tuttle para conectar con la I-95 hacia el sur.

—Lo único que necesito ahora es la paz que siento aquí sentada a tu lado —le dije.

—Me alegro —dijo Blas apretándome la mano más fuertemente sin quitar los ojos de la carretera—. Yo también la necesito.

En ese momento, no detecté todos los demonios que Blas trataba desesperadamente de mantener a raya. Blas era casi diez años más joven que yo, y era conocido en La Habana como un *friki*, vocablo derivado de la palabra inglesa *freak* con la que se identificaba a los miembros juveniles de una clandestinidad compuesta de artistas y músicos que demandaban libertad. Los *frikis* usaban el pelo largo, escuchaban rock metálico y componían música y obras de arte que contenían la fuerza de la protesta social. Algunos *frikis* llegaron al extremo de inyectarse el virus del sida para protestar contra el régimen totalitario que había importado el comunismo soviético pero había aplastado los giros democráticos hacia el glasnost y la perestroika. En su juventud, Blas había sido un prometedor estudiante de arte, pero a los dieciocho años lo habían encarcelado por la denuncia de su propia madre, quien estaba tan asustada por su apariencia y su manera de expresarse que pensó que la cárcel "lo enderezaría". Se pasó tres años en la cárcel entre presos comunes.

—No sabes lo que es ver a un hombre con el cuello abierto por un cuchillo casero, contorsionándose como un pollo sacrificado, soltando sangre a borbotones hasta quedarse tieso y morirse —me dijo Blas una noche durante una de nuestras largas conversaciones en la playa, sentados en la arena y contemplando las estrellas. Cuando le pedía que me contara más sobre el tiempo que había pasado en prisión, se disolvía en silencio con la mirada perdida en el horizonte. No me atrevía a interrumpir sus pensamientos. Había aprendido a dejarlo tranquilo cuando esa nube extraviada le cubría su rostro gentil. Yo siempre me preguntaba adónde se iba él cuando se desvanecía, y una vez, una vez nada más, tuve el valor de preguntarle.

—A visitar a mi madre —me respondió—. Me voy volando desde dondequiera que esté, extendiendo mis alas sobre el Estrecho de la Florida, aterrizo en la azotea de nuestro apartamento en Centro Habana y me siento en la mesa de la cocina mientras está colando su café aguado de la tetera a un jarro, y tengo una conversación con ella.

—¿Y qué te dice ella? —le pregunté.

—Me dice que se ha hecho una experta en hacer que le dure más la ración mensual de café —respondió él.

—¿Y qué le dices tú a ella?

—Le digo que es bueno saber eso.

Lo abracé, él me devolvió la caricia y volvió a reinar el silencio entre nosotros durante un largo tiempo. Yo sabía que Blas tenía conversaciones con sus fantasmas, y comencé a invocar los míos mientras la brisa del Atlántico nos refrescaba el alma.

Blas sabía de mis demonios y mis fantasmas. Sabía de Gabriel y su traición. Le conté partes de la historia el día que nos conocimos bajo los toldos rojos de Van Dyke el sábado que fui a almorzar allí sola. Llevaba conmigo una copia de la colección de poemas de Virgilio Piñera titulada *La isla en peso*, con la esperanza de que el texto me llenara las horas vacías que Gabriel había dejado en mi vida. Blas me vio primero. Me observó mientras leía, y cuando me sirvieron la ensalada y cerré el libro repitiendo en mi mente la gloriosa frase de Piñera, "la maldita circunstancia del agua por todas partes", Blas se acercó a mi mesa. Trabajaba de camarero en el restaurante, la mayor parte del tiempo en el bar de jazz en los altos, pero esa tarde le estaba cubriendo el turno a otro camarero. Me dijo que Piñera era uno de sus escritores favoritos. En los seis años que había estado en Miami, nunca había visto a alguien leyendo al complicado intelectual Piñera, mucho menos en este sitio de onda funky más conocido como favorito de actores aspirantes a Hollywood y estrellas de telenovelas latinoamericanas. Nadie iba allí a leer a un poeta cubano de los años cincuenta que hasta su muerte en 1979 vivió marginado por ser gay y por negarse a elogiar al régimen en su obra literaria.

—Eso es lo que hace a Miami tan especial —dije yo—. Uno nunca sabe con lo que se va a tropezar, dónde va a encontrar a un alma gemela o, al menos, un alma gemela literaria.

Blas sonrió con esa sonrisa suya inolvidable, sincera y generosa.

—¿Vives por aquí cerca? —preguntó.

—No, ya quisiera yo. Vivo en la ciudad.

—Tengo un apartamento cerca de aquí —dijo Blas—. Si quieres mudarte a Miami Beach, debes echarle un vistazo a mi edificio. Siempre hay estudios y apartamentos para alquilar.

No quise discutir con un extraño lo segura que me sentía en mi hogar, la casita que Abuela me había dejado con tanto amor y que nunca podría abandonar, por lo cual le dije que las rentas en la playa eran demasiado altas para mí. Mientras yo hablaba, él le había pedido prestada una pluma a una camarera que pasaba, tomó una servilleta de la mesa y anotó el número de su celular.

—Te vas a sorprender —dijo— . Mi apartamento es muy pequeño, un estudio realmente, pero yo nada más pago cuatrocientos cincuenta dólares al mes. Puedes ir a verlo cuando quieras, o simplemente me llamas cuando quieras hablar de literatura. Yo pasaba muchas veces frente a la casa de Virgilio cuando era niño en La Habana.

A Blas y a mí nos fue fácil hacernos amigos. Era igualmente previsible que surgiera una serena pasión entre nosotros. Comencé a disfrutar mis salidas de fin de semana a la playa, y no pensaba ya en Gabriel cuando paseaba por Lincoln Road. A veces me encontraba con Blas en la librería cerca de Van Dyke, o en la tienda hippy donde vendían toda la parafernalia para alinear los chakras, o en la heladería para tomarnos un helado de coco. Comenzamos a hacer caminatas juntos al final de la tarde, comenzando en el nivel de la cuadra quince de Ocean Drive, donde estaban situados los renovados hoteles Art Deco en un arco iris de colores pastel, y regresando por la Avenida Washington, donde también ocurría otro renacimiento y tiendas deterioradas resurgían como restaurantes de primera clase. Las caminatas me calmaban la ira causada por los días que transcurrían sin tener noticias de Gabriel, me aclaraban la mente acerca del futuro y me devolvían la esperanza de que fuera mejor vivir la vida sin él. Blas era como un ángel que, a pesar de tener un ala rota, me tomaba gentilmente de la mano a través de este vuelo nocturno.

Me gustaba estar cerca del agua y mi comunión con el mar se convirtió en una rutina casi diaria, como lo había sido en Barcelona. Cuando empecé a considerar invertir en una propiedad en la playa, Blas insistió en que fuera a ver su edificio de apartamentos, y un sábado por la tarde lo llamé sugiriendo una visita. Pero lo habían llamado a trabajar y me invitó al club de jazz del restaurante.

—Mejor todavía, ¿por qué no vienes al show esta noche? Va a tocar un gran saxofonista cubano que formaba parte de Irakere cuando ésa era la mejor orquesta de jazz en el mundo.

Me encantaban mis cubanos hiperbólicos. Todo lo relacionado con Cuba era maravilloso, y yo se lo creía. Sólo tenía una pregunta que seguía haciéndome yo misma: Los habaneros viven en un estado perpetuo de amor quimérico a su ciudad, enamorados hasta el hueso de la gran dama, pero ¿cómo podía yo amarla tan profundamente cuando nunca la había visto? No existía una explicación razonable de mi añoranza; acaso fueran diversas capas de una fantasía.

Cuando llegué esa noche, Blas todavía estaba trabajando y me senté en el bar mientras la noche se diluía bajo el embrujo del jazz latino. Las baladas me ponían melancólica, y no podía evitar pensar en Gabriel y las muchas noches de jazz que había disfrutado con él en Barcelona y en Miami. Al parecer, Blas podía leer mis sentimientos, y cada vez que recorría el local con la vista, lo encontraba en algún rincón, mirándome. Me guiñaba el ojo y sonreía, y yo regresaba de mi viaje al pasado. Finalmente libre de su turno doble, Blas compartió conmigo la última media hora de la última tanda y nos tomamos un mojito tras otro para celebrar la ocasión. La orquesta estaba en su mejor momento: el pianista, el bajista y el saxofonista eran todos cubanos, una mezcla de músicos criados en la isla y en el exilio, y el baterista era un alemán con mucha alma. Después del show, compartimos otra rueda de mojitos con los músicos, y Blas y yo estábamos en el apogeo de nuestra química y del ambiente.

Me invitó a ver su apartamento.

—Es demasiado tarde ahora —le dije.

—No puedes irte a tu casa manejando —dijo—. Has tomado demasiado.

—Yo sé. Iba a parar a tomarme un café.

—Ven a mi casa, puedes quedarte a dormir.

—Ni siquiera sé tu apellido —le dije.

—Te digo mi apellido.

—No —lo interrumpí—. No quiero saberlo. No ahora. Me lo dices mañana.

Blas sonrió y me besó, y caminamos las pocas cuadras hasta su apartamento tomados de la mano y besándonos como adolescentes que se ven solos por primera vez. En el semáforo de Alton Road, los automovilistas que pasaban tocaban el claxon dándonos su aprobación. Los saludábamos con la mano y nos reíamos. Cuando Blas abrió la puerta de su apartamento, me pareció estar entrando en mi versión del cielo. Era el estudio de un artista. Las paredes estaban llenas de cuadros, algunos enmarcados, otros pegados a la pared. En la sala había tongas de cartulinas, planchas de madera, lienzos blancos y marcos vacíos. Para Blas, cualquier superficie era un lienzo donde volcar su espíritu en una obra de arte. El único sitio donde uno se podía sentar o descansar era en un colchón en el piso. Esa noche dormí rodeada de rostros de mujer con cabezas de hojas de palma como zarcillos, una figura retorcida bebiendo sangre con el corazón expuesto entre barras y un fantasma sentado en un bar.

Cuando desperté y empecé a revolverme en la cama, Blas abrió los ojos con esfuerzo, me dio el libro que tenía en su mesa de noche, *Cuentos orientales*, de Marguerite Yourcenar, y me ordenó:

—Lee esto y déjame dormir. Cuando termines, me despiertas.

Leí varios cuentos y me gustaron todos. Al final de uno acerca de la bella y terrible Kali, la diosa que merodeaba por las llanuras de la India con "ojos tan profundos como la muerte", llegué a un diálogo que Blas había subrayado:

"Todos estamos incompletos", dijo el sabio. *"Todos somos pedazos, fragmentos, sombras, fantasmas inmateriales. Todos hemos querido llorar y sentir placer por los siglos de los siglos".*

Saqué el pequeño cuaderno que llevo conmigo en mi cartera a todas partes y escribí lo que el sabio decía. Entonces me dejé caer otra vez en el espacio vacío en la cama de Blas y comencé a observar todo el arte de Blas desde el piso. Tenían algo raro, y cuando me di cuenta de lo que era, mis ojos saltaron de una a otra pieza para confirmar mi descubrimiento. Blas no había firmado ninguno de sus cuadros. Cuando más tarde le pregunté, me dijo:

—¿Para qué? Yo sé que son míos.

En un mundo de egos monumentales, Blas era un ser único. Me hacía bien como una especie de medicina capaz de sanar una enfermedad grave. Y me gusta pensar que yo también le hacía bien a él, que nuestro tiempo juntos era algo que él atesoraba. Pero sabía también que esto terminaría. Nuestra amistad podía ser infinita, nuestros recuerdos tiernos, pero Blas no era el hombre para mí, como tampoco yo era la mujer para él, y esto lo supe después de nuestra primera noche juntos.

Cuando Blas finalmente despertó, caminó hacia el pequeño refrigerador en una esquina de la cocina, sacó una Corona y se tomó la cerveza de un solo trago, como si fuera agua. Algunos finales se escriben al principio, y así ocurrió con Blas y conmigo. Cuando regresamos a Lin-

coln Road ese domingo para un almuerzo tarde en el café de Books &
Books, dejé a Blas buscando libros de arte y me fui a una tienda a comprarme un perfume nuevo. Enseguida vi un bonito pomo rosado. No
tuve que olerlo para saber que era exactamente lo que necesitaba: Miracle. Aprendería a disfrutarlo; me acostumbraría a él y me protege-
ría. Al igual que Blas, era sólo un perfume de transición, una fragancia
para refugiarme de todas las anteriores.

22

A veces los milagros nos llegan por partida doble. Después de pasarme otro fin de semana con Blas, encontré una carta en mi buzón al regresar a casa el domingo por la noche. La dirección del remitente estaba en West Miami y el nombre que aparecía era el de un tal A. Castellanos. El apellido me era familiar, pero no pude ubicarlo de inmediato. Entré en la casa, apagué la alarma, puse mi bolso de fin de semana en el sofá y me senté a abrir el sobre. La carta estaba escrita en papel rayado y con tinta azul.

> Querida Marisol,
> Espero que te acuerdes de mí. Soy Alejo, tu amigo de la infancia en Matanzas. Antes de salir de Cuba, tus familiares me dieron esta dirección y me dijeron que era la única que tenían de tu abuela Rosario y tuya. Espero que esta carta te llegue de alguna manera. Te he estado buscando desde que vine de Cuba. He ido a esta dirección varias veces, pero no he podido encontrarte. Incluso llamé a un programa de radio en el que ayudan a la gente a encontrar a sus familiares, y les di tu nombre, pero nadie me ha llamado. Me dicen

que el servicio postal hace llegar las cartas, y que aunque ésta no sea
ya tu dirección actual, tal vez recibas mi carta en tu nueva dirección. Espero que esto funcione.

    *¿Te acuerdas de mí, Marisol? Yo te recuerdo siempre. Recuerdo
la vez que nuestros padres nos llevaron a Varadero de vacaciones.
Tú te portabas bien, pero yo era un diablillo. Me encaramé en la
baranda del balcón del cuarto del hotel el primer día y me metí en
tremendo lío. Mis padres casi me llevaron de vuelta a Matanzas,
pero no quisieron dejarte sola con los adultos, y tu abuela había ido
a La Habana a visitar a tu tío Ramiro en su nueva casa. ¿Te acuerdas cómo nos divertíamos jugando a los yaquis en el piso de tu habitación del hotel? Tú eras la campeona de yaquis en todo Matanzas.
Yo tampoco podía ganarte. Pero yo nadaba mejor que tú, y tú por
poco te ahogas tratando de seguirme. ¿Recuerdas lo bravo que se
puso tu papá? ¿Cómo le gritó a tu mamá por no cuidarte bien, y
cómo tu mamá entonces te gritó a ti cuando tu papá salió con mi
papá a buscar más cerveza? A los ojos de tu papá, tú nunca hacías
nada malo, pero tu mamá era realmente fuerte contigo. Menos mal
que ella nunca se enteró de lo de Robertico. ¿Te acuerdas cómo te
enamoraste de mi amigo Robertico y cómo yo los ayudaba a que se
besaran?*

    *Yo me acuerdo de todo, Marisol, y me muero de ganas de verte y
ver la maravillosa mujer en que estoy seguro te has convertido.*

Con todo mi cariño,
Alejo.

Yo me acordaba.

Recordaba cuando seguí a Alejo hasta la parte profunda del mar
y sentí que algo me halaba, como si se hubiera abierto un hueco en la
arena. Recordaba el océano tragándome y mi padre sacándome cuando

estaba a punto de ahogarme. Recordaba las mujeres gritando, y el regaño después. Pero más que todo, recordaba la blanca arena virgen de Varadero que me llenaba de alegría. Recordaba cuando enterraba las manos y los pies en la arena más suave del mundo, la arena de mis mejores recuerdos de la infancia. Y recordaba también lo que había tratado de olvidar durante tanto tiempo: la última vez que vi a Alejo, mi mejor amigo, el día que me fui de Cuba, con su cara llena de tristeza, diciéndome adiós con su manito.

Cuando terminé de leer la carta de Alejo, derramé muchas más lágrimas por mi pasado perdido y le di gracias a la virgencita de Abuela por los recuerdos recuperados y por devolverme a Alejo. Esa noche me acosté invocando el recuerdo de mi playa, mi arena, mi sol y me llegó el sueño como el abrazo de una madre. En el dulce recodo de mis recuerdos, me sentía bendecida.

Al día siguiente llamé al número de teléfono que Alejo me había incluido en la carta y no pude dar con él hasta que regresó esa tarde a su casa del trabajo en la clínica, pero enseguida manejó hasta mi casa y nunca más volví a dejar que se alejara de mí. Los cuentos de Alejo superaban los de cualquier otra persona. En su desesperación por salir de la isla, se casó con una turista canadiense recién divorciada que conoció en Varadero en el club en que él cantaba, sin saber que ella era parte de una familia de la mafia italiana. Cuando la mujer regresó a su casa en Canadá a tramitar la visa de salida de Alejo y le dio la noticia a la familia de que se había casado con un cantante cubano, sus hermanos se aparecieron en el show de Alejo en Varadero, como en las películas, y amenazaron con matarlo si no se divorciaba de ella inmediatamente, lo cual Alejo hizo gustosamente. De todos modos, a él ni siquiera le gustaban las mujeres.

—Aquí todos somos adultos —me dijo la primera vez que me hizo el cuento—. Tú sabes lo que te estoy diciendo.

Pero él no se dio por vencido en sus esfuerzos por encontrar la forma de escapar de la isla. Alejo les rogó a todos los orishas y los santos que conocía. Consultó a los santeros y babalaos más serios de Matanzas. Quería que los sacerdotes de santería lo ayudaran a convencer a todo el panteón de orishas yorubas de que le despejaran el camino, que le dieran una señal de que él debía irse. Tuvo que esperar un año más, y no fue un año muy pacífico. A veces se arrodillaba a rezar, ofrendaba frutas y flores, rogaba para que apareciera una salida. Cuando los orishas no funcionaron, los castigó eliminándolos de su altar. Y cuando estaba a punto de renunciar a la idea de irse, se ganó la lotería. La lotería de visas americanas. Les prometió a la diosa Ochún y a su equivalente católica, nuestra adorada santa patrona, la Virgen del Cobre, un altar sólo para ellas en su nuevo hogar.

—Nada de balsa para mí —bromeaba Alejo—. A mí los santos me mandaron en primera clase.

Con Alejo en mi vida, yo también me sentí como si me hubiera ganado la lotería. Recibí una familia, un hermano, un hombre cálido y cómico a quien podía querer tanto como a mi abuela. Él era el puente que yo podía al fin cruzar hacia el ayer que yo había necesitado olvidar en la amarga distancia de mi eterno exilio. Mi vertiente cubana, ese espacio estrecho que yo llamaba mi hogar, al fin me había llegado. Pero sentía temor de recordar. No podía soportar la idea de que la arena en Varadero no fuera tan suave ni tan blanca como yo la recordaba, tan suave o tan blanca como yo quería que fuera. No podía soportar la idea de que las palmas reales no se irguieran como gigantes en el Valle Yumurí. No podía soportar la idea de que la lluvia no se escurriera con la velocidad del río sobre el acantilado de mi casa en Matanzas para volcarse en la bahía, o que no fuesen esos mis barquitos de papel deslizándose en su vertiente. No podía soportar la idea de que esa niñita en la playa, en el campo, en el portal jugando a los yaquis, no fuera yo.

Alejo me aseguró que todo era tal como yo lo recordaba. Pero si no fuera así, si el océano alguna vez se tragara nuestra arena, si mis barquitos de papel no flotaran hasta el mar, si las palmas reales perdieran alguna vez su majestad, él estaría allí conmigo para lamentarlo, llorarlo, liberarlo. Alejo me ayudó a emprender el camino de regreso a los recuerdos, hilvanando los hilos dorados de mi primera vida, carretel a carretel. Él sabía que sólo entonces yo podría hacer la paz con mis fantasmas.

Boleros

Boleros,
dulces canciones de amor,
himnos
en la voz adolescente de mi madre.
La oigo cantar,
la veo mecerse,
hacia delante,
hacia atrás,
hacia atrás,
hacia delante,
en el gran sillón de pajilla
y ondulantes líneas de mar.

Cantando, meciéndose,
derrama lágrimas calladas
mientras yo me hago la dormida
abrazada por las sombras
del tul blanco de la infancia.

La escucho.
Llora.
Se marcha.
Boleros,
canciones de mi alma cubana,
diccionario de la vida,
maestros del amor.
Mami,
cántame un bolero,
ése que dice "Nosotros,
que nos queremos tanto…"

Y cuéntame
la historia de la niña del corazón débil
que murió en el abrazo
de un amor como ése.

Cántame, Mami.
Los boleros son el canto de cuna
de las niñas cubanas.
Pero ¿por qué te hacen a ti llorar?

VIOLETAS RUSAS

23

Mar y sol. El mar y el sol. *Mar y sol*. *Marisol*, como si el mar y el sol fueran uno, como si se hubiesen unido para darme un nombre. Abuela me había dicho que mi padre me había puesto ese nombre, un buen nombre para una niña isleña, pero Mami lo consideraba vulgar y común. Mami prefería Carolina, el nombre que la deslumbrante Grace Kelly, la perfecta Grace Kelly, le había puesto a su propia hija. Mami pensaba que ése era el nombre perfecto para una primera hija. A Mami le encantaba la princesa dorada de Mónaco y sentía hacia ella la adoración propia de una niña. Las amigas de Mami conocían su obsesión y la llamaban Grace, o "la princesa americana". Y esto no era una exageración. El pelo de Mami resplandecía con el mismo brillo dorado, sólo que los crespos de Mami eran más ricos, más gruesos, por estar tocados por el sol cubano. En mis sueños, Mami era una princesa cubana, la única clase de princesa que yo conocía o quería conocer. Para combinar con su imagen de realeza, tenía caderas anchas y curvas que se balanceaban al ritmo del guaguancó, como si Los Muñequitos de Matanzas y sus tumbadoras hubiesen inventado su música sensual específicamente para ella. Sus caderas siempre traicionaban a Mami, y eso fue algo que yo heredé de ella.

Papi no quería ponerle un nombre principesco a su niña isleña.

—¿Por qué carajo le voy a poner al sol de mi vida el nombre de una estúpida princesa europea, el nombre de una americana arrepentida?

—Ella no renegó de su ciudadanía americana, Ricardo. Ella la mantuvo y tiene doble ciudadanía.

—Graciela, ¿por qué me tiene que importar a mí el nombre que otra persona le ponga a su hija?

—¡Ay, Ricardo, por favor, contrólate!

El control no era uno de los talentos de Papi.

—En esta casa —concluía él cada discusión— se hace lo que yo diga. Tú sabes quién lleva los pantalones aquí.

Sus riñas eran así de tontas. Mami rompía a llorar, lágrimas largas y desaliñadas que le estropeaban las perfectas líneas negras que le rodeaban sus ojos azules. Papi hacía lo de siempre. Salía a toda prisa por la puerta del frente con el paso prepotente del dandy, del guapetón que era. Mami se quedaba en la casa gritando a los cuatro vientos que Papi era un idiota mandón que se salía siempre con la suya, como ponerme el nombre que él quería.

A mí me gusta mi nombre. Me queda bien. Nací en una isla bendecida por el mar y el sol. Y eso es lo que yo siempre he sido y siempre seré, una niña isleña.

Marisol.

Cuando mi madre me tuvo a mí, cuando el médico me sacó de su vientre desgarrado, ella me miró a los ojos entrecerrados y le preguntó a mi abuela Rosario:

—¿Es tan bella como yo? ¿Me va a querer? ¿Va a ser mía para siempre? ¿Va a ser la niñita perfecta que puedo mostrarle a todas mis amigas del club? ¿Me va a querer para siempre su padre, tu hijo, ahora que le he dado este precioso regalo? ¿Se quedará en la casa alejado de esas mujeres del bar que le dejan su perfume sudoroso en la camisa, la lujuria en el aliento?

—Te voy a querer siempre —dijo Papi cuando me vio, su primera y única hija.

No se sabía a quién le estaba hablando cuando decía esto, pero Mami, en lo profundo de su corazón, pensó que seguramente estaba hablando con ella y se refería a ella. Pero Papi no se refería a ella. No podía dejar a las mujeres del bar que le servían su Johnnie Walker en las rocas y le daban todo lo que pedía.

Abuela me contó que yo había llegado a la casa un día lluvioso envuelta en hilo blanco y encaje bordado a mano, con mis mechones sueltos perfumados de Violetas Rusas. Caían aguaceros bruscos y copiosos ese día, como cae la lluvia en el trópico, como si los cielos estuvieran haciendo su mejor esfuerzo por enjuagar los pecados colectivos de nuestros corazones, nuestros inquietos corazones. Cuando Mami entró conmigo por las puertas de caoba de nuestra casa empinada sobre la bahía de Matanzas, la lluvia caía en finos chubascos y el sol brillaba con una cegadora luz transparente.

—Se está casando la hija del diablo —dijo Abuela.

Abuela me tomó de los brazos de Mami y me meció en su viejo sillón. El mueble chirreaba como si estuviese cantando una canción de cuna. Sol y lluvia, era como una maldición el día que yo llegué a mi casa, un bulto envuelto en el más fino hilo blanco que las tías pudieron comprar en El Encanto de La Habana, que tenía tan bien puesto su nombre.

Cuando ya yo tenía suficiente edad para desear cosas, un día que la lluvia y el sol se encaminaban otra vez hacia el altar y Abuela de nuevo notaba la ocasión —como si con repetir que la hija del diablo se estaba casando iba realmente a espantar los espíritus satánicos— le pregunté si podíamos ir a la boda.

—¡Jesús! ¡Niña! ¡Ave María Santísima! —gritó Abuela, persignándose reiteradamente de la frente al corazón, del seno izquierdo al derecho y finalmente besándose el pulgar y el índice—. ¡Jamás vuelvas a decir eso. Pídele perdón a Papá Dios ahora mismo.

Yo no sabía cómo pedir perdón entonces. No lo necesitaba. No quería desperdiciar mis deseos pidiéndole eso. En vez de hacerlo, me paré en la ventana más alta que había, la que daba hacia el jardín de rosas marchitas, y le pedí a Papá Dios que hiciera que mi mamá dejara de llorar. Este era un deseo mejor. Cada noche, desde mi cama y a través de mi fino mosquitero blanco, veía a Mami llorar. Mami se sentaba en su sillón de pajilla toda la noche, pero no se mecía, y el sillón no chirreaba en la oscuridad de la sala. En medio de mis sueños, veía a mi mamá bañada en lágrimas que le corrían por las mejillas. Imaginaba que las lágrimas le rodaban por la punta de los senos, se hinchaban sobre el estómago sin una criatura dentro y le seguían rodando por los gruesos muslos hasta las pantorrillas nudosas, sobre los pies descalzos y hacia el piso de terrazo. Fluían y fluían y no cesaban nunca. En mis sueños, las lágrimas inundaban la habitación. Le llegaban a Mami a las rodillas, a la cintura, se expandían en mi espacio vacío, le subían hasta los pechos que me habían amamantado, hacia la boca triste aunque pintada de un rojo tórrido, hasta la altura de la nariz suave y fina. Imaginaba que las lágrimas casi la ahogaban, pero nunca podía imaginarme el final. En ese momento, ya estaba profundamente dormida.

Papá Dios debe de haber estado muy ocupado ese día. No me oyó. No me concedió el deseo. Mami siguió llorando muchos días más, muchas noches más en las que Papi no llegaba a la casa. Mami me dejó en casa de Abuela y desapareció. Cuando finalmente regresó a buscarme, con la misma urgencia con que se marchó, parecía un espíritu merodeando por la casa. No me miraba, no me hablaba, y cuando yo la miraba, le veía los ojos muy rosados y casi cerrados por la inflamación. No me habló mientras me ponía un nuevo vestido negro que había traído en una caja grande, un vestido feo para una niña de seis años. Caminamos hacia la casa de Abuela y allí estaba Papi, que se había quedado dormido dentro de una caja mucho más grande que la caja del vestido negro. Toda clase de gente había venido a ver a Papi. Él también estaba vestido con su mejor traje de ir a la iglesia, un dril 100 de hilo crudo color crema, demasiado elegante para estar ahí nada más que acostado en una caja-cama. Mami se sentó a su lado todo el día y toda la noche y lloraba, besándole las manos cerradas, susurrándole cosas a Papi que nadie podía oír. Pero Papi no se despertaba. Sus susurros se esparcieron con los caprichosos vientos de la isla, como lo hicieron también sus lágrimas. Todo el día y toda la noche vino gente a casa de Abuela, procedían desde el más remoto y angosto extremo de nuestra isla hasta la parte gruesa que sobresale como el extremo de un triángulo lejos, muy lejos hacia el este. Todos vestían de negro como Mami, como yo, como Abuela, como todo al que yo vi ese día. Los hombre vestían trajes elegantes hechos a la medida que combinaban con sus sombreros; las damas llevaban vestidos negros, y todas las estatuas de los santos en casa de Abuela tenían velos negros también, como si fuera Viernes Santo.

Las personas que venían a visitar a Papi dormido eran amables conmigo; me pasaban la mano por los crespos y me decían que yo era bella como mi madre. El mejor amigo de Papi fue especialmente amable conmigo. Con una lentitud insoportable, me pasaba los gruesos dedos citrinos por la cara, el cuello y por el frente del vestido.

—Tú y tu madre no tienen que preocuparse de nada —dijo—. Me tienen a mí.

Yo no estaba preocupada. No en ese momento. Me preocupé solamente, y sólo por un momento muy breve, cuando dos hombres que yo no conocía cerraron la caja en que Papi se había quedado dormido y Mami y Abuela dieron un grito visceral que nunca había escuchado. Entonces los hombres colocaron la caja en un carro negro feo y se lo llevaron. Mami y Abuela siguieron a Papi en otro carro negro, y los demás las siguieron a ellas también en sus automóviles. Me dejaron a mí en casa de Abuela con la esposa del hombre que me había pasado los dedos citrinos por la cara y por el cuello y por el frente del vestido. La mujer tenía los ojos negros, pequeños y entrecerrados, pero amables, y cuando me apretó contra su pecho, sollozaba en pequeñas convulsiones. Yo no quería llorar. Yo sabía que Papi siempre iba a regresar.

Durante mucho tiempo, yo creía que Mami y Abuela no habían podido alcanzar el carro que llevaba a Papi dormido en la caja. Todavía no me preocupaba. Yo sabía que él siempre iba a regresar. Pero nunca volví a ver a Papi, y pensé por mucho tiempo que debió de haberse perdido después de que su carro pasó por la gran curva cerca de la Iglesia de la Milagrosa, y luego desapareció en el camino hacia la playa. Lo imaginaba perdido entre las altas palmas reales del Valle Yumurí. Todos en la escuela decían que el valle estaba embrujado. ¿Cómo era posible que Papi no supiera que el Yumurí era el escondite del fantasma de Hatuey, el noble indio que los brutales conquistadores españoles quemaron vivo? Durante muchas noches, me quedaba dormida pensando acerca de esto e imaginándome a Papi corriendo en su buen traje por la espesura de ceibas y palmares y Hatuey, confundiéndolo con un español, cayéndole atrás con un hacha.

Por las mañanas, durante muchas, muchas mañanas, le preguntaba a Abuela cuándo regresaría Papi. No si iba a regresar, sino cuándo regresaría. Abuela miraba alrededor para ver si mi madre estaba cerca, pero no la veía.

—Se fue al cielo —me dijo.

—Quiero verlo —dije.

—No puedes verlo. Él está con Papá Dios.

Ya para entonces, Mami y yo pasábamos todos los días en casa de Abuela. Mi madre entró un día por la puerta de la cocina en su bata blanca de encajes y Abuela me dijo que no la molestara. Pero ese día yo quería desesperadamente saber cuándo iba a regresar Papi del Cielo. Abuela me dijo bruscamente: "Las niñas hablan cuando las gallinas mean". Y como todo el mundo sabe que las gallinas nunca mean, nunca volví a preguntar.

Mami quería más que nadie que Papi regresara a casa, aunque oliera al perfume llamado Chicas del Bar, aunque me dijera a mí más veces que a ella que me quería, por lo cual Mami fue a ver a una mujer que decía que podía traer a Papi de regreso. Para esa ocasión, Mami me vistió con un vestido rosado de piqué bordado con tulipanes. Después de que Abuela se fue a la bodega de la esquina a comprar la ración de pan del día, Mami me agarró de la mano y me llevó a una parada de ómnibus en General Betancourt, la calle grande por donde los automóviles pasan todo el día. Yo estaba contenta sentada allí mirando las chicas pasar, moviendo las caderas de un lado a otro, cuando Mami me agarró más fuerte todavía y me empujó hacia dentro del ómnibus 32. Pensé que seguramente íbamos a buscar a Papi, porque el ómnibus avanzaba y avanzaba. Cuando pasó por la Iglesia de la Milagrosa, todo el mundo se persignó, de la frente al corazón al pecho izquierdo y al derecho, y finalmente un beso en el pulgar y el índice. Amén. Yo estaba tan entretenida mirando a todo el mundo que olvidé persignarme. Mami me pellizcó el brazo y yo no sabía por qué me había pellizcado, y yo dije, "¡Ay!" Por poco digo, "¡Ay, coño!", que era lo que hubiera querido decir, pero no lo hice para no ganarme una bofetada. Cuando no me persigné a tiempo, antes de que la iglesia desapareciera en la distancia, Mami me volvió a pellizcar y me dijo:

—Qué falta de respeto, Marisol, te vas a ganar un lugar en el infierno.

—¿Y cómo es el infierno? —pregunté—. ¿Papi va a estar allí?

Mami me dio una bofetada a pesar de que no dije coño.

No hablé más y el ómnibus seguía avanzando más y más hasta que no se veían ya casas ni iglesias ni playas. Sólo montañas verdes y curvas largas y lentas. El ómnibus hizo un sonido de *ssshhhh* y se detuvo en un lugar donde la calle se convertía en un camino de tierra rojiza. Miré por la ventana, y lo único que pude ver eran filas y filas de matas de limón sin limones.

—Estamos en Limonar —dijo Mami dirigiéndose a nadie en particular.

Yo pensé que estaba hablando conmigo, pero no. Al decir esto, Mami tenía una mirada distante en el rostro, como si sus lindos ojos azules pudieran ver algo que nadie más podía ver. Fuimos los únicos que nos bajamos del ómnibus en el bosquecillo de limoneros, y cuando el ómnibus se fue, pude ver frente a mí la esquina de una calle con una casa blanca de madera, una luz en un poste negro y otro camino corto hacia un lado. Tomamos el camino más largo y, mientras caminábamos y caminábamos, la tierra roja comenzó a pegárseme en mis zapatos de charol negro, y el pueblo de Limonar comenzó a aparecer, cuadra a cuadra. En la calle, un buey halaba una carreta cargada de caña de azúcar. Un montón de gallos dorados y gallinas blancas se apartaron para dejar pasar a la bestia que llevaba su carga. A lo largo de todo este paseo por Limonar, damas coloridamente vestidas estaban sentadas en sus portales abanicándose con trapos blancos y cartones para protegerse del calor y de las moscas. Se mecían en sus altos sillones de madera, hacia delante y hacia atrás, al compás de su conversación.

—Ahí va la viuda de Matanzas —oí decir a una con un vestido de flores azules—. Yo sabía que vendría. Miren a la niñita, qué ojos tan tristes.

Mami no les prestó atención. Yo no pensé que estaban hablando de nosotras.

Perdí a un padre a causa de las costumbres de la isla. Ese día en Limonar, perdí a una madre a causa del fantasma de un hombre al que amaba más que a mí. Lo único que recuerdo de ese día es que me desperté en el cuarto de un hospital todo blanco en que personas extrañas vestidas con uniformes blancos se inclinaban sobre mí. Tenía la nariz cubierta por una máscara y no podía respirar bien. No volví a ver a mi madre en muchos años.

—Hasta aquí llego. No puedo seguir —le dije a Alejo cuando no podía recordar nada más.

El sudor me corría por la espalda. Estábamos sentados en mi sala, y me levanté para subir el aire acondicionado al máximo. Tenía las mejillas coloradas, y quería pensar que era por la botella de tinto Rioja que nos habíamos tomado, pero sabía bien que era por el esfuerzo, la fatiga de regresar al pasado.

—¿Puedes visualizarla ahora? —me preguntó Alejo.

—No, no puedo ver su rostro. Tengo fotos de cuando ellos eran jóvenes, de su noviazgo y una de la boda en la Catedral. Están en un cajón en mi depósito donde guardo cosas. Abuela las trajo de Cuba cuando fue a visitar, pero no me gusta mirarlas.

—¿Tú conoces a una mujer de Matanzas que se llama Lucía? —preguntó Alejo.

—No, Abuela no mantenía contacto con mucha gente. A veces, cuando yo estaba en Iowa, me escribía que fulana de tal la había visitado, que mengana había venido de Cuba, pero para mí eran sólo fantasmas. Ahora quisiera haber prestado más atención, pero en esa época lo único en que yo pensaba era en salir de la casa para poder respirar.

—Voy a tratar de localizar a Lucía —dijo Alejo—. Ella conocía bien a tu mamá.

—Yo sólo quiero saber una cosa, Alejo. Quiero saber cómo murió mi padre.

—Eso te lo puedo decir yo porque es una de esas historias que viajan por toda Matanzas como la leyenda de Hatuey —dijo Alejo para sorpresa mía—. No sé cuánto de cierto hay en lo que se dice, y cuánto es simplemente mito. Con las familias nunca se sabe.

Era el año 1965. Mi padre había quedado a cargo de la tienda de la familia por indicación de su hermano Ramiro, que se había mudado a La Habana con su nueva esposa y la familia de ella. Ramiro había conocido a Victoria cuando la familia de ella había hecho una escala en Las Cuevas de Bellamar, las famosas cuevas subterráneas en Matanzas, antes de continuar hacia Varadero a pasar unas vacaciones. No hubo manera de impedir que Ramiro se divorciara de su primera esposa. A diferencia de lo que mi abuela había hecho con mi abuelo, la esposa de Ramiro no lo obligó a irse de Matanzas, pero él optó por exiliarse en La Habana. Era natural que dejara a su hermano menor a cargo de la tienda que él había construido a lo largo de muchos años de esfuerzo. Mi padre asumió gustosamente la tarea de administrar la tienda y la expandió para incluir un mostrador con banquetas para poder ofrecer a los clientes tragos y conversación. Mi madre odiaba el negocio familiar desde el principio de su noviazgo con mi padre, y ese sentimiento no hizo más que acentuarse con los años debido a que la tienda se convirtió en el centro de operaciones de todo lo que mi padre quiso hacer a espaldas de mi madre.

—Ella estaba tan enamorada de tu padre, y era una mujer muy celosa —dijo Alejo.

—Yo sé todo eso —dije yo—. Lo que yo no sé es por qué murió y cómo.

Soldados con trajes de campaña verde olivo vinieron a la tienda armados de fusiles y con órdenes de confiscar la tienda en nombre del gobierno. Estaban haciendo esto en toda la isla, y para ellos era casi una rutina. Le preguntaban al dueño si quería permanecer en el lugar como empleado del estado. Si no quería, tenía que entregar las llaves y el negocio se cerraba hasta que alguien del gobierno pudiera administrarlo. Si decidía quedarse, el dueño se convertía en un empleado en su propio negocio.

Los dos milicianos llegaron después del almuerzo, y mi padre estaba en el mostrador, tomando con un par de amigos y sus mujeres "de vida fácil" con vestidos floreados y demasiado maquillaje. En cuanto los militares anunciaron sus intenciones de confiscar la tienda, los amigos de mi padre se despidieron y se fueron. Nadie sabe lo que ocurrió después. Lo último que se supo fue que Ricardo estaba conversando amigablemente con los milicianos, ofreciéndoles un trago. Entonces, un rato después se oyeron varios disparos. Cuando los amigos corrieron de vuelta a la tienda, Ricardo estaba sangrando por el pecho, muriéndose en el piso detrás del mostrador. Uno de los milicianos estaba muerto y tenía un agujero de bala en medio de la frente. El otro estaba tirado en el piso gritando y agarrándose una rodilla destrozada. Mi padre les había disparado a los dos. Su puntería había sido buena la primera vez, pero su mano temblorosa había fallado la segunda vez y el soldado le disparó a él antes de desplomarse. Nadie sabe si fue el resentimiento lo que le costó a tu padre la vida, pero todo el mundo está de acuerdo en que él estaba señalado y en peligro de todos modos. Lo habrían fusilado, como lo habían hecho con tantos otros que habían desafiado al gobierno.

—Ramiro, no podía dejar que se cogieran tu tienda —fueron las últimas palabras que sus amigos le oyeron decir a mi padre cuando agonizaba.

La historia de Alejo no me alivió el dolor que las ausencias en mi familia me habían causado, pero explicó mi exilio, el sacrificio de Abuela y su indisposición a abrirle la puerta a demasiadas verdades. La familia del muerto había amenazado con vengarse. El episodio había colocado a mi familia en la mirilla de la Revolución y sus enardecidos fanáticos. Ahora entendía por qué le habían dicho a Gabriel que yo era la hija de un enemigo de la Revolución. Ahora sabía por qué Abuela había tenido tanto miedo de regresar. Ahora entendía la generosidad de Ramiro con su dinero. Lo único que quedaba en el misterio era la separación mía de mi madre. Si sólo pudiera ver el rostro de la mujer que me trajo al mundo, tal vez podría archivar el pasado de una vez.

—Para eso tenemos que encontrar a Lucía. Seguramente es ahora una anciana, pero era amiga de tu madre —dijo Alejo—. Pero, bueno, creo que debemos dejar ya de recordar, por ahora.

Alejo y yo casi nunca volvimos a hablar del pasado, excepto para regodearnos en pequeños momentos de conexión, cuando nos dábamos cuenta de la extraordinaria similitud entre nosotros, a pesar de que nos habíamos convertido en adultos tan lejos el uno del otro. Alejo había sido la primera persona que había leído mi poesía, y fue quien me alentó a escribir sobre mis pasiones. Él era un espíritu alegre incluso cuando cantaba canciones tristes, y comenzamos él y yo a organizar reuniones en mi casa con nuestro creciente grupo de amigos. Las noches siempre terminaban con alguien tocando una guitarra y Alejo cantando, y entonces llegó el día que Alejo conoció a Gustavo y lo incorporó al grupo. No pasó mucho tiempo antes de que trasladáramos las tertulias permanentemente a Dos Gardenias, donde José Antonio apareció en mi vida.

24

Hotel Riverfront,
31 de diciembre de 2004
7 p.m.

Cuando me levanto de la cama en el Hotel Riverfront, estoy atontada. Me duele la cabeza y también las extremidades. Siento rigidez en la mandíbula y el pecho. Forcejeo con mis sentidos para confirmar que estoy viva. No sé cuánto tiempo he estado llorando, ni cuánto tiempo he dormido después de mi ruptura con José Antonio. Abro las cortinas y confirmo que el sol se ha puesto. Es de noche en la Suite 1701 y también en mi ciudad, que está toda iluminada como París. Estoy sola. José Antonio no regresó. Tengo que decirlo para creerlo. Estoy sola. Las únicas señales de vida en la habitación son mi respiración y el persistente parpadeo de mi celular silente. No tengo que mirar para saber que es Alejo. Es fin de año y se supone que abramos el show de Dos Gardenias para un lleno completo.

—¡Dónde coño estás metida! —me grita en el oído después de un solo timbrazo.

—Todavía estoy en el Riverfront. Rompí con José Antonio y no sé, perdí la noción del tiempo. Me quedé dormida llorando. Perdóname, olvidé encender otra vez el celular.

—Estuve en tu casa. Te he llamado catorce veces. Me tenías preocupado.

—Perdóname.

—Marisol, tienes treinta minutos para llegar al club. Las mesas se están llenando. Esta noche este lugar va a estar repleto.

—Yo no sé si puedo actuar esta noche, Alejo.

—¿¡¿Cómo?!? Oye bien lo que te voy a decir, mujer. Rosario San Martín no crió a una pendeja. Sal de ese hotel de mierda ahora mismo, vete a tu casa, date una buena ducha, ponte ese vestido negro sexy que acordamos con los aretes colgantes, ven para acá y toma todo ese desastre que el doctorcito y el cabrón de Gabriel han provocado en tu vida, y úsalo en el show.

—No sé si puedo...

—Sí puedes, y lo harás. Ya sabes lo que dicen en la farándula, querida, el show debe continuar. Ahora, apúrate, bendita mujer.

Sin dejarme decir una palabra más, Alejo cuelga, y yo sé que debo hacer lo que él me dice. Yo sé que puedo actuar, y sé que lo voy a hacer. Si hay algo que he aprendido acerca de los fracasos de la vida es que no tengo vocación para tenerme lástima. Cuando salgo de la Suite 1701, tiro la puerta tan fuerte como lo hizo José Antonio y eso me hace sentir mejor. Bajo en el elevador sola y evito los espejos. No tiene sentido recordar a la mujer que dejo detrás. Manejando mi auto hacia la casa, busco a la Luna y no la encuentro. Lo que eso me dice es que está colgada sobre el agua, luminosa, como siempre está en Miami.

Trato de no pensar y me meto en la ducha. Sólo necesito que pase esta noche, debo regalar mi mejor actuación, poner todo lo que tengo dentro en palabras y recitar mi poesía como si fuera mi última presentación. Me sorprendo yo misma con esta idea. ¿Por qué ha de ser la última? Mis pensamientos me ayudan a terminar de ducharme y el agua me restaura el vigor físico. Vestirme es más fácil. No soy el tipo de mujer que se obsesiona con su ropero, no ahora que Gabriel y sus juicios están fuera de mi vida, no ahora que Alejo me ayudó a escoger mi ajuar para el show de fin de año. Me meto en el vestido negro, una pieza ajustada que termina encima de la rodilla y tiene un escote sutil. Me parece que los aretes y el brazalete son demasiado chillones. Si quiero lucir clásica, prefiero joyas sutiles. Si quiero lucir casual, prefiero mis aros hippy. Pero me estoy vistiendo para trabajar y, como dice Alejo todo el tiempo, "ésta es la farándula". Qué cómico. Ahora estoy en la farándula.

Suena el celular.

—¿Dónde coño estás?

—Estoy saliendo por la puerta, te lo juro.

Alejo cuelga.

Me toma unos minutos llegar a Dos Gardenias y estacionar detrás del auto de Alejo. Es entonces que me doy cuenta de que no me puse perfume, pero es demasiado tarde para remediarlo. Me digo que la gente viene a oírme, no a olerme. En el instante en que entro en el lugar, siento la energía de la música resonando en todos los rincones del oscuro salón y quisiera no tener que actuar. Lo que quiero es bailar, perderme en los ritmos de mi música. Ya la gente está llenando el salón de baile, contoneándose al ritmo de las grabaciones de lo que yo llamo Los 40 éxitos más grandes de la música cubana aquí, allá y dondequiera: Celia Cruz, Willy Chirino, Polo Montañez, Los Van Van —los vivos y los muertos en una mezcla de canciones. Era un escándalo tan grande atreverse a escuchar a Los Van Van en Miami, pero ya nadie protesta. Como dice Alejo, todo el mundo sabe que Los Van Van están tan jodidos como los demás en Cuba. A mí la que más me gusta es Celia. La Reina de la Salsa lanzó su carrera con La Sonora Matancera, y en Dos Gardenias, Gustavo pasa los videos de antaño, seguidos del glamoroso video de su último gran éxito, "La negra tiene tumbao", en el que una espectacular mulata camina por la calle desnuda con el cuerpo cubierto de pintura dorada. Los videos se proyectan en la enorme pantalla frente al salón de baile, como si los muertos estuvieran invitados a la fiesta. Y lo están. El lugar rebosa de alegría.

Estoy absorbiendo la escena cuando el brazo de un hombre me agarra por la cintura, y enseguida sé que es mi sombra.

—¡Al fin! Repasemos el programa, muñeca.

Logro armar la mitad de una sonrisa.

—Así que mandaste al viejo pa'l carajo —me dice Alejo.

—No sé qué demonio se apoderó de mí, pero ser la amante de alguien no es mi idea de la felicidad. La onda puede ser emocionante por un rato, pero uno termina manchando muchas almohadas con lágrimas mezcladas con maquillaje.

—Bueno, pues ya sabes —dice Alejo—. Pasa la página.

—Ya.

—Entonces imagino que puedo darte la noticia. El tipo canceló su reservación.

—¿José Antonio tenía una reservación?

—Había reservado la mesa grande del centro, ¿no lo sabías?

—No, no me dijo nada.

—A lo mejor quería darte la sorpresa, y tú lo sorprendiste a él.

—Yo en realidad no sabía lo que estaba haciendo, Alejo. No fue premeditado.

—Lo que fuera, te hizo bien.

—No sé de dónde me salió, pero me sentí bien terminando con él.

—Era la luz de tu ángel de la guardia iluminándote el camino.

—Eso fue.

Y llega el momento del show.

El lugar está repleto. Gustavo no tiene problema en encontrar en la lista de espera gente para ocupar la mesa de José Antonio, o entre los que llegan sin reservación, agradecidos de encontrar un sitio para esperar el año. Alejo sale primero y dice unas palabras, me presenta y salgo al escenario con mi mejor sonrisa. Nos sentamos en nuestras banquetas mientras un combo de tres músicos toca las notas iniciales de la primera canción de Alejo. Es una noche de gala y del techo cuelgan serpentinas plateadas y blancas. Me alegro de que esta noche también hay una mesa alta detrás de nosotros con dos copas de champán como parte del espectáculo, pues necesito un trago.

Al principio, sólo veo sus zapatos de una piel negra tan brillante que te ciega, como la luz del sol sobre un espejo. Gabriel está sentado en el bar solo. Está vestido de etiqueta con el lacito desatado, como si se hubiera escapado de una gala como un artista de cine perseguido por los paparazzi. Me está mirando fijamente. Yo me hago la que no lo veo. Miro más allá de donde él está y veo a Blas detrás del bar, ayudando a los dos bartenders regulares. Blas sonríe cuando nuestras miradas se encuentran y yo le sonrío y le guiño un ojo. Tengo un lugar especial para él en mi corazón. Gabriel sonríe, creyendo que le estoy sonriendo a él. Quiero salir corriendo, pero lo que hago es beber un sorbo de mi copa de champán. Alejo está cantando "Dos Gardenias", el famoso bolero de la gran Isolina Carrillo que le dio nombre al club de Gustavo.

Se supone que yo esté mirando ansiosamente a Alejo mientras él canta, fingiendo que es a mí a quien está enamorando con la canción, pero necesito otro trago de champán. Alejo canta:

"Dos gardenias para ti
con ellas quiero decir
te quiero…

Tomo champán y más champán, sin mirar a Gabriel ni a Blas ni a Alejo. Miro hacia el público buscando a alguien a quien mirar, y finalmente encuentro a un pelirrojo alto mirándome el escote lascivamente desde una de las mesas. Este mismo. En él concentro mi fingida lujuria.

Me toca a mí ahora. No necesito invocar la persona de una seductora mujer fatal. Eso es lo que soy al estilo cubano.

En la cama de la historia
dormí,
intoxicada por tu amor,
tu olor impregnado en mi pelo,
doliéndome los labios por tus besos.
Temblorosa,
sentí
como si tu sangre corriera por mis venas.

Era el poema equivocado para la canción, y Alejo me sonríe hipócritamente como diciéndome que lo que quisiera es asesinarme. Yo sé que no es el poema que le va a la canción, pero no puedo recitar el otro, *Cuando vuelvas a casa,* mientras Gabriel esté sentado ahí, mirándome con puñales en los ojos. Alejo le cuenta al público la vieja historia acerca de Cuba y México, y la época dorada de los boleros, y dice que en esta noche de finales y nuevos comienzos, él quiere cantar uno de sus favoritos, "Mucho corazón", de la bella mexicana Emma Elena Valdelamar. Animada por la letra acerca de una mujer que confiesa que no necesita una razón para querer, sino mucho corazón, recito el poema que escribí para Gabriel cuando todavía tenía esperanzas.

> Cuando vuelvas a casa,
> quiero descongelar mi corazón,
> despertar mi pálida piel al contacto tuyo,
> escucharte decir "me vuelves loco" cuando hacemos el amor.
> Cuando vuelvas a casa,
> quiero olvidar las ausencias,
> la angustia causada por otros nombres,
> los años perdidos,
> los viajes no realizados.

> Cuando vuelvas a casa,
> quiero vivir contigo,
> casarme contigo,
> morirme contigo,
> y que nuestras cenizas se esparzan
> sobre las aguas del Government Cut una noche de viento en otoño.

> Hoy quería decirte
> que cuando vuelvas a casa,
> yo estaré aquí.
> Pero no me oíste,
> y mis palabras cayeron en el abismo vacío de tu memoria,
> y mi cansancio.

Cuando termino el poema, Alejo comienza a cantar "Júrame", y veo a Blas sirviéndole a Gabriel otro trago. Su interacción parece demorar más de la cuenta. Hablan entre ellos y me voy poniendo más nerviosa. Tomo más champán. Alejo bromea con el público en medio de la canción y les dice que yo estoy celebrando demasiado temprano y le pide a Blas que se acerque y me rellene la copa. La gente aplaude y me anima a que siga. Alzo mi copa para hacer un brindis. Todos alzan las suyas. Alejo se las ha arreglado para evitar otro desastre. A él nada más hay que darle un micrófono y un escenario y es capaz de cambiarlo todo. Terminamos el show en una onda sublime, Alejo embulla a todos a levantarse y bailar al son de "Lágrimas negras", y me agarra para bailar algunos pasos conmigo. Sólo los cubanos son capaces de escribir una canción tan tétrica y al mismo tiempo tan animada.

—¡Okay, *gente*, llegó la hora de fiestar! ¡Feliz Año Nuevo a todos!

La multitud aplaude delirantemente, y Alejo y yo saludamos al público tomados de la mano y dándole las gracias. Salimos del escenario saludando, y yo lanzo un beso al aire. Me siento aliviada. Estoy segura de ello ahora. Esta será mi última presentación. Año Nuevo, Vida Nueva. Aún no sé por qué, pero todo tiene sabor a despedida. Cuando nos quedamos solos detrás del escenario, Alejo y yo nos abrazamos. Siempre nos abrazamos, pero esta vez lo hacemos con más fuerza, como si necesitáramos más que nunca asegurarnos de nuestra conexión.

—Me tenías preocupado con el champán —dice.

—O lo hacía, o salía corriendo. ¿Viste eso? Gabriel y Blas, los dos mirándome y hablando entre ellos. ¡Lo único que faltaba era que José Antonio apareciera!

—Yo sabía que los dos estaban aquí, pero no quise decirte nada antes del show.

Le doy un suave puñetazo en el brazo.

—Traidor.

—Traidor no, salvador.

—¿Y ahora qué?

—Decide tú. ¿Qué quieres hacer? ¿Dónde quieres estar a medianoche?

—Aquí no —dije—. Sé que suena ridículo, pero lo único que quisiera hacer esta noche es hablar con mi abuela. Ella es el único fantasma con el que quisiera comulgar. Quizás lo mejor sería irme a casa.

—No te vires ahora —me dice Alejo y me agarra por el brazo—.
No mires hacia atrás y sígueme.

No necesito mirar hacia atrás. Al salir del club, de reojo veo el brillo de los zapatos de piel negra detrás de nosotros.

Alejo me mete en la oficina del fondo y cierra la puerta. Yo agarro
mi cartera instintivamente y salimos por la puerta lateral que da al estacionamiento.

—Dame la llave —dice.

Caminamos hacia mi auto, me abre la puerta, da la vuelta, se sienta
al timón y salimos rápidamente. Cuando doblamos la esquina, veo a
Gabriel merodeando por el estacionamiento.

—¿Adónde vamos?

—Vamos a ver a Lucía —dice—. Ya estás lista para el encuentro.

Alejo me dice que encontró a Lucía hace tres meses. Me lo iba a decir cuando comencé mi relación con José Antonio. Me dice que Lucía
quiere verme. Detiene el auto frente a un dúplex color melocotón en
una calle de la Pequeña Habana que tiene una señal que dice en inglés
No outlet. La calle no tiene salida por el otro extremo. Noto que estoy
temblando cuando Alejo me abre la puerta, me ayuda a salir del auto y
me acompaña hasta la puerta. Toca el timbre y, en cuánto lo hace, una
anciana con una saya de campesina y una blusa bordada abre la puerta.
Alejo la saluda con un beso en la mejilla.

—Lucía, ésta es Marisol.

La mujer me abraza como si me hubiera conocido toda la vida, y me dice que efectivamente me conoce desde que mi madre estaba embarazada y ella le frotaba un huevo en el vientre para proteger de mal de ojo a la criatura que estaba tomando vida dentro.

—Hija mía, he estado esperándote tantos años.

Alejo interrumpe para decirnos que necesita regresar al club, pero que vendrá a recogerme cuando hayamos terminado. Se va en mi auto. Son más de las once, y me doy cuenta de que, a menos que la visita sea corta, es aquí donde voy a esperar el nuevo año. Lucía se muestra contenta de tener compañía. Es como si me hubiera estado esperando. Quiere saber todo acerca de mi vida. Alejo le dijo algunas cosas cuando la visitó recientemente, pero quiere oírlas de mí directamente. Le cuento las cosas principales, y me dice con una seguridad que no puedo menos que envidiar:

—Ese hombre, el de los zapatos de brillo, siempre será tu sombra. Pero eso es todo lo que es, una sombra. Todos tenemos sombras. No le tengas miedo. Simplemente, deja que se vaya.

Después, me habla de Blas.

—El más joven con la temblorosa mano dotada, tiene otro camino. Hay personas que sólo se supone que estén en nuestras vidas poco tiempo. El suyo ya pasó.

—¿Y cuál es mi camino? —pregunto.

—Ven, siéntate conmigo en la mesa, y lo averiguaremos.

Lucía me da un bloc de hojas amarillas y me da instrucciones de que me prepare para tomar notas cuando ella me diga. Toma un juego de baraja tarot y comienza a barajar y a cortarlas en tres pilas. Me siento inquieta, pero trato de concentrarme en sus palabras tan tranquilizadoras cuando ella separa las cartas sobre la mesa. Las cartas no me hablan a mí, pero sí le dicen cosas a Lucía.

—El camino tuyo está del otro lado del mar, tu futuro está en un viaje, tu felicidad surgirá de tu pluma, de papeles. Veo papeles y foto-grafías y flores en tu futuro.

Lucía dice que tengo que hacerle una ofrenda a Yemayá, mi pro-tectora, y ella me guiará en esta jornada.

—Tú eres hija de Yemayá —dice Lucía.

Y yo, todo este tiempo, todos estos años que he vivido en cauti-vidad le he estado rezando a Ochún, mi Virgencita de la Caridad, en-cendiéndole velas arrodillada, rogándole que me devuelva el hombre tozudo que me enseñó a amar, que me hizo creer en el amor mucho tiempo después de yo haber descartado la posibilidad de su existencia. Pero es Yemayá, la deidad materna, y su equivalente católica, la Virgen de Regla, la que ha estado cuidándome.

—¿Le he estado rezando a la santa equivocada todos estos años?

—Ay, mi hija, ellas trabajan juntas. Tú eres hija de las dos, Ochún y Yemayá. Ambas te protegen a ti y tu casa. Eres hija de una tierra de ríos cruzados y mar abundante. Ochún es la deidad del amor, de la co-quetería. Yemayá es la figura materna. Tú eres ambas, las necesitas a las dos.

Yo no entiendo los misterios, pero del modo más extraño, todo tiene sentido para mí. Entonces, Lucía me dice que necesito una lim-pieza.

—Tienes un dolor profundo, una herida profunda, y necesitas re-zar para curarte —dice.

Me pide que escriba en el bloc amarillo un ritual que debo hacer al amanecer durante nueve días consecutivos. Debo alinear en mi ha-bitación nueve pequeños vasos llenos de agua en grupos de tres. Cada mañana, debo coger uno de los vasos y derramar el agua sobre mis hombros haciendo la misma invocación: "Así como el agua lo limpia todo, así lavará también mi dolor, en el nombre del Espíritu Santo".

También me dice que ponga siete girasoles en una bandeja, la saque al amanecer y que, de cara al sol, rece: "Así como tú asciendes cada mañana, así ascenderé yo de mi dolor. Como tú brillas sobre el mundo, así brillaré yo en mi trabajo, en sabiduría, en el amor. Y tal como tú desciendes cada día, así caerán mis enemigos".

El final de la oración me asusta un poco. Yo no creo tener enemigos. Pero Lucía ha salido de la sala y regresa con un tazón. Me lo entrega y me dice:

—Una cosa más.

Tomo el tazón de las manos y me asusto tanto por lo que veo dentro —parece sangre— que lo dejo caer en el piso de losa. El tazón se hace añicos y la sangre se riega por todas partes. Comienzo a gritar. No quiero hacerlo, pero comienzo a gritar.

25

—¡Trató de matarme! ¡Por poco me mata!

Estoy gritándole a Lucía, pero no soy yo, es otra la que vocaliza estas palabras. Todo me regresa a la mente claramente, el recuerdo de aquel día en Limonar con mi madre. Una parte de mí quiere volver a colocarlo donde estaba, pero dentro de mí algo se ha desarraigado. Las lágrimas me corren por el rostro con más rapidez que lo que puedo secarlas, y siento una necesidad abrumadora de limpiar este embarro que he causado en el piso de Lucía. Quiero limpiarlo y salir corriendo. Le arranco hojas al bloc amarillo, me arrodillo y comienzo a cubrir el líquido rojo. Trato de limpiar el desorden y me seco las lágrimas con el revés de la mano, y no me doy cuenta de que me estoy manchando la cara de rojo. Por un momento, pienso que estoy en medio de una pesadilla. Pero estoy despierta, llorando y recordando, y estoy consciente de que necesito recordar. No puedo continuar expulsando los recuerdos, como lo he hecho todos estos años. No estoy soñando y todo me viene a la mente con la fuerza de un instante, un instante imprevisto y horrible. Lo recuerdo. Lo recuerdo todo. La recuerdo a ella. Recuerdo el fantasma de él que nunca estuvo. Recuerdo cómo me tocó pagar el precio de su ausencia.

El día que fuimos a Limonar, Mami visitó a una espiritista, una médium que decía que levantaba a los muertos de su tumba y los traía a la presencia de los vivos. Al principio, Mami me dejó afuera, sentada en el portal, y entró en la casa oscura, una casa demasiado extraña para una calle que olía a deleitoso jazmín dulce. Me senté en un sillón en el portal y traté de imitar a las damas de Limonar. Crucé las piernas, traté de agarrarme al sillón con las dos manos, pero no estaba cómoda. Junté las manos, moví el cuerpo hacia delante, y comencé a mecerme. Me gustaba cómo lucían mis manos juntas, tan elegantes, y en mi imaginación tenía las uñas pintadas de rojo vivo, como las de Mami antes de que Papi se fuera. Las uñas de Mami siempre estaban arregladas en el tono más bello y sexy de rojo escarlata. Ella acentuaba la pintura con lunitas, medialunas diseñadas en la punta de cada uña y terminadas con un filo blanco, brilloso y curvo. La pintura de labios que usaba siempre combinaba con las uñas. Siempre pensé que Mami era la mujer más bella de la tierra.

Estaba pensando todo esto cuando oí voces dentro de la casa.

—Ricardo, preséntate. Tu esposa está aquí —decía la espiritista.

—¡Ricardo! ¡Ricardo! Estoy aquí. Ven a mí, mi amor —oí a mi madre rogando—. Ven a mí.

—Lo puedo sentir. Lo puedo sentir —murmuraba la anciana.

Entonces, oí la voz de Mami otra vez, alzándose, angustiada como si fuera ella la que estaba en la tumba.

—¿Estás aquí? ¿Estás aquí, Ricardo? Háblame. Háblame, Ricardo.

La voz de Mami se alzaba sobre la de la espiritista. Ella quería hablarle al muerto. Pero el amor de su vida no la oía. Ahora la voz de Mami se volvía hostil, como cuando reñían cuando él no regresaba por la noche.

—Ricardo, te ordeno que me escuches.

La médium trataba de calmarla.

—Graciela, los muertos deben sentir paz para comunicarse con nosotros. Estate tranquila.

Se hacía silencio por un rato.

—Él debe sentir tu amor —decía la médium serenamente—. Él te ama más que a nadie en el mundo y él quiere que estés bien.

Hubo silencio por un rato, pero de repente, oí que una silla caía al piso. Di un salto como si hubiera oído tronar. Yo quería levantarme y ver lo que estaba pasando, pero no podía mover los hombros. Sólo sentía las manos sueltas. Me agarré de uno de los brazos del sillón y lo sentí pegajoso, como un ser viviente.

Yo oía a mi madre gritando.

—¡Te odio, te odio! ¿Me oyes? ¡Te odio, hijo de la gran puta! ¡Te odio!

Oí el ruido de otra silla rompiéndose adentro, y Mami salió bruscamente hacia el portal. Con el pelo alborotado, parecía haber perdido algo muy preciado. Me sacó del sillón y me empujó hacia adentro de la casa. La habitación estaba muy oscura. Sólo recuerdo las ventanas anaranjadas, la vieja mesa redonda de caoba y las sillas de pajilla que la rodeaban. Había tres sillas en su lugar y dos tiradas en el piso. En la mesa cerca de la médium había una foto arrugada de Papi, como la que Abuela tenía en la pared encima de un jarrón lleno de frescas rosas blancas.

La espiritista vestía una bata blanca y tenía un hibisco sobre la oreja derecha. Lucía pálida, delgada. Estaba sentada a la izquierda de Mami y mascaba lentamente un cabo de tabaco hecho en casa. Cuando

Mami me trajo a la habitación, la médium me miró de arriba abajo. Era una anciana con muchas arrugas. Le surcaban toda la piel no cubierta por el vestido blanco, sin mangas, hecho de un algodón frágil. Le caía debajo de las rodillas.

Miré a la anciana largo rato, y ella me miraba también.

—Es una niña muy bella —dijo.

Parecía estar hablando con otra persona que no era mi madre, pero me estaba mirando a mí. Entonces, movió la cabeza y le dijo a mi madre:

—No, Graciela, no le hagas eso a la niña, no ofrezcas a la niña. Eso no es necesario.

Mi madre se veía aturdida.

—Sí —dijo—. Sí, él la quiere, él la quiere a ella más. Es a ella a la que él quiere y no a mí.

Mami me tomó por los hombros y me dio vuelta hacia una esquina oscura de la habitación.

—¡Mírala, Ricardo, aquí está tu hija! —le gritaba Mami al aire, a nadie, a nada en absoluto, sacudiéndome los hombros como una loca—. ¡Mírala, mírala! ¿Eso es lo que querías, tu niñita preciosa? ¡Vuelve, Ricardo, vuelve a mi lado!

Con cada grito, podía oír la aspereza que le ocupaba la garganta mientras me agarraba por los hombros con más y más fuerza. Me volví hacia ella en un intento por zafarme de sus manos, pero entonces vi sus lágrimas.

—Vuelve, vuelve —seguía gimiendo hasta que se quedó sin palabras.

Vuelve.

Entonces, vino el silencio. Era peor ese silencio súbito. Me dolía la cabeza. Cerré los ojos y al principio sentí alivio. Una brisa cálida me abrazó por la cintura y sentí que unas manos me rodeaban el cuello. Al principio, me sentí cómoda. Lo último que sentí fue que me apretaban intensamente. No recuerdo el momento en que sus manos me apretaron hasta el borde de la muerte. No recuerdo el momento en que sus manos se estrechaban más y más alrededor de mi cuello, comprimiéndome más y más hasta que la gente del pueblo —las chismosas en sus sillones, los trabajadores que labraban la tierra roja, las abuelas y las tías que cuidaban de los más pequeños— entraron corriendo a la casa con olor a jazmín afuera y rencor de muerte adentro.

Todos entraron a toda prisa justamente a tiempo para zafarme de las manos de la mujer que me había dado la vida.

Cuando desperté, estaba en un hospital y de allí me llevaron a la casa de Abuela, y no volví a ver a mi madre hasta que cumplí diez años y ella vino a mi cumpleaños, mi último cumpleaños en Cuba. Ya no se parecía a la madre que yo tenía, y ella no parecía reconocerme. En cuanto a Papi, nunca regresó. No me permitían preguntar por él, pero a veces no podía evitarlo. Yo era una niña curiosa a pesar de las cadenas que me habían puesto. Al principio, después que Papi murió y a Mami la ingresaron en el hospital psiquiátrico de Mazorra, empecé a atormentar a Abuela día y noche.

—¿Dónde está Papi? ¿Dónde está Papi? —le preguntaba una y otra vez, hasta que ella salía llorando de la casa—. ¿Dónde?

El recuerdo de él, sin embargo, se fue disipando como una esperanza perdida, poco a poco, día tras día, noche tras noche. Pero en lo profundo de mi corazón yo seguía esperando que él regresara. Nunca más le pregunté a Abuela por él, y pasaron muchos años, toda una vida, sin que yo pudiera recordar lo que había ocurrido aquel día en Limonar, el sitio de las calles de tierra roja y los árboles sin frutas. No quería acordarme. No pudo haber sido amor toda aquella locura. No pudo haber sido amor el abandonar a una hija por un fantasma. Todas mis añoranzas se redujeron a esto: Lo que yo más ansiaba era tener una madre, una madre tan fuerte que fuese capaz de quererme a mí más que lo que quería a su hombre.

Lucía me dice que ahora que lo sé todo, ahora que recuerdo lo ocurrido, puedo irme en paz, vivir mi vida y realizar mis sueños. Me dice que sólo le queda una cosa por decirme. La espiritista que le hizo perder a mi madre la razón era la madre de Lucía.

—Perdónanos —dice Lucía—. Nadie sabía lo verdaderamente afectada que tu madre estaba por la muerte de tu padre. Sólo estábamos tratando de ayudarla.

Yo sé que Lucía me está hablando con sinceridad. Sé que ha esperado mucho tiempo para quitarle esa carga a su familia, tanto como lo que yo he esperado para conocer la verdad. Me dice que no me preocupe por la embarradura del piso. El líquido rojo ha cumplido su propósito.

—Ve y vive la vida, mi hija, y sé feliz —me dice Lucía en la puerta antes de besarme en la mejilla—. Tú naciste para ser un espíritu libre, para deambular por la tierra como una mariposa.

Alejo me lleva a la casa en mi automóvil y Gustavo viene detrás en el suyo. Le digo que estoy exhausta y me despido de los dos con un beso. En casa, permanezco sentada un rato largo en el viejo sillón de Abuela, otro transplante de Cuba adquirido en la Calle Ocho tan pronto como tuvo suficiente dinero para hacerlo. Le encantaba sentarse frente al televisor en blanco y negro y mirar sus novelas. *Corazón salvaje* era su telenovela favorita de todos los tiempos, la mía también. Me siento en el sillón de Abuela y tengo con ella la larga conversación que ha estado pendiente demasiado tiempo, acerca del pasado y el futuro.

—Necesito irme, viejita. Quiero irme. Aquí fuimos felices, y te estoy tan agradecida por todo lo que fuiste para mí, pero el mundo es tan grande y bello, Abuela. Quiero verlo todo.

Por primera vez en mi vida estoy segura de que tengo su aprobación.

Es pasada la medianoche y quiero asomarme a la Luna del Año Nuevo y desearle lo mejor. Siempre quiero ver la Luna. Salgo por la puerta trasera y veo las trompetas de ángel totalmente florecidas. Recuerdo cuando Abuela me advertía de que esta flor era muy bella pero venenosa, y que nunca la tocara, ni recogiera sus flores, ni me las acercara. La trompeta de ángel cuelga de su planta madre hacia abajo. Parece una campana con sus infantiles pétalos rosados mirando hacia el suelo como si quisieran tragarse y absorber toda la tierra. Cuando la trompeta de ángel está totalmente florecida, como veo que está ahora, es impresionantemente celestial, y si uno la mira con intensidad, bien de cerca y con alguna imaginación, casi puede ver los ángeles rodeando la planta, tratando de alcanzar sus instrumentos. Aprendí a amar a esta flor desde lejos.

Y ahora que sé todo lo que sé, quiero dormirme en el abrazo del velo fino y blanco de mi niñez, perfumado por el olor a Violetas Rusas, en la compañía de fantasmas que ya han dejado de rondarme. Me acuesto y me pongo a rezar. Sueño, ven a mí. Llévame a El Otro Mundo. Rezo y rezo, y las sombras blancas me llaman, "Mar y sol, mar y sol", y manos familiares se tienden para cubrirme suavemente con la sábana. Veo a Mami sin lágrimas meciéndose en su sillón de mimbre. Papi sonríe y me dice que me quiere. Abuela me pasa la mano por el pelo y le susurra al viento, "Pídele perdón a Papá Dios. Pídele perdón a Papá Dios".

Y lo hago. Le pido perdón a Papá Dios y él abre el velo. Veo el rostro de mi madre. Se parece a mí.

Cuando me despierto, es después del mediodía del día de Año Nuevo de 2005. Estoy contenta y en paz, lista para embarcarme hacia una nueva vida. Busco mi maleta más grande y empaco para un largo viaje, para las cuatro estaciones: mi ropa favorita, mi chaqueta negra de piel para el invierno, mis botas, mis zapatillas deportivas y mis sandalias favoritas, el vestido negro que me puse anoche, mi foto de Abuela y los retratos viejos de mis padres que están guardados en un baúl, mis diarios de poemas. Una vez más, cierro herméticamente mi casita en el seno del Miami cubano. Detrás de la casa, en una maceta de flores, le dejo a Alejo mi llave. En la mesa central de la sala, junto a los libros de arte cubano, le dejo a Alejo dos cartas, una para enviar al director del museo, la otra dirigida a él. Tomo un taxi hacia el aeropuerto y compro un boleto para el vuelo de las siete de la noche a París.

ESSENCE

26

París, Francia
2005

Los primeros fines de semana sin mí, Alejo cantaba sus boleros solo, y en el proceso cambió su repertorio. Ahora abre el show con "Alma con alma", canta con un combo de cuatro músicos todos los fines de semana, y termina cada presentación con un nuevo arreglo más movido de "Lágrimas negras", con el que el público se levanta y baila. Puedo imaginar claramente a mi gente bailando alegre al ritmo de sus lágrimas negras. El primer viernes sin mí, Alejo entretuvo al público contándole cómicas versiones imaginarias sobre cómo yo había huido a París para convertirme en una poetisa famosa, y se divertía haciendo chistes franceses a costa mía. Me dice que al principio, los que siempre iban al club preguntaban por mí, y una vez José Antonio vino solo después del show y también preguntó qué era de mi vida. Gabriel se mudó a Los Ángeles, y Blas, que ahora es bartender a tiempo completo en Dos Gardenias, está preparando su debut en una exhibición exclusiva de sus cuadros. Dice Alejo que todos me extrañan. Pero Miami es una ciudad de transeúntes, un refugio de primera instancia, y el olvido es inevitable según cada cual va encontrando su sitio en el mundo.

Todo el mundo es reemplazable. Alejo ha encontrado otro incentivo en su vida. Su unión con Gustavo ha sido bendecida por los *orishas*, como lo demuestra la foto que me envió del impresionante cuadro de Ochún, la diosa del amor, que Gustavo y él han colgado en mi antigua sala, que ahora es de ellos. En mis conversaciones con Abuela, que ahora son largas y desprovistas de secretos, le aseguro que nuestra casita está siendo bendecida con mucho *aché*. "Aché pa' ti, Marisol", me desea ella. Yo sé que a Abuela le gusta mi nueva vida. Aché en yoruba significa buena suerte, y ese espíritu viajó a la isla con una gente desarraigada y transplantada, y todos nosotros, sus herederos, los nuevos peregrinos, lo llevamos dentro como un cántico de esperanza.

La esperanza es la más valiosa de las emociones. Justamente cuando Alejo se había resignado a actuar solo, una actriz cubana que había actuado en teatro en La Habana, escapó de la isla vía Buenos Aires mediante el matrimonio con un argentino. Después de divorciarse, llegó a Miami y a la puerta de Dos Gardenias. Ella le ha incorporado al show de Alejo un nuevo repertorio de la poesía de los grandes poetas cubanos de ayer y hoy, una mezcla de poetas todavía en Cuba y poetas exiliados. Cuando vi una foto de ellos actuando, supe que había sido bien reemplazada. La chica se recogía el pelo negro hacia atrás en un moño apretado, y tenía un aura dramática en torno suyo, como si hubiera encarnado a la mismísima Evita Perón o a Abuela. Supe entonces que Miami contaba con un nuevo fantasma, y yo tenía a París.

París es ahora mi hogar, y esta ciudad me viene como anillo al dedo. En este hábitat de espíritus traviesos y romances cerebrales, ni mis pérdidas ni mis pecados tienen tanto peso cuando deambulo por los barrios, tomo parte en la cultura de cafés, paseo por los grandiosos parques como la mariposa que espero ser hasta que no pueda ya vagar errante por la vida. Tengo la sensación de pertenecer a esta capital del mundo. No se me percibe como exótica, aunque no es tan fácil definirme, y los franceses, como todo el mundo, andan siempre buscando definiciones. Pero ellos entienden de pasiones y perfumes, ambivalencias y desvíos, pausas y amores de una sola página, excesos sin lamentaciones. *Vive la différence. Liberté.*

De acuerdo con las normas francesas, he vivido bien mi vida, y no puedo evitar sonreír ante lo que mis nuevos amigos franceses encuentran reprobable en mi múltiple personalidad. Cuando expreso oposición a las escapadas amorosas, por venirme a la mente mi última fuga en el elevador adornado de bronce del Hotel Riverfront, me reprenden por ser una mojigata americana. O, peor aun, piensan que soy una americana desaliñada por mi tendencia a recorrer la ciudad en zapatillas deportivas, un imperdonable *faux pas* en cuestiones de moda. En mis días cubanos, cuando el tema de la isla surge en alguna cena o me invitan a leer mis poemas en el tenebroso Centro Americano al otro lado del Seine, los franceses se quejan de que soy demasiado elegíaca para ser cubana, porque la idea que tienen de la isla es la de un paraíso tropical de eróticos bailarines de timba, con las caderas a toda máquina. Les digo que Cuba es como una mujer traicionada curándose heridas tan profundas que la hacen incapaz de volver a amar.

—¡Dramático! —dice mi amiga Camile, una divorciada que usa el pelo corto y modas combinadas de diseñadores, y que trabaja en períodos de tres meses en el departamento de ropa de cama de las Galerías Lafayette para ahorrar dinero y viajar a su próximo destino. Camile sueña con volar a San Francisco, y no la he podido convencer de que se dé una escapada a Miami. Echo de menos a Miami, y me gusta bromear con mis amigos franceses usando epítetos para describir a mi primera ciudad adoptiva. "Oh, te refieres a la República Independiente de Miami", les digo bromeando. O algo como, "Sí, yo me crié en la mayor área metropolitana de Cuba fuera de La Habana". La verdad es que, en mi corazón, Cuba y Miami siempre serán una sola. Quizás un día lo sean también para el resto del mundo. Una vez que las heridas de la historia sanen, Cuba respirará la frescura de la libertad y Miami seguirá siendo lo que es: un faro de esperanza y refugio.

Pero ahora París es mi hogar, y lo amo con la pasión que tengo reservada para los más exquisitos perfumes. No puedo explicar completamente por qué mi espíritu se eleva aquí, pero es así. Tal vez porque desde París el mundo parece accesible, y mi nostalgia, convocada por el más sutil olor de los perfumes que he usado y las nuevas fragancias que sigo explorando, adquiere una geografía más ancha. Vivir en París es como encontrar el perfume perfecto.

Las fragancias más fascinantes habitan en cada rincón de esta ciudad, pero como buena cubana que soy, a veces no puedo evitar echar un vistazo hacia atrás. Cuando los recuerdos me abruman, entro en una de las perfumerías que existen en todos los barrios y le pido a la vendedora que me deje probar uno de mis viejos perfumes: Pleasures, White Linen, Miracle, Habanita. La mayoría de las veces, los tienen todos, y yo escojo uno para ese día. Dejo que la vendedora me lo ponga con un atomizador de prueba, y me voy a caminar durante horas oliendo a mi pasado, recordando, reconciliándome, perdonando y a veces olvidando otra vez. Pero eso es lo más lejos que estoy dispuesta a viajar hacia mi pasado. Ya esas fragancias no me vienen bien. No hay regreso.

Un día, cuando paseaba por Montparnasse, el corazón de la vida intelectual y artística de París en la época de Picasso, vi en una vidriera un bonito pomo amarillo amarrado con un lacito. En el momento en que tomé el pomo en mi mano, pude oler las gardenias, la flor favorita de Abuela y mía. Entonces leo el nombre: Essence. Me echo un poco en el escote con gusto, aspiro la fragancia y la compro. Cuando salgo hacia el sol sutil de la primavera con mi compra, estoy tan ensimismada que pierdo el sentido de la orientación. Estoy perdida.

Parada en una esquina rodeada de gente, los cafés y las tiendas me resultan demasiado iguales y familiares para decidir qué dirección tomar. Veo a un hombre estacionando su motocicleta en un lugar estrechísimo, y cuando comienza a quitarse el casco, me acerco a él.

—¿*Parlez-vous anglais?* —le pregunto con mi mejor acento francés.

—Sí, hablo inglés —me responde.

—Perdone que lo moleste. No me explico cómo, pero estoy perdida. ¿Me puede ayudar?

—No hay problema —dice—. ¿Adónde quiere ir?

—No se trata de dónde quiero ir. Lo que necesito saber es dónde estoy para poder ubicarlo en el mapa.

—Oh, ésa es nueva —dice riéndose.

—No entiendo.

Me tiende la mano.

—Me llamo Claude —dice.

Le doy la mano.

—Soy Marisol.

Se produce una pausa y nos distrae un grupo de turistas americanos que cruza la calle masivamente, abriéndose paso hacia nosotros. Una de las pesadas mochilas me golpea y me lanza sobre Claude. Me sostiene para que no me caiga y de inmediato comienza a estornudar repetidamente.

—¡Achú! ¡Achú! ¡Achú!

No puede parar de estornudar.

—Es el perfume —dice Claude—. Soy alérgico a los perfumes.

Con la sonrisa más ancha de mi vida invito a Claude a sentarse conmigo a disfrutar de un capuchino.

—No te preocupes —le digo rápidamente—. Voy a entrar al baño primero a lavarme y quitarme el perfume.

Se ríe.

—No —dice—. Ya nos arreglaremos de algún modo.

En el momento en que pedimos una mesa para dos al aire libre, me imagino a Claude y a mí haciendo el amor en mi diminuto apartamento, lleno de flores y velas olorosas, y él estornudando hasta llegar a su clímax. Me dice que tengo la sonrisa más traviesa que ha visto en su vida, y yo pienso en lo grandioso que es el amor, tan grandioso como la libertad.

Con Claude y sus alergias y una nueva vida en París, ya no necesito perfumes en pomos. Prefiero comprar un bouquet de girasoles, hortensias azules o tulipanes rosados, y una tarjeta para hacer llamadas internacionales. Camino hacia una cabina telefónica en una esquina tranquila de la ancha avenida Champs-Elysées, y llamo a mi adorado Alejo mientras admiro los olores de la primavera de París.

—*Bonjour, monsieur* —le digo bromeando en la voz carrasposa de mi acento francés, recién adquirido en un curso de inmersión en las Lenguas de París.

—*De que culé que sé* —dice él en una jerigonza inventada y dicha con su acento cubano, seguido de una parodia de la pregunta francesa—. *Como ta le vu.*

Es sólo el saludo inicial y ya estoy muerta de risa. Mientras Alejo goza contándome el último chisme, comienzo a conspirar mentalmente para que venga a París. Alejo nunca ha estado en París, pero yo sé que algún día en una tarde de primavera, el día de su cumpleaños, él estará paseando estas calles conmigo.

Aquí me quedo. Ya no quiero vivir encadenada por la historia ni librar las batallas de causas perdidas. No hay manera de olvidar el pasado, y acaso tenga la obligación de recordarlo, pero permanecer en sus garras equivale al suicidio. La tierra roja de Matanzas, la arena suave de Varadero, las palmas reales irguiéndose en el valle de Yumurí, siempre serán el hogar de mi alma. Y La Habana, ella, la perla, la atalaya, la incomparable, permanecerá para siempre en mis sueños, una quimera distante de bulevares y callejones que aún no conozco. Ella, esperando como una mujer que ha perdido su amor. Yo, esperando como una mujer enamorada. Algún día. Algún día caminaré las calles de La Habana, y en Prado y Neptuno invocaré la gloria de la república y saludaré a los fantasmas. Oh, sí. Así será. De esto estoy segura. Un día La Habana también marcará mi alma y la reclamaré como mía. Pero por ahora, me conformo con París.

EPÍLOGO

Reportaje noticioso de The Miami Standard, *recogido por las agencias ca-blegráficas y publicado en la edición de París del* International Herald Tribune:

MIAMI — El histórico Hotel Riverfront de Miami fue demolido el domingo para erigir una nueva urbanización de lujosos rascacielos de condominios frente al mar. Cuando las brigadas de construcción retiraban los escombros, encontraron los restos de lo que había sido un sagrado templo tequesta. Los preservacionistas pidieron que se detuviera la construcción. Los urbanizadores se opusieron y ofrecieron una alternativa: Construir un monumento a los tequestas en el sitio, una

escultura de un hombre y una mujer
en perpetua plegaria hacia el sol y el
mar.

De una carta enviada desde Miami a París, y remitida de dirección a dirección hasta que fue recibida por su destinataria, con el sobre manchado y arrugado, en su dirección de 3 rue Gît-le-Coeur, a pocos pasos del Seine:

Mi queridísima Marisol,
Tenerte fue un privilegio; amarte fue fácil, instantáneo. Olvidarte será imposible. Acepto tu decisión de marcharte, con el corazón roto pero agradecido por el tiempo que pasamos juntos. Por favor, perdona mi cobardía. Es demasiado tarde para mí, pero para ti, la vida está apenas comenzando.

Tuyo siempre,
José Antonio

DE LA VERDAD Y LOS ESPÍRITUS

Si yo fuera a decir la verdad,
diría que estas palabras fueron escritas no por mí,
sino por un espíritu del más allá,
un espíritu que se encarnó,
que cobró vida en mi corazón,
un espíritu trasplantado como yo, que cruzó las aguas.
Este tipo de espíritus habitan el alma de la gente de una isla,
aunque la gente haya abandonado la isla para nunca volver.
No fui yo quien escribió estas palabras,
esta historia,
en la manera disciplinada en que los escritores escriben,
con la primera luz del día, o bajo el abrazo sereno de la noche.
No, yo no.
Estas palabras vinieron de otro mundo
y en su propio tiempo.
Todo por la isla.
La isla arrastra,
la isla reclama,
como lo hace el verdadero amor.

AGRADECIMIENTOS

Producir un libro es como montar una ópera. Los que disfrutan de la obra apenas notan los protagonistas que trabajan detrás del telón, y *Siempre París* contó con un reparto mágico: la extraordinaria editora Johanna Castillo, que descubrió la novelista que había en mí cuando yo trataba de mitigarla, Judith Curr, Amy Tannenbaum, Michael Selleck, Christine Duplessis, Gary Urda, Kathleen Schmidt, Sue Fleming, Elizabeth Garriga y el resto del equipo de Atria Books y Simon & Schuster. Los escritores sólo tienen una primera novela, y *Siempre París* no pudo encontrar un mejor hogar. Igual dosis de gratitud y cariño va dirigida a mi agente Thomas Colchie, un talento que admiré durante mucho tiempo antes de esta colaboración, y a su primera dama Elaine, cuyas alentadoras observaciones y constante estímulo hicieron que éste fuera un libro mejor. Johanna, Tom y Elaine, gracias por hacer inolvidable esta jornada. Y a Carlos Verdecia, mi gratitud por su amistad de toda una vida y ahora esta inteligente traducción.

A mi familia y amigos en ambos lados del Estrecho de la Florida y dispersos por todo el mundo, mi gratitud por el amor, los recuerdos y su apoyo. No habría podido escribir esta novela sin la entusiasta sabiduría de mi primo Amelio García, profesor de literatura, intérprete de boleros y alma gemela. A mis hijas, Tanya, Marissa y Erica Wragg, mi gratitud por soportar mis ausencias y por llenar de gozo mi vida. Un reconocimiento especial para Tanya, la escritora del trío y mi primera lectora, y a su esposo, Michael Wallace, fotógrafo y diseñador de sitios web, por su asesoramiento tecnológico y creativo.

Y más que todo, quiero darle gracias a mis padres, Olga y Teodoro Santiago, quienes dejaron detrás todo lo que más amaban para que yo pudiera ser una mujer libre.

Printed in the United States
By Bookmasters